나의 문화유산답사기

일본편 2 아스카·나라

아스카 들판에 백제꽃이 피었습니다

유홍준 지음

창비

| 굴사에서 바라본 아스카 들판 |

나의 문화유산답사기

일본편 2 아스카·나라

도래(渡來)문화의 발자취

도래인의 고향, 아스카

아스카(飛鳥)와 나라(奈良)는 일본 속의 한국문화를 찾아가는 답사의 핵심이며, 일본 고대문화의 하이라이트이다. 일본이 고대국가로 발전하는 전 과정이 아스카에 남아 있고, 마침내 그네들이 그토록 원하던 고대국가를 탄생시킨 곳이 나라이다.

아스카를 가면 우리나라의 부여가 떠오르고, 나라의 옛 절을 보면 경주를 연상하게 된다. 볼거리도 많고, 이야기도 많고, 문화유산 하나하나가 보석처럼 빛난다. 게다가 아스카·나라의 봄 벚꽃과 가을 단풍은 참으로 아름답다. 일본다운 색감이 무엇인지를 여기처럼 잘 보여주는 곳이 없다. 그래서 일본 답사의 진국을 선보이고자 별도의 책 한 권으로 펴내면서 제1부 아스카편, 제2부 나라편으로 나누어 실었다.

제1부는 '가까운 아스카(近つ飛鳥)'에서 법륭사(法隆寺)까지 답사한 것이다. 5세기 가야에서 건너간 도래인들이 일본에 철과 말(馬), 그리고

가야 도기문화를 전해준 것은 '가까운 아스카'에 확연히 남아 있고, 6세기 백제에서 건너간 도래인의 자취는 아스카에 역력히 서려 있다. 백제 왕실과의 교류를 통해 불교와 문자를 받아들여 마침내 율령국가로 가게 되는 과정을 석무대(石舞臺), 귤사(橘寺), 아스카사(飛鳥寺)에서 여실히 찾아보게 된다.

아스카 동산이라고 불릴 아마카시 언덕에 올라서면 그 모든 자취가 한눈에 들어온다. 우리에게도 잘 알려진 다카마쓰(高松) 고분벽화를 보면 고구려문화의 영향력이 얼마나 길게 남아 있는지도 절감하게 된다.

일본 고대사회에서 한반도 도래인들이 남긴 문화적 결실은 아스카 북쪽에 있는 법륭사가 집약적으로 보여준다. 법륭사는 일본 고대문화의 꽃이자 동시에 한반도에서는 찾아볼 수 없는 백제의 건축과 조각의 모습을 역으로 보여준다. 그 모든 것을 떠나서 법륭사 건축과 불상은 유네스코 세계유산에 값하는 아름다움이 있다.

나라시대의 영광

제2부는 나라의 대표적인 사찰을 집중적으로 다루면서 주변의 문화유산도 포괄적으로 소개했다. 701년 다이호 율령(大寶律令)이 완성되면서 법(律)과 행정(令)이 반듯하게 잡혔다. 그리고 710년 헤이조쿄(平城京)로 천도하면서 시작된 나라시대는 일본 고대문화의 정점이었다. 약사사의 동탑, 흥복사의 불상 조각, 동대사의 대불, 당초제사의 초상조각은 일본 고대국가의 난숙과 영광을 자랑한다.

이때가 되면 일본은 한반도의 영향에서 벗어나 당나라문화를 직접 접하면서 더 국제적인 문화로 나아가게 된다. 그것은 우리 통일신라문화와 비슷하면서 또다른 일본문화의 독자적인 모습이었다. 우리는 동아시아

의 일원으로서 이웃나라 일본의 이런 문화적 성취를 평가하는 데 인색
할 이유가 없다.

8세기, 동아시아엔 모처럼 평화의 시대가 찾아왔다. 이렇다 할 전란이
없었고 각국이 문화의 전성기를 맞았다. 당나라 현종 시절의 성당(盛唐)
문화, 통일신라 경덕왕 때의 고전문화, 발해 문왕(文王) 때 맞이한 해동
성국(海東盛國), 그리고 일본 나라시대의 덴표(天平)문화가 이 시기에 이
루어졌다. 당나라·신라·발해·일본 모두가 동참함으로써 유럽은 중세사
회로 가기 위한 암흑시대에 있을 때 동아시아 문화는 풍성한 내용을 갖
춘 전성기를 맞이했다.

나라의 문화유산은 이처럼 동아시아 역사 전체의 시각에서 볼 때 그
의의를 더욱 깊게 새길 수 있으며 한일 간의 역사도 성공적으로 복원될
수 있다.

2013년 7월

차례

제2부 나라

일러두기

1. 이 책의 일본어 표기는 국립국어원의 표기법을 따랐다. 권말에는 일본어를 현지음에 최대한 가깝게 적는 창비식 일본어 표기로 주요 고유명사 표기를 일람할 수 있게 했다.

2. 일본어 인명·지명은 일본어로 읽어주는 것을 원칙으로 하되, 사찰·유물·유적 등은 독자의 이해를 돕기 위해 한자를 우리말로 읽어주고 괄호 안에 일본어 발음을 병기했다. 그밖의 세부적 표기원칙은 아래와 같다.

   1) 인명: 도래인과 중국 승려의 이름은 한자음을 우리말로 읽어주고 괄호 안에 일본어 발음을 병기했다.
      예) 왕인(王仁, 와니), 아직기(阿直岐, 아치키), 행기(行基, 교기) / 감진(鑑眞, 간진)

      *일본의 중세 초기까지는 귀족과 무인의 인명에서 성과 이름 사이에 '노(の)'를 넣어주는 관례에 따라 이 책에서는 성 뒤에 '노'를 붙여 표기했다. (예: 스가와라노 미치자네菅原道眞)

   2) 지명: 도래인 및 조선 도공과 관련된 지명은 한자음을 우리말로 읽어주고 괄호 안에 일본어 발음을 병기했다.
      예) 미산(美山, 미야마)마을, 남향촌(南鄕村, 난고손)

   3) 행정구역: 부(府), 현(縣), 시(市), 번(番) 등의 행정구역 단위는 한자음을 우리말로 적었다.

   4) 사찰: 이름의 의미를 드러내기 위해 한자음을 우리말로 적되, 지명에서 유래한 사찰명인 경우에는 일본어로 적었다.
      예) 법륭사(法隆寺, 호류지), 동대사(東大寺, 도다이지) / 아스카사(飛鳥寺, 아스카데라)

   5) 신사: 조선 도공과 관련 있는 3개의 신사는 우리말로 읽어주고 괄호 안에 일본어 발음을 적었다.
      예) 도산(陶山, 스에야마)신사, 석장(石場, 이시바)신사, 옥산(玉山, 다마야마)신사

   6) 천황: 7세기 중엽 덴지(天智) 천황 이전은 왕 또는 여왕, 이후는 천황으로 표기했다. 왕후와 황후도 같은 기준에 따랐다.

제1부

아스카

백제인, 가야인의 이민 개척사

도래인의 고향, 아스카 / '가까운 아스카' / 쇼토쿠 태자묘 /
아직기와 왕인 / 가야의 철과 가야 도기 / 4세기, 일본 역사의
수수께끼 / 고분시대의 전방후원분 / 기마민족설 / 가까운 아스카
박물관 / 안도 다다오 / 시바 료타로의 『가도를 가다』

도래인의 고향, 아스카

일본에 살아본 일도 없고 아무런 연고도 없는 내가 일본에 고향처럼
느껴지는 곳이 있다고 말하면 사람들이 믿어줄까마는, 지금도 일본 하면
가장 먼저 떠오르는 곳은 나라현(奈良縣) 다카이치군(高市郡) 아스카촌
(明日香村), 통칭 아스카(飛鳥)의 들판이다. 내 식으로 말해서 남도 답사
일번지가 강진·해남이고 제주 답사 일번지가 구좌라면, 일본 답사 일번
지는 아스카이다.

아스카는 오늘날 아주 작은 고을인 '촌'에 불과하지만, 본디 야마토(大
和) 정권이 자리잡고 있던 곳으로 일본 역사에서 아스카시대를 열어간
역사의 현장이다. 일본이라는 단어가 처음 나타난 것도 아스카시대였다.

이 아스카 정권을 건설한 주역은 스이코(推古) 여왕으로부터 통치권
을 위임받은 쇼토쿠(聖德) 태자와 백제계 도래인으로 추정되는 소가씨

| 아스카 들판 | 아스카는 야마토 정권이 자리잡고 있던 역사 도시로 도래인들의 고향이기도 하다. 그래서 주변의 풍광이 우리 산천과 아주 비슷하다. 사진은 천원사터 부근이다.

(蘇我氏) 일족이었다. 당시 소가씨의 권력은 대단한 것이어서 쇼토쿠 태자의 어머니도 소가씨였고 스이코 여왕의 어머니도 소가씨였다. 소가씨는 4대에 걸쳐 100년간 야마토 왕조의 대신을 지냈으니 아스카시대는 소가씨의 시대였다고 할 수 있다. 그리고 그 소가씨의 힘을 뒷받침해준 것은 다름아닌 도래인들이었다.

아스카의 남쪽 산자락, 다카마쓰(高松) 고분이 건너다보이는 히노쿠마(檜隈) 마을에는 야마토노아야(東漢)씨라 불린 도래인 집단이 있었다. 이들은 대개 토목, 양잠, 제철 기술자로 대접을 받으며 야마토 정권에 봉사하다가 소가씨의 몰락과 함께 쓸쓸히 역사의 뒤안길로 사라졌다. 그러나 그의 후손들은 끊임없이 '도래인 출신'이라는 이름으로 승려, 기술자, 학자, 관리로 활약하였다. 특히 사카노우에씨(坂上氏)는 북쪽의 원주민 하이의 정벌에 공을 세운 나라시대 대표적인 무인 가문이 되었다. 지금도 이 마을 깊숙한 곳에는 도래인 조상을 모신 오미아시(於美阿志) 신사가 남아 있다.

710년 야마토 왕조가 수도를 나라로 천도하면서 아스카의 영광은 끝나고, 그로부터 1300년이 지난 지금의 아스카에는 위용을 자랑하는 사찰도, 옛 궁궐도, 저택도 없다. 그러나 아스카 들판을 감싸고 도는 산자락 곳곳엔 아스카시대 유적들이 어깨를 맞대듯 촘촘히 들어앉아 있다. 그곳을 한나절 둘러보는 것은 꿈의 여로라 할 만하다. 한국인에게 일본 답사 일번지는 역시 이곳 아스카이다.

'편안히 잘 곳'에서 '내일의 땅'으로

그러나 도래인들이 처음부터 내가 말하는 지금의 아스카에 정착했던 것은 아니다. 나오키 고지로(直木孝次郎)의 『아스카 ─ 그 빛과 그림자(飛鳥 ─ その光と影)』에 따르면 일본에는 아스카라는 지명을 가진 데가 40곳이나 된다고 한다.

『일본서기(日本書紀)』 『만엽집(萬葉集)』 등 고대문헌에는, 아스카의 표기가 安須可(안수가), 飛鳥(비조), 明日香(명일향), 安宿(안숙) 등 여러 가지로 나오는데 모두 '아스카'라고 발음한다.

그중 초기 도래인이 살던 오사카 가와치(河內)의 '가까운 아스카(近つ飛鳥)'라는 고을은 본래 '安宿(안숙)'이라고 표기했다고 한다. '편안히 잠잘 곳'이라는 뜻이다. 그렇다면 한반도를 떠나 멀고도 험한 여행 끝에야 겨우 편안히 잠잘 곳을 마련했다는 뜻이겠다.

그러다 여기에 새로 온 도래인들이 넘쳐나게 되었다. 이들을 금래(今來, 이마키)인, 즉 '이제 막 온 사람'이라고 했다. 금래인들은 이곳을 떠나 또다른 아스카를 찾아나섰다. 그들이 도착한 곳이 지금의 아스카다. 이때부터 오사카의 아스카를 '가까운 아스카', 나라현의 아스카를 '먼 아스카'라고 했다. 당시 야마토 정부가 오사카 나니와(難波)에 있었기 때문이다.

그런데 먼 아스카를 왜 명일향(明日香) 또는 비조(飛鳥)라고 표기했을까? 이어령(李御寧) 선생은 이를 두고 이두식 우리말로 읽으면 비조는 날 비(飛)자, 새 조(鳥)자로 '날〔日〕새'가 되어 '내일'이 되고, 명일향의 명일(明日)은 내일이고 향(香)은 고을 향(鄕)과 발음이 같은즉 둘 다 '내일의 고을'이란 뜻이 된다고 해석했다. 탁견이다.

내일에의 희망! 고향을 떠나온 도래인의 간절한 소망이 담긴 동네 이름이다. '먼 아스카'는 메이지유신 이후 행정지명을 '明日香村(명일향촌)'으로 하여 지금도 그렇게 표기하고 있다.

가까운 아스카

'가까운 아스카'는 오사카 간사이(關西) 국제공항에서 차로 한 시간 못 걸리는 산동네이다. 오사카부(大阪府) 미나미카와치군(南河內郡) 다이시정(太子町), 즉 '태자마을'이다. 동네 이름이 '태자마을'인 것은 여기에 쇼토쿠 태자의 묘가 있기 때문이다.

가까운 아스카 산자락에는 엄청나게 많은 옛 무덤이 떼를 이루고 있다. 쇼토쿠 태자의 묘뿐 아니라 스이코 여왕을 비롯한 네 명의 왕릉도 있고, 소가씨 일족의 집단묘역도 있다. 아스카시대 지배층의 묘역이 여기였던 것이다. 이 고분군은 '미나미카와치 고분군'이라 불린다. 바로 이 산 너머가 먼 아스카이다.

'가까운 아스카'는 동네 이름만 남았고 한반도 도래인들이 살던 자취는 찾아볼 길이 없다. 그러나 280기의 고분이 확인된 이 자리에 40기의 고분을 복원하고 '가까운 아스카 풍토기(風土記)의 언덕'이라는 약 30만

| **하비키노 톨게이트** | 간사이 국제공항에서 한와 자동차도로로 가다가 하비키노 톨게이트로 내려와 가까운 아스카로 다가가면 낮은 능선이 펼쳐지면서 우리네 산천과 풍광이 비슷해진다.

평의 넓은 사적공원을 만들어놓았다. 산중이라 벚꽃과 단풍이 아주 아름다운 이 고분공원 한쪽에는 안도 다다오가 설계한 '가까운 아스카 박물관'이 있어 아스카를 찾아가는 첫번째 답사처로 삼기에 충분하다.

하비키노 톨게이트를 지나며

2013년 3월 초, 나는 '일본 속의 한국문화'라는 주제로 30명의 회원과 함께 답사를 떠나면서 가까운 아스카부터 찾았다. 버스에 올라서는 지도부터 펴들었다. 외국을 여행할 때 내가 가장 답답하고 어렵게 느끼는 것은 가는 길이다. 현대인의 삶은 목적만 강조되고 과정이 무시되곤 하지만 역사유적을 찾아가는 길은 그 자체가 역사의 향기를 느끼는 답사의 과정이다. 나는 우리의 버스가 가는 대로 노란 형광펜으로 줄을 그으면서 따라갔다.

오사카 남쪽 바닷가에 있는 간사이 국제공항에서 동북쪽 45도 각도로 뻗은 곳에 가까운 아스카 마을과 태자마을이 있다. 운전기사에게 지도를 보여주며 어느 길로 가느냐고 물으니 한와(阪和) 자동차도로로 가다가 하비키노(羽曳野) 톨게이트에서 내려간단다.

우리의 버스는 이내 고가도로를 올라타고는 신나게 달린다. 본래 자동차 전용도로란 참으로 재미없고 대단히 사무적이라는 느낌을 주기 십상이다. 그러나 일본은 좀 다르다. 지진 때문에 고층건물을 짓지 않아 높이 올라앉은 고가도로로 달리자 시야가 넓게 펼쳐진다. 시내를 벗어나면 곧 왜기와 우진각지붕들이 이마를 맞대고 넓게 퍼져 있다. 지붕 선은 자로 잰 듯 반듯한 기하학적 평면으로 전개된다. 난립한 모텔과 뜬금없는 고층아파트가 들판을 가로막는 우리나라와는 격이 다르다.

일본의 지형이 다 그렇지는 않지만 내가 자주 드나든 규슈와 오사카, 나라, 교토의 자연지형은 들판과 산이 경계 짓듯 구분이 확실하여 산은 산이고 들판은 들판이다. 우리나라처럼 비산비야(非山非野)로 능선이 굽이치지 않는다. 우리가 들판을 가로질러 달리면 산은 저쪽 멀리서 우리를 따라온다. 그런 기분이 들 때 일본에 온 것 같다.

낮게 내려앉은 마을 풍경을 마냥 즐기고 있는데 버스가 갑자기 방향을 틀면서 먼 산을 마주 보며 비탈을 넘어 달리기 시작했다. 언덕자락을 넘어설 때마다 동네 풍광이 점점 달라지면서 전혀 일본 같지 않았다. 버스가 하비키노 톨게이트를 빠져나와 좁다란 옛길로 들어서니 더욱더 우리나라 어느 시골길 같다. 하비키노엔 백제 개로왕의 동생인 곤지(昆支)가 정착하여 그를 모신 아스카베(飛鳥戶) 신사가 있는데, 여기는 오사카 답사 때 다시 오기로 하고 우리는 곧바로 태자마을로 향했다.

나는 '가까운 아스카 박물관'에 가기 앞서 회원들을 '쇼토쿠 태자 묘'

| 태자마을 풍광 | 태자마을은 멀리 산자락이 길게 뻗어가고 그 아래로 기와집들이 낮게 내려앉아 정겹고 아늑한 것이 마치 우리네 시골 마을에 온 것 같은 친숙한 인상을 준다.

로 안내했다. 그곳에서 바라다보는 태자마을의 풍광이 너무도 편안하고 아련한 서정이 느껴지기 때문이다. 멀리 산자락이 길게 뻗어가는데 그 아래로 기와집들이 낮게 내려앉은 모습은 참으로 정겹고 아늑하다. 마치 우리네 시골 마을에 온 것 같은 친숙한 인상을 준다.

　버스가 넓은 주차장에 도착하자 나의 오랜 벗이자 장애인고용재단 이 사장을 지낸 박은수 변호사가 휠체어를 타고 따라오다가 태자묘를 뒷전으로 하고 마을 쪽으로 고개를 돌리더니 참다못해 한마디 한다는 듯 내게 말을 걸어왔다.

　"와! 여기는 전혀 일본 같지 않네요. 도래인들이 이 산골로 찾아든 건 들판을 차지하고 있는 원주민들 때문에 밀리고 밀려온 것만은 아니겠어요. 산자락을 등지고 오붓하게 마을이 형성된 것을 보니까 고향에 온 것

같잖아요. 안숙(安宿)이라는 표현이 이해가 가네요.”

쇼토쿠 태자묘에서

태자묘는 왕릉의 계곡으로 불리는 시나가다니(磯長谷) 고분군 남쪽에 자리하고 있다. 여기엔 태자의 세 부인도 한곳에 묻혀 있기 때문에 3골 (骨) 1묘(廟)라고 불린다.

그런데 태자의 묘소는 보이지 않고 그 앞에 세워진 예복사(叡福寺, 에이후쿠지)라는 깔끔한 절이 이 성역을 지키고 있다. 일본의 왕릉은 문화청이 아니라 황실 궁내청에서 관리한다. 그들에게는 여전히 성역인 것이다. 2002년 궁내청은 태자묘 주위를 정비하는 도중에 봉분의 흔적을 발굴해 일본 고고역사학학회 대표 등 몇몇 전문가들에게 처음으로 묘소의 상황을 공개했는데, 봉분 직경은 55미터 정도라고 한다.

예복사는 태자의 제사를 맡고 있기 때문에 태자사, 어묘사(御廟寺), 성령원(聖靈院)이라고도 불리며 오사카 사천왕사, 나라 법륭사와 함께 태자 신앙의 중심 사원으로 꼽히고 있어 지금도 많은 순례자들이 찾아온다.

절에 전하기로는 쇼토쿠 태자가 622년 세상을 떠나자 묘를 수호하고 영혼의 복을 빌기 위해 법당 하나를 세운 것이 그 시작이라고 하며 724년 쇼무(聖武) 천황의 칙령에 의해 가람이 세워졌다고 한다. 본래는 법륭사와 마찬가지로 동원과 서원으로 구성되었고 동원을 전법륜사(轉法輪寺), 서원을 예복사라고 불렀다고 한다.

현재의 가람은 1574년 오다 노부나가(織田信長)의 병화(兵火)로 소실된 뒤 바로 재건된 것으로 경내에는 금당, 성령전, 보탑 등 당탑(堂塔)이 유서 깊은 품격을 유지하고 있다. 태자당이라고도 불리는 현재의 성령전은 1603년 도요토미 히데요리(豊臣秀賴)의 지시로 복원된 것이다. 보탑, 금당, 종루 등도 비슷한 시기에 세워진 것으로 모두 일본 중요문화재로 지정되어 있다.

일본의 절집에 가면 항상 느끼는 것이지만 건물이 깔끔한 것은 보기 좋으나 어디 잠시 편히 앉아 있을 만한 곳이 없다. 그리고 불상들은 아주 깊숙이 귀신 모시듯 해놔서 잘 보이지도 않고 오래 들여다볼 수가 없다. 그래서 회원들은 이내 절집을 나오고 만다.

절문 밖으로 나오니 잔디가 곱게 자란 비탈진 공터에서 태자마을의 정겨운 모습이 더욱 아련히 다가온다. 절집 담장을 끼고 늘어선 매화가 막 봉오리를 터뜨리며 매운 향기를 보내고 있다. 나는 회원들을 풀밭에 앉히고 그 옛날 이곳에 있었던 우리 조상들의 이야기를 시작했다. 산과 마을과 꽃나무를 번갈아 바라보며 내 이야기에 귀기울이는 회원들을 보니 비록 곧 떠날지언정 잠시 우리가 21세기 도래인이 된 기분이었다.

| 예복사 | 현재의 가람은 1574년 오다 노부나가의 병화로 소실된 뒤 바로 재건된 것으로 경내에는 금당, 성령전, 보탑 등 당탑이 유서 깊은 절의 품격을 유지하고 있다.

도래인은 누구인가

　일본 속의 한국문화를 찾아가는 키워드는 도래인(渡來人, 도라이진)이다. 한때는 귀화인(歸化人)이라고 했다. 황국사관은 귀화인을 '천황의 덕을 흠모하여 귀순한 사람'이라는 뜻이라고 강조했다.

　그러나 1945년 패전 후부터 그동안 금기시되던 『고사기(古事記)』 『일본서기』의 사료 비판이 가능해지면서 양심적인 학자들이 도래인이라는 표현을 쓰기 시작했다. 4~5세기에는 아직 일본에 고대국가가 성립되지 않아 흠모할 천황도 없었기 때문이다. 이 도래인이라는 용어를 정착시키는 데 결정적 기여를 한 분은 '일본 속의 한국문화' 연구의 선구자인 김

| 태자당 | 태자당이라고도 불리는 현재의 성령전은 1603년 도요토미 히데요리의 칙령으로 복원된 것으로 모모야마
시대 건축의 특징을 잘 보여준다.

달수(金達壽) 선생이다. 그리고 여러 사람의 노력 끝에 1975년 무렵부터
일본 교과서에서도 도래인으로 바꾸어 표기하고 있다.

일제의 황국사관은 여러가지 역사왜곡을 낳았다. 그중 대표적인 예가
둘 있다. 하나는 야마토 정권이 한반도에 '임나일본부'를 설치했다는 설
인데 이제는 일본 학자들도 이를 부정하며 용어 자체를 사용하지 않는
다. 또 하나는 한반도로부터 받은 문명의 혜택을 '대륙문화가 한반도를
거쳐 건너왔다'는 식으로 표현하는 것이었다. 1982년 일본 역사 교과서
왜곡사건 때 한국의 국사편찬위원회가 항의하며 시정을 요구하여 2002
년 교과서부터는 '건너왔다'가 '전해졌다'로 바뀌었다.

그러나 지금도 역사 서술 전반에서 여전히 한반도 도래인이 일본 역사에 끼친 영향에 대해서 그 의미를 축소하는 것을 볼 수 있다. 극우파로 이름난 후소샤(扶桑社)의 『새로운 역사 교과서』에서 도래인을 다시 귀화인으로 표현한 것은 그들의 정치적 성향이 그렇기 때문이라고 치더라도, 많은 일본 역사책이 여전히 도래인을 '중국 대륙과 한반도에서 건너온 사람들'이라고 말하고 있다.

근래에도 아스카문화를 소개하는 책에서 당시 일본엔 중국인, 페르시아인도 있었음을 한껏 강조하는 것을 보았다. 그러나 실제로 그 수는 별로 많지도 않았고 대개는 바다에서 표류하다 구사일생으로 일본에 표착한 사람들로 짐작된다. 도래인이 가져온 기술·문화 어디에서도 중국풍은 발견되지 않는다. 이런 사실을 버젓이 알면서도 굳이 중국 대륙을 앞에 집어넣는 것은 일본인들이 정말 잘못하는 것이다.

한반도에서 건너온 도래인에는 두 유형이 있었다. 하나는 아직기·왕인 박사처럼 문명의 전도사로 갔다가 그대로 정착한 사람들이다. 그리고 또 하나의 유형은 한반도 삼국과 가야의 정세변화 때문에 삶의 기반을 잃고 어쩔 수 없이 고향을 떠나야만 하는 상황에 내몰리면서 스스로의 운명을 개척할 의지를 갖고 건너간 이주민들이다.

당시 왜가 한반도 난민을 받아준 것은 도래인들이 선진 문명과 문화를 지니고 있었기 때문이다. 어쨌거나 보트 피플이나 다름없는 이들을 받아줄 정도로 왜는 한반도와 가깝게 지냈고, 도래인들이 아스카 땅에서 새로운 삶을 살게 해준 것은 참으로 고마운 일이다.

가야의 철과 가야 도기

도래인의 대종은 가야인과 백제인이었다. 왜는 3세기 중반부터 가야와 교류하여 철기문화를 접할 수 있었다. 가야의 김해(金海)는 문자 그대로 '쇠바다'였다. 『삼국지』「위지 동이전」에서는 "김해에서 생산된 철이 낙랑, 예맥, 왜에 수출되었다"고 했다. 당시 왜는 철을 생산하는 기술이 없었다. 그래서 가야와 왜는 동맹 이상의 친밀한 관계였다.

왜에 집단으로 건너간 한반도 도래인은 5세기 초 가야 사람들이었다. 삼국이 날카롭게 대립할 때 가야는 백제와도 동맹을 맺고 있었다. 그러다 400년, 백제가 부추기는 통에 가야는 왜와 함께 대대적으로 신라를 공격하여 서라벌 가까이까지 쳐들어오기에 이르렀다.

신라는 자신들이 오래전부터 고구려의 신민(臣民)이었음을 강조하며 고구려에 원군을 요청했다. 저쪽 동네 애들이 패를 지어 때리니 좀 도와달라는 식이었다. 광개토왕은 보병과 기병 5만을 보내 신라를 구하고 낙동강 하구까지 쫓아가 가야와 왜를 섬멸했다. 광개토대왕 비문에는 이때의 일을 "임나가라(任那伽羅)의 종발성(從拔城, 경남 김해로 추정)"까지 진격했다고 했다. 이후 금관가야는 쇠약해지고 여러 가야국들도 큰 타격을 입으면서 전기 가야연맹은 와해되고 말았다.

이때 김해 지역에 살던 많은 가야인들이 일본으로 이민을 갔던 것이다. 가야 도래인들이 가져간 문명의 선물은 야철(冶鐵) 기술과 가야 도기였다. 이제 왜에서도 비로소 철을 생산할 수 있게 되었다. 그리하여 5세기 후반에 들어서면 일본 열도 중부지역에 야철소가 퍼져나간다. 또한 이때부터 일본 열도에 본격적으로 말이 보급되어 곳곳에 목마장이 생겼는데, 이 때문에 그 무렵 지배층 고분에는 철제 무기, 철제 마구, 야철 도구 등이 부장되었다.

가야 도래인들은 가야 도기와 똑같은 질의 도기를 만들어 일본 도자사에서 일대 기술혁신을 이루었다. 이를 스에키(須惠器)라고 한다. '스에'는 '쇠'의 한자음을 빌려 표기한 것이다. 쇠처럼 단단한 그릇을 뜻한

| **가야 도기** | 가야 도기는 연질 토기가 아니라 경질 도기여서 아주 단단하다. 조형적으로도 간결하면서도 세련되어 질그릇으로서 높은 수준을 보여준다. 기형도 매우 다양한데 일본 스에키에 그대로 반영되어 있다.

다는 해석도 있다. 당시 일본 토기는 붉은 진흙빛 연질의 하지키(土師器) 였다. 이에 비해 스에키는 1,000도 이상에서 구워져 아주 단단하고 물도 잘 스미지 않는다.

가야의 도래인들이 처음 스에키를 만든 곳은 가까운 아스카에서 그리 멀지 않은 오사카 남부 이즈미(和泉) 지역이다. 당시 이즈미 지역은 가까 운 아스카와 함께 가와치국(河內國)에 속해 있었다. 이즈미의 대정사(大 庭寺, 오바데라) 가마에서 생산된 초기 스에키는 김해 지역의 도기와 구별 할 수 없을 정도로 흡사하다. 그리고 그렇게 만들어진 스에키는 김해 지 역에서도 출토되고 있다. 가야와 왜는 여전히 친형제처럼 지냈다.

| 스에키 | 초기 스에키는 김해 지역의 도기와 구별할 수 없을 정도로 유사하다. 김해 지역에 살던 가야인들이 일본으로 이민가면서 가져다준 문명의 선물이었다. 그리고 그렇게 만들어진 스에키는 김해 지역에서도 출토되고 있다.

아직기와 왕인

4세기 이래로 왜는 백제와도 아주 가깝게 지내서 형제나라 이상으로 친했다. 무령왕이 일본에서 태어나게 된 배경(일본편 1권 '가라쓰' 장 참조)에서도 그 친연관계를 볼 수 있으니, 왕손끼리 통혼을 할 정도였다. 왜는 끝까지 백제의 우방이었다.

4세기 중엽 백제 근초고왕(재위 346~375) 시절에 아직기(阿直岐)와 왕인(王仁) 박사는 왜에 말(馬)과 한자를 전해주었다. 이들에 대한『삼국사기(三國史記)』의 기록은 없다. 그러나『일본서기』와『고사기』를 보면 백제왕이 아직기에게 좋은 말 두 필을 갖고 왜로 건너가 왜왕에게 선물하게 했다고 한다. 이에 왜왕은 그 말 기르는 일을 아직기에게 맡겼고, 또한 아직기가 경전(經典)에 조예가 매우 깊다는 사실을 알고 그를 태자의 스승으로 삼았다.

얼마 후에 왜왕이 "그대 나라에 그대보다 나은 박사(博士)가 있느냐"라고 묻자, 그는 "왕인이라는 사람이 있습니다"라고 대답했다. 이에 왜왕은 세 명의 사신을 백제에 보내 왕인을 모셔오게 했다. 왕인은 『논어』와 『천자문』을 갖고 왜로 건너갔다. 그리고 이때 백제왕은 제철 기술자, 직조공, 양조 기술자 등을 함께 보냈다고 한다.

왜에 간 왕인은 태자의 스승이 되었고, 왜왕의 요청에 따라 신하들에게 경(經)과 사(史)를 가르쳤다. 왕인의 후손들은 후미노오비토(文首)라는 성씨를 하사받고 가까운 아스카에 살면서 공무 기록, 재정 출납, 징세 사무, 외교문서를 관장하는 업무에 종사했다. 또 도래 씨족으로 전하는 아치키노후비토(阿直史)는 아직기의 후손이라 생각된다. 6세기까지 야마토 조정에서 한문을 해독하고 문장을 작성할 수 있는 능력을 가진 사람들의 대부분이 도래인들이었다.

『일본서기』에는 또 5세기에 궁월군(弓月君)이란 인물이 '120현민(縣民)'이나 되는 대규모 백성을 이끌고 도래하여 양잠과 직조 기술을 전했고, 그 자손 하타(秦)씨는 미개척지인 교토를 개척했다고 했다. 여기서 현민은 기술 집단을 말하는 것으로 보이며, 교토 광륭사(廣隆寺, 고류지)를 지은 진하승(秦河勝, 하타노 가와카쓰)이 바로 그 후손으로, 신라계 도래인으로 생각된다. 도래인들이 왜의 개명(開明)을 도와준 바가 이와 같이 엄청났다.

4세기, 일본 역사의 수수께끼

일본 역사에서 4세기는 '수수께끼의 세기'라고 불린다. 어떤 문헌에도 3세기 말부터 5세기 초 사이 100여년간 왜의 사정을 말해주는 기록이 없기 때문이다. 239년 야마타이국(邪馬台國)의 여왕 히미코(卑弥呼)가 위

나라에 사신을 보내 금인(金印)과 동경(銅鏡) 100매를 받아왔다는 기록이 있은 뒤 중국 사서(史書)에 다시 왜가 등장하는 것은 421년에 왜왕 찬(讚)이 남조의 유송(劉宋)에 사신을 보냈다는 기록이다. 그리고 중국 남북조시대 역사서에는 왜의 5왕 찬(讚), 진(珍), 제(濟), 흥(興), 무(武)가 있었다는 기사가 등장한다.

이 수수께끼의 4세기에 정말로 수수께끼 같은 전방후원분(前方後圓墳)이 등장하여 일본 전역으로 퍼져나갔다. 그 때문에 일본 역사에서는 4세기부터 7세기까지를 고분시대라고 부른다.

당시 동일한 분묘 형식이 일본 열도 곳곳에 존재했다는 것은 호족들이 군웅할거했다는 뜻이다. 이때부터 대왕(大王, 오키미)이라는 칭호가 등장한다. 그래서 왜의 야마토 정권은 호족연합의 맹주 정도였다고 짐작된다.

이때 야마토 정권의 본거지는 아스카에 있었다. 본래부터 아스카에 있었는지 북규슈에서 오사카를 거쳐 아스카로 옮겨왔는지에 대해서는 학자마다 견해가 다르지만 이 시기 일본 역사의 주무대가 아스카와 오사카 지역이었던 것만은 분명하다.

고분시대의 전방후원분

일본의 거대한 전방후원분에 대해서는 많은 해석이 있다. 정설이 없기 때문에 나는 가까운 아스카 박물관 관장인 시라이시 다이치로(白石太一郎)의 견해를 소개하는 것으로 대신하고자 한다.

그의 견해에 따르면 3세기 중엽부터 나라 지역에 열쇳구명 모양의 전방후원분이 출현하기 시작하는데, 가장 큰 것은 아스카에서 멀지 않은 사쿠라이시(櫻井市) 미와산(三輪山) 서쪽 기슭에 있는 속칭 젓가락무덤

| 일본 고대 전방후원분 | 전방후원분은 일본 고분시대에 각 지역 통치자가 위세를 과시하기 위해 경쟁적으로 대형화하였다. 백설조 고분군에 있는 닌토쿠릉은 그 규모가 어마어마하여 이집트 피라미드, 중국의 진시황릉과 함께 세계 3대 능묘로 꼽히고 있다.

〔箸墓, 하시하카〕으로 분구의 길이가 270미터나 된다. 이 무덤은 247년에 죽은 히미코 여왕의 무덤으로 추정되기도 한다.

이후 각 지역 정치세력들이 경쟁적으로 거대한 고분을 만들면서 아스카·오사카·세토 내해·규슈 등지로 퍼져나갔다. 이는 호족연합들이 통치체계의 하나로 장례제도를 공유했음을 말해준다. 4세기 이후에는 맹주들이 경쟁적으로 대형 고분을 만들어 자기 세력을 과시했다. 오사카 하비키노시의 고시(古市, 후루이치) 고분군, 사카이(堺)시의 백설조(百舌鳥, 모즈) 고분군 같은 대형 고분이 등장하는데 정말로 수수께끼 같은 유적이다.

백설조 고분군에 있는 닌토쿠(仁德, 재위 313~387)릉은 그 규모가 어마어마하다. 고고학에서는 닌토쿠의 재위 기간인 4세기 후반보다 훨씬 후대로 생각되어 다이센(大仙) 고분이라 부르고 있는데, 이집트의 피라미드, 중국의 진시황릉과 함께 세계 3대 능묘로 꼽히고 있다. 바닥 면적이 약 40만평으로 세계에서 가장 넓다. 전체 길이가 486미터, 후원부 직경이 245미터이고 3면에 호(濠)를 둘렀으며 13개의 딸린무덤(配塚)을 거느리고 있다. 이 능 봉분의 흙은 1천명이 3년 이상(1,400일) 걸려야 나를 수 있는 규모다. 이렇게 일본 열도 전역으로 퍼져나간 전방후원분은 646년 박장령(薄葬令)으로 규모가 축소될 때까지 지속되었다.

한반도의 전방후원분

전방후원분은 영산강 유역에서도 10여기가 발견되었다. 한반도 전방후원분의 성격에 대해서는 두 가지 상반된 견해가 있다. 하나는 마한시대 묘제 형식이 일본에 전해졌다고 보는 것이다. 고대사에서 문화적 우월감이 강한 한국인들은 일본 고대사에 대한 존중심이 거의 없기 때문에 일본에 우리보다 장대하고 멋있는 것이 있으면 과연 일본인 실력으로 만들었을까 의심하며 거의 본능적으로 그 유래를 한국에서 찾으려고 한다. 그러나 한반도의 전방후원분은 그 규모도 아주 작고 시기도 6세기 무렵으로 일본보다 늦다.

또다른 견해는 영산강 유역에 와 있던 일본 지도층의 묘로 보는 견해다. 가야가 멸망한 뒤 왜는 한반도와의 교류를 낙동강에서 영산강 쪽으로 옮길 수밖에 없었다. 그래서 왜에서 영산강 유역에 파견나왔던 지도급 인사의 무덤으로 추정하는 것이다. 가야 지역에서 스에키가 출토되는 경우와 비슷한 현상으로 보는 것이다.

나는 아직 이에 대해 언급할 고고학적 지식이 없다. 다만 분명한 것은 그것이 설혹 한반도에서 유래했다 해도 이처럼 거대한 전방후원분은 어디까지나 일본 고분시대의 문화유산이라는 점이다. 혹자는 풍납토성 가

| **철제 갑옷과 칼** | 일본 고분에서 출토된 철제 갑옷들이다. 젓가락무덤 등 초기 전방후원분에는 부장품으로 중국제 동경을 모방한 방제경이 함께 묻혔으나 오사카 지역의 후기 무덤에서는 철제 갑옷과 마구 등으로 바뀌었다.

까이에 있는 야산이 전방후원분의 봉분이라고 주장한다. 이것을 2005년 10월 KBS 9시 뉴스가 성급하게 톱뉴스로 보도한 적도 있다. 그러나 조사 결과 그것은 자연적인 야산일 뿐 인공적 축조물이라는 흔적은 어디에서 도 나오지 않았다.

동경에서 철제 마구로

일본의 이런 방대한 규모의 전방후원분은 가야로부터 철과 말이 건너 가면서 가능해진 것이었다. 철과 말은 군사력은 물론이고 GDP의 급상 승을 가져왔다. 젓가락무덤 등 초기 전방후원분에는 부장품으로 중국제 동경을 모방한 방제경(倣製鏡)이 함께 묻혔으나 오사카 지역의 후기 무 덤에서는 철제 갑옷과 마구 등으로 바뀌었다.

| **가야시대 철제 갑옷** | 가야의 고분에서는 많은 철제 갑옷들이 출토되었다. 갑옷, 모자, 목 보호대 등이 일본 고분 출토품과 거의 같다.

가까운 아스카에서 그리 멀지 않은 하비키노시에 있는 오진(應神)릉은 일본에서 두번째로 큰 고분인데 그 딸린무덤으로 생각되는 고분에서 1848년에 우연히 정교한 세공솜씨를 보여주는 금동 말안장이 발견되었다. 5세기 전반 유물로 추정되는 이 말안장은 당시 동아시아 최고의 명품이라는 명성이 있었다. 그러나 이후 고령 지산동 고분에서 똑같은 기법의 마구가 출토되면서 결국 이는 가야에서 수입한 것으로 보는 견해가 우세해졌다.

또 6세기 것으로 보이는 똑같은 금동 말안장이 법륭사 바로 곁에 있는 후지노키(藤の木) 고분에서 출토되어 당시 지배층의 상징 지물(持物)이 가야의 마구였음을 명확히 말해주고 있다. 이런 식으로 고분시대 능묘에서는 가야에서 건너간 도기, 금동관, 금귀고리, 금동신발, 거울, 둥근고리 긴칼(環頭大刀), 마구 등 이른바 '도래품(渡來品)'이 출토되고 있다.

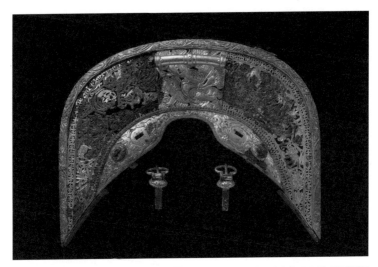

| 후지노키 고분 출토 금동 말안장 | 법륭사 바로 곁에 있는 후지노키 고분에서는 6세기 것으로 보이는 정교한 금동 말안장이 출토되었는데 이와 똑같은 것이 가야 지역에서도 출토되어 당시 지배층의 상징 지물이 가야의 마구였음을 명확히 말해주고 있다.

무덤 내부의 형식이 수혈식(竪穴式)에서 횡혈식(橫穴式)으로 바뀐 것 역시 가야의 영향이었다. 가야를 빼놓고는 일본의 고분시대는 설명할 수 없다.

기마민족설과 '가야문화전'

일본 고분시대의 철과 도기는 가야의 도래인에 의해 왜가 개명되었음을 명백히 말해주는 것임에도 일본 역사학자들은 오랫동안 이를 인정하기 싫어했다. 그래서 나온 것이 '임나일본부설'과 '일선동조동원론(日鮮同祖同源論)'이다.

그러다 1948년 도쿄대 에가미 나미오(江上波夫) 교수가 '기마민족 일본정복설'을 제기하여 일본사회에 큰 충격을 주었다. 이 학설은 일찍이 도리이 류조(鳥居龍藏) 같은 민속학자들의 주장을 역사학에서도 받아들인 것이었다.

그 주장의 골자는 퉁구스족 계통의 기마민족이 4세기경 한반도 남쪽 끝을 거쳐 규슈 지방에 진출한 다음 다시 동쪽으로 나아가 혼슈의 정치 세력을 정복해가면서 야마토 국가를 세웠으며, 그 우두머리가 바로 천황가(天皇家)의 시조라는 것이다. 이는 종래 일본 천황가가 계보상 아무런 변화를 겪지 않고 면면히 이어져왔다는 이른바 만세일계(萬世一系)라는 황국사관을 근본부터 뒤집어엎는 획기적인 주장이었다. 그냥 가야에서 왔다고 하면 되는 것을 멀리 퉁구스까지 끌어온 것이다.

그러나 이후 낙동강 중·하류지역의 가야시대 고분에서 수없이 많은 마구류, 무구류가 출토되면서 이 학설은 설득력을 잃었고 일본의 철기·무기·마구 문화가 가야의 영향권 안에 있었다는 것이 움직일 수 없는 사실로 정착되었다.

20여년 전인 1992년 6월 도쿄국립박물관에서는 '가야문화전'이라는 대규모 전시회가 열렸다. 이 전시회 제목에는 '되살아나는(蘇る, 요미가에루) 고대왕국'이라는 부제가 붙어 있었다. 이 전시회에서 많은 일본인들은 가야의 철기문화와 기마문화, 그리고 스에키의 원조인 가야 도기의 장대함을 여실히 확인하면서 제목 그대로 '요미가에

| 가야문화전 도록 | 1992년 6월 도쿄국립박물관에서는 '가야문화전'이라는 대규모 전시회가 열렸다. 이 전시회 제목 위에는 '되살아나는 고대왕국'이라는 부제가 붙어 있었다.

루'를 느꼈을 것이다. 이 전시회는 당시 일본 천황도 관람했다.

이 대목에서 나는 반성하는 의미로 한마디하지 않을 수 없다. 아직껏 우리나라에서는 가야문화전을 이런 규모로 개최한 적이 없다. 일본의 역사왜곡을 질타하기 전에 우리가 먼저 물증으로 제시하여 그들로 하여금 다시 생각하게 만들어야 마땅한 일 아닐까. 국내에선 가야가 '잃어 버린 왕국'이 되는 사이, 일본인들은 뼛속까지 가야사를 느끼고 있는 셈이다.

가까운 아스카 박물관

'가까운 아스카 박물관'은 쇼토쿠 태자묘에서 얼마 떨어져 있지 않다. 우리 버스가 큰길로 나오자 얼마 안 가서 오사카 예술대학이 나왔다. 여기서 다시 큰길을 버리고 좁다란 비탈길을 헤집고 산속으로 들어갔다. 이런 좁은 길로 들어가는 산중에 박물관이 있으리라고 생각하기는 쉽지 않다.

'가까운 아스카 박물관'은 1994년에 오사카 부립 박물관으로 개관되었다. 이 건물은 일본이 자랑하는 건축가 안도 다다오(安藤忠雄, 1941~)가 설계한 것으로 『죽기 전에 꼭 봐야 할 세계 건축 1001』(마크 어빙 외 편저, 박누리 외 옮김, 마로니에북스 2009)에도 실려 있는 그의 대표작이다. 안도는 우리에게도 잘 알려진 건축가로 제주도의 본태박물관, 섭지코지의 글라스하우스, 원주 오크밸리의 한솔뮤지엄이 그의 작품이다.

주차장에 당도하자 회원들은 모두 박물관 위쪽을 바라보며 탄성을 질렀다. 아름다움에 대한 감탄이라기보다 스케일에 대한 감동 내지는 당혹감 같은 것이었다. 이런 산중에 저렇게 큰 건물이 있으리라고는 누구도 상상할 수 없기 때문이다. 책에서도 마야의 신전, 이집트의 피라미드를

| **가까운 아스카 박물관** | 1994년에 오사카 부립 박물관으로 개관한 건물로 일본의 대표적인 건축가 안도 다다오가 설계한 것이다. 안도는 닌토쿠릉과 같은 장대한 이미지를 구현했다고 말했다.

연상케 한다고 했고 실제로 안도는 이 박물관을 구상하면서 닌토쿠릉의 웅장한 스케일감을 담아내려 했다고 밝혔다. 그래서 수십만개의 하얀 화강암 주먹돌로 덮인 대형 계단을 박물관 지붕으로 삼았다는 것이다. 그러고 보면 이 건물은 마치 전방후원분을 번쩍 일으켜 세워놓은 것 같은 형상으로 보인다.

안도 다다오의 건축 세계

박물관으로 들어가는 진입로는 안도의 어느 건축에서도 보이듯이 높고 좁은 거대한 노출 콘크리트 벽체가 강한 긴장감을 강요한다.

도저히 어디로 이어지는지 알 수 없는 이 계단을 따라가면 곧이어

| **가까운 아스카 박물관의 계단** | 안도는 이 박물관을 구상하면서 웅장한 스케일감을 담아내려고 수십만개의 하얀 화강암 주먹돌로 덮인 대형 계단을 박물관 지붕으로 삼았다고 했다. 그러고 보면 이 건물은 마치 전방후원분을 번쩍 일으켜 세워놓은 것 같은 형상으로 보인다.

눈앞에는 창문 너머의 아름다운 풍경을 보는 듯한 장면이 연출된다. 마침내 입구로 들어선 것이다. 고대 고분의 입구를 연상케 하는 입구를 지나 다시 어두침침해지는 실내로 들어가면 마치 의식을 행하고 있는 것 같은 느낌이 더욱 고조된다.

—『죽기 전에 꼭 봐야 할 세계 건축 1001』(706면)

이것이 이 건축의 기본 콘셉트다. 본래 안도의 건축에는 물질적 과장과 감성의 강요가 강하다. 이 건물은 그중에서도 아주 심한 편이다. 그런 과장과 강요는 사람에게 감동과 놀라움도 주지만 한편으로는 거부감을 일으키기도 한다.

내가 생각하는 그의 건축이 지닌 진짜 강점은 그의 최초 건축인 오사

| 가까운 아스카 박물관 내부 | 진입로에는 안도 다다오의 건축에서 보이는 시각의 유도가 곳곳에 보인다. 내부는 원형으로 돌아가며 전시 유물 전체를 조망케 했다.

카 주택가의 20평짜리 콘크리트 박스처럼 생긴 스미요시노 나가야(住吉
の長屋)에 잘 나타나 있다. 공간을 기능적으로 재단하고, 광선을 효율적
으로 받아들이고, 장식 없는 기하학적 입면 처리와 노출 콘크리트 질감을
드러냄으로써 일본적이면서 동양적이고 기능적이고 현대적인 공간을 창
출해냈다. 그런데 이 건물에서는 안도의 그런 면이 잘 보이지 않는다. 이
에 대해 안도는 나 같은 사람을 위해 준비했다는 듯이 『나, 건축가 안도
다다오』(이규현 옮김, 안그라픽스 2009)에서 일본미의 두 가지 상반된 특질을
설명해놓았다. 일본문화에는 정원에 외따로 지은 작은 차실인 스키야(數
寄屋)처럼 가공되지 않은 소재를 사랑하는 간소하면서 집약적인 미학도
있지만 한편으로는 닌토쿠릉이나 동대사(東大寺)의 대불처럼 웅대하고
대담한 세계를 개척하는 창조력도 있다.

| 하니와 | 가까운 아스카 박물관에 전시된 정교한 하니와 복제품.

그런 것이라면 이해가 간다. 아무튼 안도는 일본뿐만 아니라 동양이 자랑할 만한 건축가이다. 2007년 11월 5일, 연세대 백주년기념관에서 열린 그의 강연회에 나는 문화재청장으로서 그리고 한 사람의 관객으로서 현대건축에 이바지한 그의 공로에 감사하는 마음으로 참석했다.

고분시대 하니와의 세계

박물관 내부 전시공간은 가운데가 뚫려 있는 지하 3층 구조다. 원형으로 이루어진 슬로프를 따라 내려가면서 유물을 가까이서, 멀리서 두루 볼 수 있게 되어 있다. 맨 밑바닥에는 닌토쿠릉과 그 딸린무덤을 150분의 1로 축소한 모형이 있고 슬로프 벽면에는 고분 출토 유물을, 램프 쪽에는 정교한 하니와(埴輪) 복제품을 배치해 전시장 분위기를

| **다양한 모양의 하니와** | 하니와는 일본이 세계에 자랑할 만한 문화유산이다. 그 양도 엄청나지만 조형도 아름답고 신비롭다. 이런 토우와 토기를 수천개 늘어놓았을 때는 장대한 설치미술이 된다.

살렸다.

전시장에 들어서면 제일 먼저 나오는 것이 '왜의 5왕과 도래문화' 섹션이다. 여기에는 태자마을 고분에서 출토된 둥근고리긴칼, 비록 복제유물이지만 금동 말안장, 금동신발, 스에키 등 가야계 유물들이 전시되어있다. 그러나 도래인 코너는 좀더 비중있게 전시되어야 옳다는 생각이 든다. 이 박물관은 2008년에 '도라이진 — 한반도에서 건너온 사람들'이라는 특별전을 가진 바 있는데, 그것을 그대로 상설전시하는 것이 '가까운 아스카 박물관'이라는 이름에 걸맞다는 생각이다.

관람 방향대로 가면 도래문화에 이어 쇼토쿠 태자의 시대, 불교문화의 개화, 문자의 시대, 고분의 마지막 모습으로 이어진다. 그리고 지하밑바닥에 있는 닌토쿠릉 모형을 내려다보면서 슬로프를 따라가면 일본 고분시대 유물을 가까이서 만날 수 있다. 여기서 압권은 고분을 장식하는 토우(土偶)인 하니와의 세계다. 일본 고대의 전방후원분들은 오늘날 모두 풀과 나무로 덮여 동산처럼 되었지만 원래는 봉분 위에 붉은 진흙빛 하지키로 만든 하니와가 수백개, 수천개씩 놓여 있어 장관을 이루었다.

하니와는 일본이 세계에 대놓고 자랑할 만한 문화유산이다. 그 양도 엄청나지만 조형도 아름답고 신비롭다. 이런 토우·토기를 수천개 늘어놓으면 장대한 설치미술이 된다. 이 박물관은 일본의 어떤 박물관보다도 일본 하니와의 세계를 자랑스럽게 보여주고 있다. 하니와의 유래에 대해서는『일본서기』에 다음과 같이 전한다.

어떤 천황의 동생이 죽었을 때 사람을 순장하려고 하였더니 순장당하는 사람이 곧 죽지 않아서 비참한 장면이 벌여졌던 일이 있었다. 그래서 그다음 그의 아내가 죽었을 때에는 이즈모 지방으로부터 하니베 (토기를 만드는 집단) 100명을 불러다가 하니와로 사람과 말, 그밖에 여러 가지 형태의 물건을 만들어 무덤 부근에 묻는 것으로 순장을 대신하였다.

—『일본서기』 권6 수인기(垂仁紀) 32년 7월조

그러나 일본 학자 중에는 하니와가 부장품일 뿐만 아니라 죽은 사람의 주검에 대한 장례 행렬을 보여주기 위해 무덤 경사면에 배열함으로써 결과적으로 무덤무지의 흙이 흘러내리는 것을 막는 기능도 있었다고 해석하기도 한다.

하니와는 종류도 여러가지이고 시대에 따라 그 유형도 바뀌었다. 처음에는 항아리 모양, 원통 모양이었다. 피장자의 영혼을 담는 뜻이었을 것이다. 그러다 집 모양, 무기 모양, 그리고 닭·돼지·물새 모양을 한 동물 하니와가 등장하고 나중에는 인물 하니와가 나타난다.

인물 모양의 하니와는 장례의식의 인물들을 그대로 반영한 것으로 각각의 동작과 표정이 명확하다. 일본 고대 장례 풍습에도 모가리노기레이(殯の儀禮)라는 빈례(殯禮)가 있었다. 장례식 때 시신을 매장하기 전에 일정 기간 빈소에 두는 것이다. 빈(殯)이라는 글자가 주검 시(屍)에 손님 빈(賓)자를 쓰는 것은 죽은 사람은 저승에서는 손님이기 때문이다.

지금도 일본에서 3월 3일이면 히나마쓰리(雛祭り, 여자아이의 명절)가 열려 호텔이나 백화점 로비에 값비싼 수제인형들을 늘어놓은 광경을 볼 수 있다. 이를 보면 하니와 제의가 절로 연상되는데 히나마쓰리는 축제이고 하니와 설치는 장례인 점이 다르다.

다케노우치 가도 너머 '먼 아스카'로

이제 우리는 '가까운 아스카'를 떠나 '먼 아스카'로 간다. 내가 일본 속 고향 같다는 그 아스카다. 여기서 먼 아스카로 가자면 다케노우치 가도(竹內街道)라는 오래된 옛길을 따라가야 한다.

가쓰라기산(葛城山)과 니조산(二上山) 산자락 사이로 난 다케노우치 고개(竹內峠, 288미터)를 넘어가는 길인데 우리 버스도 그 길로 들어선다. 나는 그 옛길을 보고 싶어 창밖을 뚫어져라 바라보았다. 남부여대(男負女戴)하고 험한 길을 넘어갔을 도래인들의 발자취를 상상하고 싶어서였다.

그러나 무정하게도 버스는 고개를 넘지 않고 다케노우치 터널 속으로 깊숙이 빨려들어가는 것이었다. 참으로 허망했다. 그리고 긴 터널을 빠져나왔을 때는 홀연히 가쓰라기시(市)가 일망무제로 펼쳐졌다. 엄청나게 넓은 평야에 다닥다닥 붙은 지붕들이 끝없이 이어져 있었다. 정말로 일본의 시골은 예뻤다.

나는 못내 다케노우치 고개가 그리워 자꾸 뒤쪽 창문으로 지나온 산을 바라보았다. 그러나 내가 상상한 다케노우치 가도의 모습은 보이지 않았다. 이럴 경우 내가 할 수 있는 일은 이 가도를 지나간 옛사람의 기행문을 찾아보는 것이다. 다행히도 일본의 국민작가이자 국사(國師)라고 칭송받는 시바 료타로(司馬遼太郎)의 글이 있다.

시바 료타로의 『가도를 가다』

시바 료타로는 1971년 1월부터 『주간 아사히(週刊朝日)』에 『가도(街道)를 가다』를 근 20년간 연재하여 모두 43권을 펴냈다. 그중 우리나라 기행문인 『한(韓)나라 기행』과 『탐라기행』은 내가 학고재 주간일 때 번역해 출간했다(박이엽 옮김, 1998). 그 내용이 뛰어나서라기보다 우리 국민도 일본의 대표적 지성이 우리나라를 바라보는 시각을 알 필요가 있다는 생각에서였다.

그의 『가도를 가다』의 일본편은 정확히 말하자면 '옛길을 가다'이다. 그는 역사의 가도를 지나면서 일본의 역사와 일본 혼과 일본인의 마음과 일본인의 자랑을 '시바 사관'에 입각해 풀어나간 것이다. 그가 『가도를 가다』 제1권에서 두번째로 걸은 옛길이 '다케노우치 가도'인데 그는 이 길을 일본에 문명을 실어나른 길, 말하자면 '일본의 실크로드'라고 했다. 꼼꼼히 읽어보니 역시 시바는 시바였다. 그는 나와 역방향에서 이 고개를 넘었다.

다케노우치 고개를 넘으면 가와치국이다. 그 너머에 오사카만이 펼

| **다케노우치 고개에서 바라본 가쓰라기시** | 다케노우치 터널을 빠져나오면 홀연히 가쓰라기시가 일망무제로 펼쳐진다. 넓은 평야에 다닥다닥 붙어 있는 지붕들이 끝없이 이어지는 통쾌한 전망을 보여준다.

쳐져 있고 다시 세토 내해의 수로(水路)를 통해 규슈에서 해외로 연결된다. 이 루트를 통해 철제무기를 일본이 '정교한 무기가 넘쳐나는' 나라라고 불릴 만큼 다량으로——그래봤자 고작 수백 자루——나누어 가져와 야마토를 제압하고 고분시대의 왕조를 수립한 것이 틀림없다. 그야 어찌 됐든 이 길로 우선 철이 지나갔다는 것이 중요하다.

나아가 5세기 후반 무렵부터 왕가(王家)를 넘볼 정도로 세력을 점한 소가씨는 이 가쓰라기 산록에서 다카이치군의 한쪽까지 세력권 안에 넣었던 듯하다. 이 고대 세력의 특징은 대륙과 교통하는 개명주의였고, 나아가 세대를 거듭하면서 대륙과의 교통이나 무역을 독점하고 또 휘하에 귀화인 기술자를 모아서 고대사회에서 최초로 산업세력을 형성했던 것이리라. 이 소가씨에게 다케노우치 가도는 대륙으로 가는 동맥이었던 것만은 명백하다.

아무튼 우리들은 다케노우치 고개로 향해 달리고 있었다. 우리들 앞에는 가득히 가쓰라기산과 니조산의 능선이 허공의 가장자리를 아름다운 파도처럼 겨루고 있겠건만 이미 날이 어두워 보이지 않았다.

2013년 2월, 음력설이 지나고 며칠 안 되어 다시 아스카에 왔을 때 나는 가시하라(橿原)의 호텔에 묵었다. 아스카의 밤공기를 맞고 싶어 호텔 밖으로 나와보니 유난히 추운 날씨가 거기도 예외가 아니어서 산책할 엄두가 나지 않았다. 넓게 열린 아스카의 하늘은 찬 공기가 가득하고 서쪽을 가로지르는 먼 산엔 누나의 눈썹 같은 초승달만 수줍은 자태로 이쪽을 비추고 있었다.

이튿날 아침 창문을 여니 밤새 눈이 내려 노란 초승달이 걸려 있던 서쪽 산자락에 흰 눈이 소복이 쌓였고 굽이치며 길게 뻗은 산맥은 더욱 선

명하게 드러나 보였다. 참으로 아름다웠다. 사진을 찍으면서 나이 지긋
한 호텔 직원에게 저 산이 무슨 산이냐고 물으니 '가쓰라기산'이란다.

"아! 내가 가까운 아스카에서 이곳으로 넘어온 산이 바로 저 산이었
구나!"

그날따라 가쓰라기산은 험하고 높아만 보였다.

도래인 신사에 바치는 동백꽃 한 송이

꿈을 파는 집, '렌탈 사이클' / 다카마쓰 고분 / 성수의 광장 /
도래인의 고향, 히노쿠마 / 야마토노아야씨 / 아스카사의 창건 /
소가노 우마코 / 석무대 / 소가노 마치와 목만치

꿈을 파는 집

조그만 시골 기차역을 면치 못한 아스카역 앞에는 '렌탈 사이클—꿈을 파는 집'이라는 자전거 대여점이 있다. 25년 전, 내 나이 서른대여섯일 때 나는 '꿈을 파는 집'에서 자전거 한 대를 빌려 타고 아스카 들판을 순례하며 아침부터 저녁까지 꿈같은 시간을 보낸 적이 있다.

다카마쓰 고분, 도래인 신사인 오미아시 신사, 쇼토쿠 태자의 탄생설화가 깃든 귤사(橘寺), 소가노 우마코(蘇我馬子)의 무덤으로 알려진 석무대(石舞臺), 일본 최초의 절인 아스카사(飛鳥寺), 『만엽집』의 무대였던 아마카시 언덕······

한여름 땡볕에 살은 타는 듯 따갑고, 갈증으로 연신 물을 마시면서도 한 굽이 너머 이곳, 또 한 굽이 너머 저곳을 들러보는 것이 마냥 즐거워

지칠 줄 몰랐다. 고갯마루까지 올라가 자전거에 앉으면 다음 유적지까지 거저 가는 것이 너무도 신나서 두 다리를 브이(V)자로 벌리고 소리 높여 노래부르며 내려왔다.

그러나 자전거라는 것이 오르막길에선 페달 밟기가 너무도 힘들어 나지막한 비탈이라도 만나면 모시듯 끌고 올라가는 수밖에 없었다. 빌려 탄 자전거를 대여소에 반납하니 저녁 6시였다.

그날 밤 나는 곯아떨어져 잠이 들었고 이튿날은 넓적다리가 부러질 듯 아파 제대로 걷지도 못했다. 지금은 거저 빌려준다 해도 사양할 테지만 그 꿈의 여로는 아스카를 내 고향처럼 간직하게 해주었다.

그래서 아스카 답삿길에 '꿈을 파는 집' 앞을 지나갈 때마다 그쪽을 바라보며 오랫동안 시선을 놓지 않았다. 2013년 봄 매화가 한창 피어나기 시작할 무렵 아스카를 다시 찾았을 때에는 '꿈을 파는 집' 간판 사진을 찍어두고 싶어 잠시 차에서 내려 그 앞으로 달려갔다.

그런데 이게 어찌 된 영문인가! '꿈을 파는 집' 간판 위에는 작은 글씨로 '아스카촌 농산물 직판장'이라 쓰여 있었다. 내가 착각한 것인가. 주

| **꿈을 파는 집(왼쪽)과 자전거 답사(오른쪽)** | 아스카역 앞의 '꿈을 파는 집'. 농산물 직판장으로 자전거 대여도 겸한다. 아스카에선 자전거로 답사하는 젊은이를 많이 만나게 된다. 나도 한때 저 자전거로 하루를 보낸 적이 있다.

위를 돌아보니 상가 건물이 기역자로 들어서 있고 자전거 대여소는 뒷전으로 밀려나 있었다. 예전과는 달리 여남은 대의 자전거가 임자를 기다리며 줄지어 있기에 가까이 가서 보니 그것은 옛날의 그 자전거가 아니라 신식 전동자전거였다. 그거라면 나도 자신있다. 언젠가 석무대에 벚꽃이 만발할 때, 아니면 아스카 동산이 단풍으로 물들 때 그걸 타고 다시 한번 온 동네를 누비고 싶다.

아스카를 생각한다

아스카는 얕은 구릉들이 포근히 감싸안은 아늑한 분지의 조용한 전원도시다. 요란한 현대식 건물도 없고 어디에서 보아도 반듯하게 구획된 논과 밭에는 갖가지 곡식과 작물로 푸름이 가득하고 낮은 언덕 아래에는 시골집들이 옹기종기 모여 있다.

일본의 고대국가를 탄생시킨 100년 왕도라고는 생각할 수 없을 정도로 유적은 퇴락하고 고즈넉한 분위기로 가득하다. 아스카에 처음 왔을 때 내가 받은 인상은 퇴락한 부여와 아주 비슷했다.

550년 무렵 개막된 아스카시대는 710년 수도를 나라의 헤이조쿄(平城京)로 옮기면서 막을 내렸다. 그러고는 곧바로 지금과 같은 폐도(廢都)가 되었던 모양이다. 헤이조쿄로 떠난 지 70년 남짓 만에 편찬된 『만엽집』에 실려 있는 한 가인(歌人)의 노래를 보면 쓸쓸한 아스카에 대한 회상이 절절하다.

신이 계시는 신악(神岳) / 가지가 무성히 / 뻗어 있는 솔송처럼 / 계속해서 무성히 / (…) / 끊임없이 이처럼 / 계속 다니고 싶은 / 아스카의 오래된 도읍지는 / 산도 드높고 / 강도 웅대하구나 / 봄날이 되면 /

| 귤사에서 바라본 아스카 마을 풍경 | 아스카 시골 풍경은 고즈넉한 분위기로 가득하다. 부드러운 능선의 산자락에 깃든 마을의 모습은 부여와 아주 비슷했다.

한없이 산이 사랑스럽고 / 가을밤에는 / 강물 소리가 맑네 / 아침 구름에 / 학은 어지러이 날고 / 저녁 안개 속엔 / 개구리 울어댄다네 / 무엇을 봐도 / 눈물이 절로 나네 / 그 옛날을 생각하자니.

— 야마베노 아카히토(山部赤人)『만엽집』제3권 324

처연한 시다.『만엽집』에는 이밖에도 아스카를 노래한 많은 시가 실려 있다. 본래 폐허가 된 왕도는 절로 시심(詩心)을 불러일으키는 법이다. 당나라 시인들이 즐겨 노래한 것도 장안(長安)이 불타고 낙양(洛陽)으로 천도하면서 일어난 무상의 감정이었다.

현대 일본의 문필가들이 아스카에 대한 아련한 향수를 담아 역사적 서정의 날개를 펼친 것도 적지 않다. 고바야시 히데오(小林秀雄)의「소가노 우마코의 무덤」, 오리쿠치 시노부(折口信夫)의「아스카를 생각한다」,

가메이 가쓰이치로(龜井勝一郎)의 「아스카로(飛鳥路)」 같은 글은 그들의 높은 필명으로 미루어볼 때 한번 읽어볼 만하다고 생각했지만 나의 노력이 거기까지는 가지 못했다. 그저 내가 읽은 와쓰지 데쓰로(和辻哲郎)의 『고사순례(古寺巡禮)』에 아스카의 절이 하나도 언급되지 않은 것이 많이 서운했다.

그 대신 아스카의 문화유산과 역사적 풍토에 관한 충실하고 신뢰할 만한 저서들이 도래인의 자취를 찾아가는 나의 답삿길에 절대적인 길라잡이가 되었다. 그런데 이 책들의 제목은 모두 '아스카(飛鳥)'이고 그 부제만 다를 뿐이다.

가도와키 데이지(門脇禎二)의 『아스카 ― 그 고대사와 풍토』, 이노우에 미쓰사다(井上光貞) 외 엮음 『아스카 ― 고대를 생각한다』, 나오키 고지로의 『아스카 ― 그 빛과 그림자』, 가도와키 데이지가 감수한 『아스카 ― 고대에의 여행』.

아마도 아스카라는 단어 자체에 역사적 이미지가 너무도 짙게 담겨 있어 이런 식으로 표제를 다는 것 이상의 방법이 마땅치 않았을 것이다. 그런 식으로 말한다면 나의 답사기는 『아스카 ― 도래인의 고향』이다.

다카마쓰 고분

'꿈을 파는 집'에서 자전거를 빌려 타고 아스카를 일주할 때 내가 제일 먼저 찾아간 곳은 다카마쓰(高松) 고분이었다. 고구려 고분벽화의 영향이 뚜렷이 남아 있어 우리나라 역사책에도 나오는 다카마쓰 고분은 내 전공인 회화사의 한 영역이기 때문에 꼭 한번 가보고 싶던 곳이었다. 애당초 내가 아스카를 찾아간 목적이 여기에 있었다.

다카마쓰 고분은 아스카 남쪽 산자락에 있다. 이 지역은 아스카시대

| **다카마쓰 고분** | 언덕자락에 높직이 올라앉아 있는 다카마쓰 고분은 봉분의 크기도 무덤의 자리앉음새도 고구려·백제의 분위기와 같다.

왕릉(덴무天武, 지토持統, 몬무文武)을 비롯하여 많은 고분이 산재한다. 1972년 가시하라(橿原) 고고학연구소가 이 일대를 조사하다가 발견한 다카마쓰 고분에서는 전혀 예상치 못했던 벽화, 그것도 고구려 고분벽화에서나 볼 수 있는 사신도, 별자리 그림, 여인행렬도가 나와 일본에서 전후 최고의 고고학적 발견이라며 큰 화제가 되었다. 아쉽게도 이미 오래전에 도굴되어 수습한 유물은 소수에 지나지 않았다고 한다.

언덕자락에 높직이 올라앉아 있는 다카마쓰 고분은 직경 23미터, 높이 5미터의 흙무덤으로 공주 송산리 고분이나 부여 능산리 고분의 봉분 정도 크기다. 무덤의 자리앉음새에서도 백제의 분위기가 느껴진다. 봉분 주변은 아주 깔끔하게 정비되어 있어 유적공원이라는 말이 더 어울릴 것 같았다.

고분 앞에는 전시관이 있어 고분 내부를 실물 크기로 복원해놓고 도

| **다카마쓰 고분 내부의 재현 모습** | 전시관에는 다카마쓰 고분 내부를 도굴 구멍까지 생생하게 재현해놓았다. 석실은 생각보다 작아 보였다.

굴 구멍을 그대로 뚫어놓아 안쪽을 자세히 들여다볼 수 있다. 내부는 잘 다듬어진 판석으로 구축한 길이 2.6미터, 높이 1.1미터, 폭 1미터의 작은 돌덧널무덤〔石槨墓〕이다. 석실은 생각보다 작아 보였지만 벽화의 인물도는 아주 생생하게 보존되어 있다.

천장에는 북두칠성 등 별자리가, 사방 벽에는 사신도가 그려져 있다. 남벽 도굴 구멍 옆의 주작 그림은 지워졌지만 마주 보이는 북벽에는 현무 그림이 생생하다. 동서로 긴 벽면에는 여자 군상, 남자 군상, 해를 상징하는 삼족오(三足烏), 달을 상징하는 두꺼비, 그리고 청룡과 백호가 간격을 두고 그려져 있다.

도판으로 익히 보아온 것이라 특별히 신기하지는 않았지만 벽화의 보존 상태가 너무도 좋아 놀라웠다. 그러나 이후에 들리는 말에 의하면 벽화가 심각하게 변질되어 일본 문화청이 2005년 급기야 석실을 해체하여

| 다카마쓰 고분벽화(위) | 고분벽화의 여인 군상 표현은 고구려풍에 당나라풍이 섞여 있다. 복식은 쌍영총과 수산리 벽화(아래 오른쪽)에 나오는 주름치마에 재킷을 걸친 고구려 패션인데, 인물상의 배치와 풍만한 얼굴은 당나라 영태공주 묘의 벽화(아래 왼쪽)를 연상시킨다.

벽화를 고분 밖으로 꺼내는 최후의 선택을 했다고 한다.

참으로 거역할 수 없는 것이 자연현상이다. 화학물감이 아니라 광물질 안료로 그렸기 때문에 1300년 전 그림이 어제 것처럼 생생했는데 밀폐된 공간에 있다가 일단 공기에 노출되면서 그 상태를 유지할 수 없게 된 것이다. 이 이야기를 들으니 북한에 있는 고구려 고분벽화의 보존 상태가 궁금해지고 걱정도 된다.

다카마쓰 고분벽화의 성격

벽화에는 고구려 고분벽화의 영향이 완연해 보였다. 네 면에 그려진 사신도는 진파리(眞坡里) 고분의 그것과 유사했다. 그러나 여인 군상의 표현은 고구려풍에 당나라풍이 섞여 있었다. 복식은 쌍영총과 수산리(水山里) 벽화에 나오는 주름치마에 멋쟁이 재킷을 걸친 고구려 패션인데, 인물상의 배치가 중첩되어 있는 것과 풍만한 얼굴, 손에 지물을 든 모습은 당나라 영태공주(永泰公主) 묘의 벽화를 연상시켰다.

이 다카마쓰 고분은 710년 무렵에 조성된 것으로 고증되었다. 고구려가 멸망한 지 40년이 지났고, 일본이 견당사(遣唐使)를 보내며 한창 당나라문화를 받아들여 세련시키려고 노력할 때다. 그러니까 지난날의 한반도 영향과 당나라의 새 양식이 혼재된 일본식 혼합양식이다.

다카마쓰 고분 발견 이후 일본 학계에서는 1978년부터 인근 지역을 발굴하며 벽화고분을 찾았다. 그러나 돌방무덤을 확인했을 뿐 고분벽화는 발견하지 못하다가 1983년 다카마쓰 고분에서 1킬로미터 떨어진 곳에 있는 기토라(キトラ) 고분에서 벽화가 발견되었다. 이는 발굴 조사가 아니라 NHK 방송국에서 무덤 안에 카메라를 삽입하는 내시경 촬영 방식으로 조사하던 중 현무 그림을 확인한 것이었다.

| **성수의 광장** | 고분 천장에 그려진 별자리 그림을 모티프로 자연석을 배치하고서 성수의 광장이라 이름했다.

2차 조사에서 천장에 28수(宿)의 별자리를 천문도 형식으로 그린 것을 확인했고, 3차 조사에서는 주작도 등 사신도가 완벽하게 남아 있으며, 특이하게도 십이지상이 그려져 있다는 사실을 새로 알게 되었다. 이는 다카마쓰 고분벽화보다도 고구려 영향을 많이 받았음을 명백히 보여주는 것이다. 그러나 기토라 고분은 보존을 위해 아직까지 발굴되지 않았고 일반에도 공개되지 않고 있다.

성수의 광장

일본의 고대문화가 발전하는 데는 한반도의 가르침이 역력했지만 오늘날 문화유산을 보존하는 태도와 방식은 우리가 일본에서 배울 점이 많다. 다카마쓰 고분 주변은 정말로 아름답게 가꾸어놓은 사적공원이

| **다카마쓰 고분 석실 천장의 별자리** | 다카마쓰 고분에는 북극성을 중심으로 사방에 7개씩 28수(宿)가 그려져 있다. 원래는 별자리가 희미해서 독자들의 이해를 돕기 위해 잘 보이도록 표시하였다.

다. 고분 주변의 자연형질을 그대로 유지하면서 현재도 즐기고 과거의 모습도 다치지 않게 한 슬기가 드러난다. 내가 놀란 것은 세 가지다.

하나는 주차장과 관리소를 고분에서 되도록 멀리 떨어뜨려 길 건너편에 둔 것이다. 유적과 주차장을 분리하기 위해 고분 쪽에 공터가 있음에도 불구하고 길 건너편에서 지하보도를 통해 가도록 했다. 40년 전 일본의 유적 보존 수준이 이처럼 높았다. 이에 반해 우리는 '관람객의 접근성이 좋아야 한다'며 되도록 유적 가까이 주차장을 만들고 있으니 부끄러운 마음이 일어난다.

또 하나는 유적 안내판의 설치방법과 간결한 문장이다. 안내판은 되도록 유물과 주변을 다치지 않게 감추듯 설치한다. 이를테면 자연적인 석축을 상감하고 안내문을 끼워넣은 식이다. 문장은 간략하면서도 핵심을 놓치지 않았고 친절하게 그림까지 곁들여 설명하고 있다.

그리고 또 하나는 '성수(星宿)의 광장'이라는 별자리 공원이다. 다카마쓰 고분에는 북극성을 중심으로 사방에 7개씩 28수가 그려져 있는데, 고분 아래쪽 비탈진 언덕에 이 별자리를 자연석으로 배치하고는 다음과 같은 해설문을 한쪽에 붙여놓았다.

여기는 별자리를 모티프로 한 다카마쓰 고분의 성수의 광장입니다. 다카마쓰 고분 석실 천장에는 별자리가 그려져 있습니다. 여기에서는 자연석을 이용하여 별자리 일부를 표현했습니다. (…) 별자리의 중심에는 천제(天帝)가 살고 있다고 생각된 자미원(紫微垣)이 그려져 있습니다. 북극성을 중심으로 한 깊이를 알 수 없는 별자리들입니다. 한밤중, 이 성수의 광장에서 다카마쓰 고분 북쪽을 바라보면 북극성을 중심으로 돌고 있는 여러 별들이 있어 아스카시대 사람들이 본 것과 똑같은 별을 볼 수 있습니다.

역사적 상상력과 향수를 불러일으키는 역사공원이고 뛰어난 문화재 안내문이다.

도래인의 고향, 히노쿠마

내가 처음 아스카에 왔을 때 아스카의 유적으로 알고 있었던 것은 다카마쓰 고분과 아스카사뿐이었다. 그러나 현지에 와서 안내책자를 보니 다카마쓰 고분 바로 건너편에 도래인 마을이 있다는 것이다. 나는 흥미를 느끼지 않을 수 없었다. 우리 조상들의 제2의 고향이 있다니!

성수의 광장에서 건너편을 바라보면 넓은 들판 언덕배기에 낮게 내려앉은 지붕들이 마을을 이루고 있는 것이 보인다. 참으로 안온한 풍광이

| **히노쿠마사 탑** | 히노쿠마사는 폐허가 되었고 11세기 헤이안시대 양식의 13층석탑이 2개층을 잃어버린 채 그 옛날을 말해주고 있다.

다. 버스로 가자면 한참을 돌아야 하지만 곧장 질러가는 길이 있어 자전거로 갈 수 있었다. 그러나 암만 가도 마을 입구를 알려주는 표지판이 없었다. 뒤돌아와서 묻고 또 물어 간신히 찾았는데, 큰길가에서 언덕배기를 가로질러 난 농로를 따라 안쪽으로 깊이 들어가야 나오는 아주 후미진 곳이었다.

가서 보니 여기는 도래인 야마토노아야씨(東漢氏)가 정착해 살았던 히노쿠마(檜隈) 마을로 도래인 조상을 모신 오미아시(於美阿志) 신사가 있었다. 마을 깊숙이 들어앉아 있는 이 도래인 신사는 시골 신사치고는 제법 규모가 있고 품격도 높아 보인다. 도리이가 번듯하고 고마이누(狛犬)도 당당하다. 그러나 인적 없는 스산한 분위기는 안쓰럽기만 했다.

가볍게 경배를 하고 신사 뒤쪽으로 돌아가보니 폐사지로 남은 빈터에 히노쿠마사(檜隈寺)의 자취를 알려주는 11세기 헤이안시대 양식의 13층

| **오미아시 신사의 동백** | 오미아시 신사 주변은 인적이 없어 적막하기 그지없었다. 다만 한쪽에 농백꽃이 만빌하여 스산한 마음에 위로가 되었다.

석탑이 2개층을 잃어버린 채 덩그러니 서 있어 그 옛날의 빛과 그림자를 말해준다. 신사 앞에는 오래전 아스카 보존회가 세워놓은 동판에 다음과 같이 적혀 있었다.

히노쿠마는 백제에서 도래한 아지사주(阿智使主, 아치노오미)가 살았던 곳이라 전하는데 오미아시 신사는 그를 제신(祭神)으로 섬기고 있다. 히노쿠마사 터는 신사 경내에 있으며 탑, 강당으로 추정되는 건물 터가 남아 있다. 『일본서기』 686년 조에 히노쿠마사라는 절 이름이 나와 있고, 절터에서 7세기 말의 기와가 출토되었다.

우리 역사의 이면에 이런 사실이 있고 일본에 남아 있는 자취가 이렇게 뚜렷하다는 것이 신기하기도 했다. 나는 그때 처음으로 도래인 신사

| **오미아시 신사 입구** | 도래인 조상을 모신 신사이다. 마을 깊숙이 들어앉아 있는 이 도래인 신사는 시골 신사치고는 제법 규모가 있고 품격도 높아 보인다. 도리이도 번듯하고 고마이누도 당당하다.

라는 것을 보았고, 히노쿠마라는 마을 이름도 처음 들었고, 그전까지는 야마토노아야씨의 내력을 알지도 못했다. 언필칭 문화사로서 미술사를 전공하고 있다는 것이 부끄러웠다. 이후 아스카에 관한 자료를 조사하고 여기를 다시 찾은 것이 결국 이 글을 쓰게 된 계기가 되었다.

2013년 봄에 갔을 때 여전히 큰 차는 들어가지 못하는 좁다란 농로여서 우리는 길가에 버스를 세워두고 걸어 들어갔다. 신사도, 석탑도, 풍광도, 안내판도 아무런 변화가 없었다. 다만 동판이 녹슬어 안내문을 간신히 읽을 수 있을 정도였다. 여전히 신사 주변은 인적이 없어 적막하기 그지없었다. 쓸쓸하다 못해 을씨년스러웠다. 다만 한쪽에 선 해묵은 홍매가 막 꽃망울을 터뜨리고 있어서 스산한 마음에 조금은 위로가 되었다.

그래도 전날 아침 누가 다녀간 듯 신사 앞의 꽃병에는 생기를 잃지 않은 꽃들이 다소곳이 고개를 숙이고 있었다. 나는 홍채를 발하는 동백꽃

| 오미아시 신사 | 신사 본전 뒤편에는 아담하고 신령스런 작은 건물이 따로 세워져 있다.

한 송이를 꺾어 바치고 당신들이 이국땅에서 살면서 겪었을 어려움과 고단했을 삶을 위로해드렸다.

히노쿠마 마을의 그런 스산함 때문일까. 2013년 봄 회원들을 이끌고 아스카를 답사했을 때 나는 이곳을 다카마쓰 고분과 함께 처음이 아니라 마지막 답사처로 삼았다.

야마토노아야씨

역사는 언제나 선악의 구별 없이 주인공들에게 스포트라이트를 비추지만 그 뒤안길에는 그 시대 문화를 일으켰던 민초들의 수고로움이 깔려 있다. 아스카의 영광은 이곳 히노쿠마에 살던 도래인 야마토노아야씨가 없었다면 불가능했다고 해도 과언이 아니다.

아야씨라 불리는 한(漢)씨에는 동한(東漢)씨와 서한(西漢)씨가 있는데 동한씨는 야마토노아야, 서한씨는 가와치노아야라고 부른다. 가까운 아스카가 있는 가와치는 서쪽이고 이곳 야마토 지역은 동쪽이기 때문이다.

도래인에 대해서는 여러가지 설이 있지만 항시 이야기되는 주요한 성씨는 아야(漢)씨, 후미(文)씨, 하타(秦)씨, 소가(蘇我)씨 등이다. 아야씨는 백제 아지사주의 후손, 후미씨는 왕인 박사의 후손, 하타씨는 신라인 진하승의 후손이고, 소가씨는 분명하지 않지만 백제 목만치(木滿致)의 후손으로 보는 견해도 있다.

오미아시 신사에서 신으로 모시는 아지사주에 대해서는 『일본서기』에 다음과 같이 나온다.

야마토노아야의 조상인 아지사주와 그 아들 도가사주(都加使主)가 17현(縣)의 무리를 거느리고 와서 귀화했다.

아지사주는 120현민을 데려왔다는 궁월군과 함께 대표적인 도래인 집단인데 사주란 백제에서 사용하던 경칭이며, 때는 409년으로 추정된다. 이어서 『일본서기』에는 아지사주가 고구려를 거쳐 오나라까지 가서 활약했다는 황당한 기사가 몇해에 걸쳐 나온다. 학자 중에는 아지사주를 아직기와 동일 인물로 보는 견해도 있다.

히노쿠마에 정착한 야마토노아야씨의 당시 활동은 대단했다. 이에 대해서는 『아스카 — 고대에의 여행』(平凡社 2005)에 다음과 같이 알기 쉽게 정리되어 있다.

야마토노아야씨는 도래인 10여개 성씨의 총칭이다. 그 성씨를 보면 히노쿠마씨를 비롯해 후미씨, 사카노우에(坂上)씨, 히라다(平田)씨 등

10여개의 성씨들이 '이마키(今來) 고오리'에 모여 살았다.

그런데 이들은 대내적으로는 각기 자기 성을 불렀지만 대외적으로는 모두 야마토노아야씨로 총칭되었다. 그래서 '사카노우에 아무개'라는 사람은 대외적으로 불릴 때는 '야마토노아야 아무개'라고 했다.

여기서 '이마키'란 '새로 온'이라는 뜻이고, '고오리'란 우리말의 고을이다. 그래서 이곳 다카이치군을 옛날에는 이마키군(今來郡)이라 불렀다. 이처럼 히노쿠마의 야마토노아야씨는 새로 온 도래인 집단을 말하는 것이었다.

772년의 기록 『석일본기(釋日本紀)』에서는 이마키 고을은 열 명 중 여덟아홉 명이 도래인이었고 다른 성씨는 한두 명에 그쳤다고 했다. 그리고 9세기에 간행된 『신찬성씨록(新撰姓氏錄)』을 보면 이마키군에는 아야씨 외의 한반도 도래인들이 퍼져 있었다고 한다. 아야씨계 성씨는 모두 열하나였으며, 이밖에도 백제계가 여섯, 고구려계가 여섯, 가야계가 둘, 신라계가 하나 등 총 26개의 성씨가 있었다고 한다.

도래인 기술 집단

도래인이란 당시 한반도의 정세변화로 삶의 토대를 잃은 이민 집단인데 야마토 정권이 이 '보트 피플'을 받아들인 것은 그들이 문명을 지니고 있었기 때문이다. 야마토노아야씨는 기술로써 아스카시대의 개명에 중요한 역할을 했다. 이들은 성씨마다 전문적인 기술과 기능을 갖고 있었다.

문필은 후미씨, 군사는 사카노우에씨, 기악(伎樂)은 히라다씨……

이처럼 제각기 건축·토목·금속 기술, 예능 등에서 우수한 기술을 갖고 있었으며 궁중의 경비는 사카노우에씨가 담당하였다.

이리하여 아스카 정권을 정치적·문화적으로 주도하고 있던 소가씨를 모든 면에서 지지해준 것이 야마토노아야씨라는 도래인 집단이었다.

— 『아스카 — 고대에의 여행』

이들은 대규모 관개사업, 토목공사, 농지 개간에도 수준 높은 기술이 있었다. 양잠, 말 사육 등도 도맡았다고 한다. 아스카시대에는 성씨를 부여하는 제도가 있었는데, 씨(氏)는 '우지'라 하고 성(姓)은 '가바네'라 했다. 우지는 한 집안을 나타내는 것으로 정치적으로 명문 집단임을 말해준다. 소가씨, 모노노베씨, 나카토미씨가 대표적인 예다. 가바네는 야마토의 대왕이 수여하는 사회적 칭호로 오미(臣), 무라지(連), 기미(君) 등 다양한 칭호가 있었는데 이를 부여받았다는 것은 상류층에 들었다는 의미이다.

이와 별도로 기술 집단에 부여하는 '시나베(品部)'가 있었다. 칼·도자기·비단·마구·문서 등 담당하는 직능(品)에 따라 베(部)를 부여했다. 예를 들어 칼은 가라카누치베(韓鍛冶部), 도자기는 스에쓰쿠리베(陶作部), 비단은 니시고리베(錦織部), 마구는 구라쓰쿠리베(鞍作部), 기록 출납 외교문서의 작성은 후히토베(史部)가 담당했다. 이 시나베는 도래인 야마토노아야씨가 거의 독점했다.

『신찬성씨록』에는 중앙정부에서 일정한 정치적 자격을 갖춘 가문 1059개 씨족이 실려 있는데, 그중 대륙에서 건너왔다는 제번(諸蕃) 씨족, 즉 도래인이 324개나 되며 그 대부분이 한반도계 도래인이다. 중국인, 페르시아인도 있었다지만 극소수였고 이들은 대개 항해 도중 표착한 사람들로 사회적 역할도 아주 미미했음은 앞서도 말한 바 있다.

이처럼 기술과 문명으로 도래인들은 야마토 정권의 대접을 받으며 살았다. 대접받는 만큼 실력을 더 발휘했다. 그들은 떠나온 고향에서 발휘하지 못했던 기술을 여기에서 오히려 맘껏 펼칠 수 있었다. 야마토의 왜가 일본이라는 고대국가로 나아가는 데 도래인들의 공은 거의 절대적이었다.

야마토노아야씨는 정치적으로 그리고 운명적으로 소가씨 편에 섰다. 소가씨는 4대에 걸쳐 야마토 정권의 대신을 지낸 아스카시대의 실권집단이었다. 그러나 100년 동안 잘나가던 소가씨는 이른바 '임신(壬申)의 난'으로 몰락하면서 종말을 맞았다.

소가씨의 몰락과 함께 야마토노아야씨는 쓸쓸히 역사의 뒤안길로 사라졌다. 『일본서기』 677년 6월조에는 덴무(天武) 천황이 아야씨를 꾸짖는 기사가 나온다.

그대의 일족은 원래 일곱 가지 금령(禁令)을 범했다. 그 때문에 스이코 여왕 때부터 언제나 그대들을 경계해왔다. (…) 지금 나의 치세에 와서 그대들이 옳지 않은 일을 하면 법대로 벌을 내릴 것이다. 그렇다고 아야씨의 씨족을 끊으려는 것은 아니다. 금후 만일 범하는 자가 있으면 반드시 용서하지 않겠다는 뜻이다.

이때부터 아야씨는 궁중 일에서 배제된다. 궁궐의 경비를 맡았던 사카노우에씨조차 헤이안시대 초 다시 무인 집안으로 부상하기 전까지는 하인으로 취급받았다고 한다. 이 조치는 아야씨의 몰락만이 아니라 아스카 문화에서 하쿠호(白鳳)문화로 이행한 것을 의미한다. 이후 야마토노아야씨의 모습은 더이상 역사서에 등장하지 않는다. 세월의 흐름을 따라 일본의 역사 속에 녹아들어간 것이다.

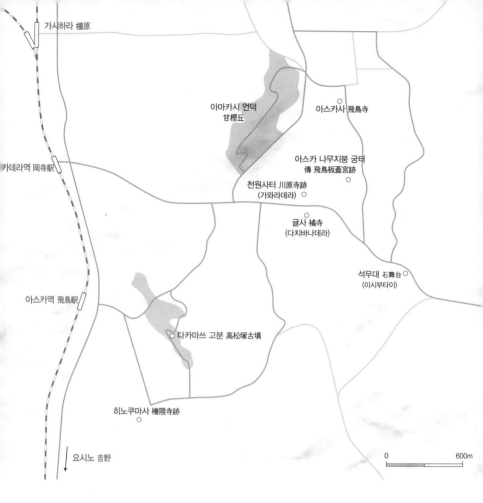

아마카시 언덕
甘樫丘

아스카사 飛鳥寺

카시하라 橿原

카데라역 岡寺駅

아스카 나무지붕 궁터
傳 飛鳥板蓋宮跡

천원사터 川原寺跡
(가와라데라)

귤사 橘寺
(다치바나데라)

석무대 石舞台
(이시부타이)

아스카역 飛鳥駅

다카마쓰 고분 高松塚古墳

히노쿠마사 檜隈寺跡

요시노 吉野

0   600m

아스카시대의 역사

　회원들과 함께 몇차례 아스카를 답사하면서 내가 가장 먼저 찾아가는 유적은 자연스럽게 소가노 우마코의 석무대(石舞臺)와 쇼토쿠 태자의 귤사(橘寺)가 되었다. 이 두 사람은 아스카시대라는 역사 무대의 주인공으로, 이들을 모르면 아스카 답사는 무의미해진다. 이런 점에서 석무대와 귤사는 아스카시대 개막의 상징적 유적이다.

　외국을 여행할 때는 그 나라, 그 시대 역사의 줄거리, 그리고 당시의 역사적 과제와 이를 풀어간 상징적 인물이 누구인지를 알아야 각 유적이 갖는 의미를 이해할 수 있다. 그것은 여행의 기본이다. 아스카시대의 화두(話頭)는 불교의 수용과 율령국가로 이르는 길이었고, 이를 주도한 인물이 바로 소가노 우마코와 쇼토쿠 태자였다.

나는 독자들의 이해를 위해 '일본편 1—규슈'의 '부록'에 일본 고대사를 간략히나마 해설해놓았지만 여기서 독자들의 기억을 상기시키는 의미로 6세기 중엽에서 710년까지 아스카시대 150년간의 연표를 제시한 다음 이야기를 이어가고자 한다. 역사에서 한 획을 긋는 절대연대는 전쟁의 승리 혹은 패배, 새 임금의 등극, 쿠데타, 수도의 천도, 법령의 반포 등을 기준으로 한다.

552년 불교의 공전(公傳), 아스카시대의 개막
587년 숭불파 소가노 우마코의 승리
593년 쇼토쿠 태자의 섭정 시작
604년 헌법 17조 제정, 율령국가의 기초 마련
645년 '을사(乙巳)의 변' 소가씨의 몰락
663년 백촌강 전투의 패배
694년 최초의 왕경(王京)인 후지와라쿄(藤原京)로 천도
701년 다이호 율령(大寶律令) 반포, 율령국가의 완성
710년 헤이조쿄(平城京)로 천도, 나라시대의 개막

그런데 아스카시대의 출발을 불교가 공식적으로 전래된 552년으로 잡는 것에 대해 혹시 그것이 시대의 개막을 알릴 정도로 중요한 역사적 의미를 갖느냐고 의아해할 독자가 있을지도 모르겠다. 그러나 중요해도 보통 중요한 것이 아니다.

불교의 전래

영국의 미술사학자 케네스 클라크(Kenneth Clark)는 고대국가가 성립하려면 반드시 세 가지가 있어야 한다고 설파한 바 있다. 영토, 율령체계, 그리고 종교다. 영토는 국가가 될 수 있는 통치영역의 확보이며, 율령체계란 율(律)과 영(令), 즉 법률과 행정체계다. 그리고 종교란 죽음의 문제가 아니라 이데올로기의 확보를 의미하는 것이라고 했다. 현대인들은 이것이 잘 이해되지 않을 텐데 당시엔 매스컴이 없었다는 것을 기억하라고 했다.

발달된 종교는 통치이념으로서 국민화합을 이끌 수 있는 계기를 제공했다. 그 때문에 세계 모든 민족이 고유의 신앙이 있었으며 결국 발달된 종교를 수용하여 고대·중세사회를 이끌어갔으니 서양은 기독교, 동양은 불교가 1000년간 두 문화권의 주도적 이데올로기가 되었다는 것이다.

6세기 중엽, 왜의 야마토 정권이 고대국가로 가는 기틀을 마련할 수 있는 구원의 신앙인 불교가 비로소 전해졌다. 『일본서기』에 의하면 552년 백제 성왕이 승려 노리사치계(怒利斯致契)를 파견하여 불경, 불상, 번(幡), 천개(天蓋)를 공식적으로 전해주었다고 한다. (쇼토쿠 태자 관련 기록〔上宮聖德法王帝說〕에는 538년에 전해진 것으로 나온다.)

아무튼 6세기 중엽, 불교가 공식적으로 일본에 들어와 사적으로 초보적인 절을 짓고 불상을 봉안하기도 했다. 이에 토착세력들은 불상을 파괴하고 절을 부수기까지 했다. 신라에서 불교 수용을 두고 갈등을 일으킨 것과 마찬가지로 숭불파(崇佛派)와 배불파(排佛派) 사이에 마찰이 일어난 것이다.

숭불파를 이끈 지도자는 도래인계의 개명주의자 소가노 우마코였고,

배불파는 야마토 정권의 최고집정관으로 토착세력의 리더인 모노노베씨(物部氏)였다. 숭불파와 배불파는 격렬하게 대립했다.

587년, 왕위계승 문제를 계기로 드디어 운명의 결전이 벌어졌다. 이때 배불파의 모노노베 편에는 토착세력인 나카토미씨(中臣氏), 오토모씨(大伴氏)가 합세했다. 나카토미씨는 훗날 거족이 된 후지와라씨(藤原氏)의 조상이다.

숭불파 소가씨 편에는 도래인 야마토노아야씨가 있었다. 그리고 훗날 쇼토쿠 태자가 된 13세 우마야도(廐戸) 왕자가 가담했다. 혈투는 3년간 계속되었고 결국 숭불파가 배불파에 승리했다. 이는 보수적인 토착세력에 대한 진보적인 개명파의 승리를 의미하는 것이다.

소가노 우마코

숭불파의 소가노 우마코(蘇我馬子, 550?~626)는 진보적인 개명주의자로 6세기 후반, 야마토 정권의 실세였다. 고조할아버지 때부터 힘을 길러온 소가씨 가문은 우마코의 아버지 때부터 실세로 부상하여 왕가와 혼인으로 인척관계를 맺으면서 막강한 권력을 갖게 되었다. 우마코는 이런 가문의 힘을 바탕으로 약관 22세에 대신이 되었다.

배불파와의 전쟁이 막바지에 다다랐을 때 소가노 우마코와 우마야도 왕자(쇼토쿠 태자)는 이 전쟁에서 승리하면 절을 세워 보답하겠다고 부처님께 맹세했다. 그리하여 전쟁 승리 후에 소가노 우마코가 세운 절이 아스카사이고, 쇼토쿠 태자가 세운 절이 오사카의 사천왕사(四天王寺, 시텐노지)다.

권력을 장악한 소가노 우마코는 592년 스슌(崇峻) 왕을 암살하고 스이코(재위 593~628) 여왕을 옹립했다. 스이코 여왕은 직접통치를 포기하고 그의 조카인 20세의 우마야도 왕자에게 정치를 맡겼다. 쇼토쿠 태자의 섭정이 시작된 것이다.

당시 야마토 정권의 실권은 사실상 소가노 우마코에게 있었다. 스이코 여왕의 어머니도 소가씨였고, 쇼토쿠 태자의 어머니도 소가씨였으니 소가씨 세상이었다. 여왕과 태자의 어머니가 소가씨라는 것은 그 집안이 왕실의 외갓집이라는 것 이상의 의미가 있었다.

아스카시대 결혼 풍습은 결혼 후에도 부부가 별거하는 방처혼(訪妻婚)이었다. 남자가 여자 집으로 찾아가 남녀관계를 하고는 다시 자기 집으로 돌아갔고 아이의 양육은 여자가 맡았다. 그 때문에 당시 사람들은 자신을 어머니의 일족으로 생각하는 경향도 있었다고 한다. 왕가에 딸을 많이 시집보낸 소가씨는 어릴 때부터 왕자를 키웠기 때문에 그 실권이 더 클 수밖에 없었다.

우리로선 참으로 별난 혼인제도다. 그런데 일본인들에겐 너무도 당연한 상식이었는지 어떤 아스카 안내서에도 이런 얘기가 실려 있지 않아 나는 이를 아는 데 오랜 시간이 걸렸다. 하기야 일본에는 지금도 데릴사위제가 있다는 사실을 일본인들은 새삼 얘기하지 않을 것이고 이 사실을 처음 아는 한국인들은 신기해할 것 아닌가. 일본과 우리는 이처럼 다른 점도 많고 서로 모르는 점도 많다.

석무대

석무대(石舞臺, 이시부타이)는 소가노 우마코의 묘라고 전해지고 있다. 낮은 구릉 위에 집채만 한 거대한 자연석 두 개가 이마를 맞대고 있는 형상으로, 그 율동적인 모습 때문에 돌이 춤을 추는 것 같다고 해서 지어진 이름이다. 그러나 이것은 본래 거대한 봉분에 덮여 있던 흙이 벗겨

| 석무대 | 낮은 구릉 위에 집채만 한 거대한 자연석 두 개가 이마를 맞대고 있는 형상으로 그 율동적인 모습 때문에 돌이 춤을 추는 것 같다고 해서 지어진 이름이다.

지면서 무덤 석실 덮개돌이 통으로 드러난 것이다. 100년 세도의 소가씨 집안이 멸망하자 그동안 원한이 쌓였던 사람들이 봉분 흙을 긁어대며 화풀이를 하여 이렇게 무덤 지붕돌이 드러났다고 한다. 이렇게 해서 원래 봉분은 한 변이 50미터인 거대한 방분(方墳, 네모 무덤)이었음이 확인되었다.

　돌의 무게는 하나가 75톤에 이르는 거석이었으니 무덤 조성에 얼마나 많은 인력이 동원되었겠으며, 석실 축조에는 얼마나 정교한 토목 기술이 발휘되었겠는가. 그것은 틀림없이 소가씨를 지지했던 도래인 야마토노아야씨의 토목 기술자들 솜씨로 이루어진 것이리라.

　1933년에 교토대학에서 석무대 아래쪽을 발굴한 결과 거대한 석실이 발견되었다. 석실은 길이 7.7미터, 폭 3.5미터, 높이 4.7미터이고 무덤길(연도羨道)이 11미터나 된다. 부장품은 대부분 도굴되었고 스에키 도편과 청

74

동제 금속품 몇개만 수습되었는데 7세기 전반에 축조되었을 것으로 고증되었다. 석관은 발견되지 않았지만 석실에서는 반듯하게 다져진 응회석 파편이 발견되었다.

석실은 개방되어 들어가 볼 수 있다. 탐방로를 따라 아래쪽으로 내려가 석실 안에서 천장을 올려다보면 맞댄 덮개돌 사이로 하늘이 보여 무덤 안이 어둡지 않고, 마치 천장이 높은 방에 들어간 기분이 든다. 이런 상원하방(上圓下方)의 석실봉토분(石室封土墳)이 일본 열도에서 간혹 발견되는데,

| 석무대 내부 | 탐방로를 따라 아래쪽으로 내려가 석실 안 천장을 올려다보면 이를 맞댄 덮개돌 사이로 하늘이 보여 무덤 안은 어둡지 않고 마치 천장이 높은 방에 들어간 기분이 든다.

이는 백제의 가장 일반적인 묘제였기 때문에 대개 도래인의 무덤이었을 것으로 생각된다. 그중에서도 석무대의 규모가 가장 커서 소가씨가 도래인이었다는 주장의 유력한 물증의 하나가 되기도 한다.

소가노 마치와 목만치

소가노 우마코의 집안인 소가씨가 이처럼 도래인이라는 주장이 강력히 제기되는 것은 우마코의 고조할아버지인 소가노 마치(蘇我滿智)가 백제의 대신 목만치(木滿致)일 가능성이 아주 크기 때문이다.

소가씨가 권력을 잡은 것은 우마코의 아버지 이나메(稻目) 때부터인데, 우마코의 할아버지는 고마(高麗), 증조할아버지는 가라코(韓子), 고

조할아버지는 소가노 마치이다. 이름만 보아도 도래인 냄새가 역력하다.

한편 『삼국사기』에는 백제의 대신으로 목협만치(木劦滿致)라는 인물이 나오고, 또 『일본서기』에는 목만치라는 인물이 있는데 이는 모두 한 사람을 지칭하는 것으로 추정된다. 『삼국사기』 「백제본기」 개로왕 21년 (475) 조를 보면 개로왕이 살해되던 때 왕자인 문주왕을 데리고 공주로 내려간 대신이 목협만치였다고 했다. 그리고 『일본서기』에서는 "목만치는 목라근자(木羅斤資)의 아들인데 그 아버지의 공에 의지하여 임나(가야)를 오로지 마음대로 했다. (…) 그래서 소환했다"라고 했다.

소가씨의 시조 격인 소가노 마치는 '가까운 아스카'에 정착한 뒤 번창하여 아스카 지역까지 세력을 확장한 듯 일족의 묘역이 가쓰라기산 고분군에서 아스카 산록까지 퍼져 있다.

이쯤 되면 소가노 마치와 목만치를 같은 인물로 볼 수 있는 소지가 많다. 『일본서기』의 내용을 액면 그대로 받아들일 수는 없지만 그 핵심적인 사항을 고려해볼 때 시기가 맞아떨어질 뿐만 아니라 정황으로 보아도 그렇다. 그런데 일본인들은 아직 소가씨를 도래인이라고 하지 않는다. 그럴 수 있다는 가능성 정도만 운을 떼는 데 그치고 있다.

물론 일본인들이 소가씨를 도래인으로 믿기에는 부담스러운 면이 많다. 소가씨가 일본 고대사에서 해낸 역할이 너무나 크고, 천황가의 며느리들이 소가씨 일색이던 때가 있었으므로 만세일계라는 천황가의 아이덴티티 문제와 연결되기 때문에 더욱 그런지도 모른다.

이 점에 대해 고려대 김현구(金鉉球) 명예교수는 이렇게 제안한다. 소가씨가 도래인이라는 것을 우리가 주장하기보다는 일본인들 스스로 소가씨가 도래인이라고 명확히 말할 때까지 기다리는 것이 한일 고대사의 성공적 복원에 도움이 된다고.

| 석무대의 사계 | 석무대는 언덕 위 높직한 곳에 자리잡고 있어 사쿠라꽃 핀 봄, 녹음이 우거진 여름, 단풍이 물든 가을, 눈 덮인 겨울 등 사계절의 다른 표정을 보여준다.

석무대의 사계절

석무대는 풍수상으로 보아도 명당이다. 양지바른 언덕에 올라앉아 있어 사방으로 시야가 훤히 트이고 한쪽으로는 온화한 산자락이 받쳐주고 있어서 그 위치 설정이 탁월하다는 인상을 받는다. 이제 와 생각하니 나는 사계절 모두 이곳에 간 셈이다.

자전거로 여행할 때는 논에 벼가 한창 자라고 산에 녹음이 우거져 사방이 온통 초록빛인데 석실로 내려가는 길가에 무리지어 피어난 빨간 무릇꽃이 너무도 예뻐서 한참을 바라보았다. 일본에선 이를 피안화(彼岸

花)라고 한단다.

20년 전 겨울방학을 이용해 나라의 박물관에 있는 한국미술 소장품을 조사하면서 틈을 내어 다시 찾았을 때는 마침 아스카 천지가 눈에 덮여 있었다. 그것은 마치 수묵으로 그린 한 폭의 설경산수화를 연상시켰는데 그때 본 석무대의 덮개돌은 더욱 위풍당당하게 느껴졌다.

또 10여 년 전 어느 가을날, 친구들과 부부 동반으로 갔을 때 도자기에 밝은 친구 부인은 일본의 단풍은 이마리야키의 색회(色繪) 도자기처럼 화려하다며 그들이 "모미지(もみじ, 紅葉)"를 연발하는 이유를 알 만하다고 했다. 그때 우리는 석무대 안쪽으로 조금만 들어가면 있는 모미지의 명소인 단잔 신사(談山神社)까지 가서 일본 단풍의 아름다움을 만끽했다.

그러나 석무대가 진짜로 아름답고 역사의 영욕을 한껏 느끼게 해주는 때는 사쿠라꽃이 만발한 계절이다. 그것은 사쿠라꽃이라고 해야 실감이 날 정도로 우리의 벚꽃과는 다르게 다가왔다. 석무대 회색빛 바위를 둘러싸고 피어난 분홍빛 사쿠라꽃들이 멀리 검푸른 산과 함께 환상적인 배색을 이룬다. 그 절묘한 대비란 역사의 성쇠(盛衰), 개인사 영욕(榮辱)의 무상을 동시에 말해주는 듯하다. 이런 풍광을 만났을 때 우리는 진짜 일본에 온 기분을 느낀다.

아스카 들판에 구다라(百濟)꽃이 피었습니다

우동집 주인과 다꽝 / 귤사 / 쇼토쿠 태자상 / 선악의 이면석 /
천원사 / 아스카사 / 도리 불사의 아스카 대불 /
조메이 왕의 백제대사 / 소가씨의 몰락 / 아마카시 언덕

우동집 주인과 다꽝

석무대를 떠난 다음의 답사처는 거리로 보나 이야기의 흐름으로 보나 귤사(橘寺, 다치바나데라)가 제격이다. 뒷산에 귤나무가 많아 귤사라 불리는 이 절은 쇼토쿠 태자의 탄생지이다. 석무대에서 귤사로 가는 길은 참으로 편안하고 정겨운 시골길이다. 호젓한 언덕바지 오솔길에는 유난히도 조선 소나무가 많고, 언덕 아래로는 계단식 논에 벼가 한창 자라고 있어 여기가 일본 땅 아스카인지 한국 땅 어디인지 차이를 느끼지 못한다. 걸어서 15분이면 다다를 수 있지만 이 길은 자전거로 갈 때가 제맛이다.

아스카를 자전거로 순례할 때의 일이다. 땡볕 아래 돌아다니다보니 점심때가 되어 허기는 지는데 입맛이 없었다. 어디 가서 우동으로 간단히 끼니를 때웠으면 좋겠다 싶었는데 길가에 작은 식당이 있었다. 일본

| **아스카의 풍경** | 아스카는 참으로 편안하고 정겨운 시골이다. 호젓한 언덕바지 오솔길도 있고, 실개천도 흐른다. 길가엔 작은 신전이 있어 지나가면서 교통 안전을 기원한다고 한다.

식당들은 어디를 가나 깨끗하고 음식이 대개 우리 입에 맞기 때문에 식사로 고생하는 일이 거의 없다.

그러나 내가 항상 불만스러운 것은 밑반찬 개념이 우리 같지 않아 너무 소홀하다는 점이다. 특히 단무지라는 다쨍(다쿠앙)은 일본 사람들이 개발한 밑반찬임에도 식당에서는 기껏해야 반달 두 쪽 주고 그만이다. 우동을 먹자면 모름지기 보름달만 한 것 대여섯 쪽은 있어야 하는 것 아닌가. 일본 식당에서는 밑반찬을 더 달라는 문화가 없다. 그랬다간 촌놈 취급을 하는 것이 아니라 종업원이 아주 당황한다.

식당 문을 열고 들어가니 충청도 어드메에서 보았음직한 '할머니 과(科)' 아주머니가 "이랏샤이마세(어서 오십시오)" 하고 맞이하면서, 땀에 젖은 나를 보고 "무슨 일로 이런 더위에 자전거를 타냐"며 한껏 정을 당겨 말을 걸어왔다. 이처럼 식당 주인이 먼저 말을 걸어오는 일이 일본에서는 거의 없다.

나는 서툰 일본어로 한국에서 온 역사선생인데 유적지를 둘러보고 있다고 대답한 다음 우동 한 그릇을 먹고 싶은데 특별히 다꽝을 좀 많이 줄수 있느냐고 물었다. 그러자 아주머니는 곤란하다는 표정을 짓더니 "식당에 내놓는 것은 없고 집에서 먹는 것밖에 없는데 괜찮겠습니까?"라는 것이었다. 나는 고맙다고 일본식으로 고개 숙여 감사를 표했다.

우동과 함께 이지러진 조각달 모양의 쪼글쪼글하고 누리끼리한 다꽝이 그릇에 수북이 나왔다. 그것은 이 지방의 나라즈케(奈良漬, 일본 장아찌의 일종)와도 다르고, 우리가 먹는 노란 단무지와도 달랐다. 정말 별미였다. 나중에 내가 다꽝 얻어먹은 얘기를 야마토 문화관의 요시다 히로시(吉田宏志) 선생에게 들려주었더니 그게 일본 시골집 고유의 다꽝이라며 절대로 남에겐 내주지 않는단다. 정말로 예외적인 대접을 받은 것이라며 나의 넉살에 놀라는 표정이었다.

식사를 마치고 돈을 지불하면서 식당 아주머니에게 혹시 한국에 와보셨느냐고 물었더니 물가가 하도 싸서 동네사람들하고 관광한 적이 있다며 지금도 한국 물가가 그렇게 싸냐고 되물었다. 1980년대에는 환율이 말도 아니게 변했다. 1970년대 초만 하더라도 한화와 일화의 환율이 1대 1이었다. 내가 일본 책을 읽게 된 것도 책값이 쌌기 때문이었다.

그러던 것이 날이면 날마다 올라 두 배, 세 배로 뛰더니 오늘날 1대 10까지 되었다. 그 바람에 일본인의 한국 관광 붐이 일어났고 도쿄도 가보지 못한 일본 촌사람(이나카모노田舍者)도 1970, 80년대에 기생 관광이라는 이름으로 서울에 많이 왔었다. 그때 어떤 촌사람은 호텔 문에 들어서면서 카펫 앞에서 신발을 벗어드는 일도 있었다고 한다.

아주머니께 한국 어디를 가보았느냐고 물으니 뜻밖에도 부여를 가보았다고 했다. 놀라서 부여의 인상이 어땠느냐고 묻자 이렇게 힘주어 말했다.

"아주 똑같아요. 경치가 너무나 비슷해서 놀랐어요."

내가 아스카가 고향처럼 느껴진다고 한 것이 바로 그것이었다. 백제계 도래인들이 아스카에 정착하게 된 가장 큰 동기 중 하나도 자신들이 살던 고향과 비슷하여 결코 낯설지 않은 자연환경 때문이었을 것이다. 그것은 가까운 아스카에서도 요시노가리에서도 똑같이 느낀 점이다.

쇼토쿠 태자의 탄생지, 귤사

귤사는 쇼토쿠 태자가 태어난 곳으로 본래 상궁(上宮)이 있던 자리인데, 태자가 훗날 거처를 법륭사가 있는 이카루가궁(斑鳩宮)으로 옮기면서 세운 절이다. 태자가 발원한 7대 사찰 중 하나로 당시로서는 큰 절이었다. 지형에 맞추어 동향으로 앉히면서 원래는 동문, 중문, 탑, 금당, 강당, 승방이 동서 일직선으로 늘어서고 중문과 강당이 회랑으로 둘러싸인 사천왕사식 가람배치였다.

그러나 16세기 전국시대에 승려들이 두 패로 갈려 전쟁을 벌일 때 교토 승병들이 이쪽으로 쳐들어오면서 귤사를 불질러버렸고 강당 하나만 남았다. 그러다 지금의 절은 19세기 중엽, 메이지유신 때 태자 시절의 가람배치를 무시하고 다시 지은 것으로 고풍이 없고 절의 공식 명칭도 '상궁원(上宮院) 보리사(菩提寺)'가 되었다.

그래도 연륜이 있는 만큼 귤사에는 일본의 중요문화재로 지정된 세 점의 조각상이 있다. 하나는 쇼토쿠 태자상(무로마치시대)이고, 또 하나는 태자의 스승인 일라(日羅) 스님 입상(헤이안시대)이고, 나머지 하나는 지장보살 입상(헤이안시대)이다. 옛 문헌에 의하면 도쿄국립박물관에 있는 법륭사 헌납 보물 중 마야부인상이 1078년에 여기서 옮겨진 것이라 하

고 법륭사 백제관음상도 본래 여기 있던 것으로 추정되고 있으니 이 절의 위상이 오랫동안 유지되었음을 알 수 있다.

현재 귤사의 중심 건물은 쇼토쿠 태자상을 본존으로 모신 태자전이다. 태자가 세상을 떠난 것은 48세 되던 622년이었다. 그는 스이코 여왕보다 일찍 세상을 떠나 끝내 왕이 되지는 못했지만 역대 어느 왕이나 천황보다도 일본 역사에 크게 기여하여 마침내는 부처님과 똑같은 대접을 받는 신앙의 대상이 되었다. 그것이 태자 신앙이다. 쇼토쿠 태자를 개조(開祖)로 하는 성덕종(聖德宗)의 대본산이 법륭사이며, 그가 탄생한 귤사와 그의 무덤이 있는 가까운 아스카의 예복사는 태자 신앙의 성지이다.

태자전에 모셔진 태자상은 35세 때 불경을 강론하던 모습으로 이른바 강찬상(講讚像)이라고 한다. 녹나무〔楠〕 두 개를 합쳐 만든 목조상에 채

| 귤사 입구 | 지금의 귤사는 19세기 중엽, 메이지유신 때 태자 시절의 가람배치를 무시하고 다시 지은 것으로 절의 정식 명칭은 '상궁원 보리사'이다.

색을 한 것으로 조각 솜씨가 뛰어나고 제작자 이름과 함께 1515년에 제작했다는 명문에 의해 절대연대가 밝혀져 있어 일본미술사에서 유명한 작품이다.

쇼토쿠 태자의 일생

쇼토쿠 태자는 574년 요메이(用明) 왕이 왕자 시절에 낳은 아들이다. 마구간에서 태어났다고 하여 이름을 '우마야도(廐戶, 마구간) 왕자'라 했다.

어려서부터 총명하여 '좋은 귀'(豊聰耳, 도요사토미미)라는 별명도 얻었다. 한번은 태자가 사람들의 청원을 들을 기회가 있었는데, 열 명이 앞다투어 호소하며 달려들었는데도 하나도 빠뜨리지 않고 모두에게 적확한

| 태자전 | 현재 귤사의 중심 건물은 쇼토쿠 태자상을 본존으로 모신 태자전이다. 일본의 사찰과 신사의 내부는 신령스러움으로 장식되어 있고 밖에서 들여다볼 수 있을 뿐 가까이 접근할 수 없다.

답을 내려주었다고 한다. 이처럼 태자에게는 많은 전설이 있다.

태자는 만 19세 때인 593년부터 스이코 여왕의 위임을 받아 섭정에 들어갔다. 그는 숭불과 소가씨의 개명사상을 받아들여 야마토 정권이 고대국가로 나아가는 초석을 닦았다. 594년 태자는 '불교 융성의 조(佛敎興隆の詔)'를 발표했다. 595년 고구려의 승려 혜자(慧慈)와 백제의 승려 혜총(慧總)이 건너왔을 때 태자는 혜자를 스승으로 모셔 계를 받고 불교를 널리 보급했다. 아스카의 귤사, 오사카의 사천왕사, 법륭사 등 훗날 태자 7사(太子七寺)라 불리는 일곱 개의 절을 세웠다.

603년 태자는 종래의 씨성제(氏姓制) 대신에 '관위(冠位) 12계(階)'를 제정하여 신분이 아니라 재능을 기준으로 인재를 등용하는 길을 열었다. 이는 행정조직의 효율성으로 왕의 중앙집권을 강화하는 기반이 되었다. 그리고 604년, 마침내 '헌법 17조'를 반포했다. 이 법은 일본 최초의 법으로 율령국가로 나아가는 기초가 되었다.

그는 불경의 해석에도 열중하여 『승만경(勝鬘經)』을 강의하고, 『법화경』 『유마경』 등에 주석을 붙인 『삼경의소(三經義疏)』를 저술한 계몽군주이기도 했다.

견수사의 파견

태자는 왜의 야마토 정권을 율령국가로 세우기 위하여 선진문화를 적극 수용하고자 한반도를 넘어 수나라에까지 사신을 보냈다. 쇼토쿠 태자는 607년 오노노 이모코(小野妹子)를 대사로 하고, 도래인인 구라쓰쿠리노 후쿠리(鞍作福利)를 통역으로 하는 견수사(遣隋使)를 보내면서 수나라 황제에게 다음과 같은 국서를 보냈다.

해 뜨는 곳의 천자가 해 지는 곳의 천자에게 글을 보낸다. 별고 없으신가.
日出處天子 致書 日沒處天子 無恙

『수서(隋書)』는 이 건방진 문구 때문에 수 양제가 진노했다고 전한다. 쇼토쿠 태자의 이런 호쾌한 기상 때문에 일본인들은 더욱 그를 존경하고 흠모하게 되었다. '일본'(해 뜨는 곳)이라는 말도 이때 처음 등장했다.

수나라 황제는 이 무례한 편지에 진노했지만 일본 대사가 돌아가는 길에 배세청(裵世淸)을 답사(答使)로 보냈다. 『수서』 「왜국전」에 의하면 이들은 백제를 경유하여 갔다고 하며, 『일본서기』에 의하면 일본 대사는 수나라 황제가 보내는 국서를 백제에서 분실했다고 한다. 그 때문에 수나라 황제의 답서 내용은 전해지지 않는다.

| **태자전 내부** | 태자전에 모셔진 태자상은 35세 때 불경을 강론하던 모습인데 이른바 강찬상(講讚像)이라고 한다. 그러나 앞이 닫혀 있어 보이지 않고 신령스런 분위기가 연출되어 있다.

이를 계기로 왜와 중국이 직접 교류하는 길이 열려 유학생 4명과 유학 승 4명이 중국에 건너가 15년간 체류하고 불교 및 학문과 제도를 배우고 돌아왔다. 이 유학생 4명 중 3명은 도래인 출신이었으며 이들은 훗날 다 이카개신(大化改新) 때 큰 역할을 하게 된다.

이쯤 되면 도래인은 더이상 한반도 출신의 이민객이 아니라 일본인으 로 정착하여 일본의 역사 발전에 일익을 담당하면서 일본인으로 살아갔 음을 알 수 있다. 도래인이 한반도계라 해서 모국에 무엇인가 공헌했을 것으로 은근히 기대하기란 무리이다.

쇼토쿠 태자상

태자를 신으로 모시는 태자 신앙의 성립은 외래문화를 받아들이는 일

| 네 가지 유형의 태자상 | 쇼토쿠 태자상은 네 가지 표준 도상이 있다. 1. 2세 나무불 태자상 2. 16세 효양상 3. 35세 강찬상 4. 섭정상(이 그림은 아좌태자가 그린 것으로 전한다).

본인의 독특한 수용 태도를 단적으로 보여준다. 일본의 신도(神道)는 실존인물, 역사적 인물을 신으로 승격해 신사에서 숭배하곤 했다.

일본인들은 불교도 있는 그대로 받아들이지 않고 토착신앙 속에 녹여냈다. 그래서 쇼토쿠 태자는 신으로 격상됨과 동시에 부처님과 동격으로 숭배되었던 것이다. 일본인들은 이런 결합을 단순히 복합·화합·융합이 아니라 습합(習合)이라고 했다. 즉 신불(神佛) 습합이다. 삶 속에서 익히면서〔習〕 신도와 불교가 자연스럽게 저절로 합쳐진〔合〕 것이었다. 일본은 이런 습합의 귀재다.

태자 신앙은 특히 가마쿠라시대(鎌倉時代, 1185~1333)에 대단히 성행했는데 일본의 절과 박물관에 가면 태자상을 자주 만날 수 있다. 이 태자상은 다음의 네 가지 유형으로 정형화되어 있다.

- 2세 나무불(南無佛) 태자상: 태자가 두 살 때 합장하고 '나무불(南無佛)' 즉 '부처님께 귀의합니다'라고 했다는 전설에 따른 초상이다.
- 16세 효양상(孝養像): 태자가 열여섯 살 때 부모님께 연꽃을 바치며 효도하는 모습이다.
- 35세 강찬상(講讚像): 태자가 『승만경』을 강론할 때의 모습으로, 영락(瓔珞) 장식을 늘어뜨린 면류관을 쓰고 가사를 걸친 채 왼손에는 단선(團扇)이라는 둥근 부채를 들고 있는 좌상이다.
- 섭정상(攝政像): 태자가 정무를 보던 모습으로, 모자는 쓰지 않고 상투에 쪽을 찐 채 허리에 칼을 차고 두 손에 홀(笏)을 잡고 있는 상이다. 대표적인 예가 백제 위덕왕의 아들인 아좌(阿佐) 태자가 그린 그림으로 이 그림은 당나라 염입본(閻立本)의 「역대제왕도(歷代帝王圖)」와 마찬가지로 양옆에 시녀를 거느린 삼존상 형식인데 단독으로 제작된 좌상도 아주 많다.

쇼토쿠 태자는 현대 일본인들에게도 매우 존경받는 이로서 태자의 초상은 고액권 화폐의 상징이었다. 1930년에 1백 엔부터 시작하여 1958년에는 1만 엔권에 이르기까지 일본 최고액권이 발행될 때마다 쇼토쿠 태자의 초상이 그려져 있었다.

그러다 1984년에 일본 화폐 디자인을 바꾸면서 1만 엔권은 후쿠자와 유키치(福澤諭吉)의 얼굴로 대체되었다. 이때 태자를 존경하는 사람들이 재무성을 찾아가 항의하자 당시 재무상은 다음에 5만 엔권을 발행하게 되면 다시 태자상을 모시겠다며 돌려보냈다고 한다. 재무상의 재치있는 답변은 정치적 순발력을 볼 수 있는 대목인데, 그때부터 일본 경제가 침체일로에 들어가 진짜로 5만 엔권이 발행되는 인플레이션 사태가 일어날까 걱정스럽다는 농담 섞인 얘기도 나돈다.

선악의 이면석

참! 잊어버릴 뻔했다. 귤사에는 선악(善惡)의 이면석(二面石)이라는 것이 있다. 큰 자연석에 사람 얼굴 두 개가 뒤통수를 맞댄 듯 새겨져 있는데 한쪽은 착하고 밝은 모습이고, 한쪽은 어둡고 악한 모습이어서 사람들이 선악의 이면석이라고 불러온 것이다. 본래 그 자리 있던 것이 아니라 어디선가 옮겨온 것으로 추정하고 있다.

아스카에는 이런 희한한 돌조각이 곳곳에 산재한다. 원숭이를 조각한 원석(猿石), 거북이를 조각한 구석(龜石), 수미산석(須彌山石), 귀신의 도마, 귀신의 뒷간, 거대한 남근석 등 의도적으로 만든 갖가지 형태의 조각들이 있다. 수미산석과 남근석 정도가 불교 또는 무속신앙과 연관되었을 것으로 짐작할 뿐 향토사가들도 그 내력을 종잡지 못하여 '수수께끼의

| **선악의 이면석** | 큰 자연석에 사람 얼굴 둘이 뒤통수를 맞댄 듯 새겨져 있는데 한쪽은 착하고 밝은 모습이고, 한쪽은 어둡고 악한 모습이다. 어디선가 옮겨온 것으로 추정된다고 한다.

석조물'이라고들 한다.

한결같이 일본에는 그리 많지 않은 단단한 화강암에 새긴 것으로 미루어보아 혹자는 불교가 들어오기 전에 도래인들이 고향의 풍습을 가져온 것이 아닌가 생각하기도 한다. 그러나 내가 알기로는 우리나라에 이와 연관시켜볼 만한 돌조각이 없다.

귤사의 이면석은 선악의 두 얼굴을 하나의 돌 앞뒤에 새겨놓아 보는 이로 하여금 문득 도덕과 인간성에 대해 한번쯤 생각게 하는 그 무엇이 있다. 데라오 이사무(寺尾勇)라는 분이 쓴 『아스카 역사 산책 ─ 소맷자락에 스치는 역사의 바람(飛鳥歷史散步 ─ 袖吹きかえす古代の風)』(創元社 1972)이라는 책에는 아스카에 대한 애정이 듬뿍 담겨 있는데, 그는 이 이면석을 보면서 인간에 대한 애증을 냉철한 눈으로 깊이 성찰한 나쓰메 소세키(夏目漱石)가 쓴 「마음(こころ)」이라는 소설의 구절을 인용했다.

자네는 이 세상에 악인이라는 별종의 인간이 있다고 생각하나? 그런 틀에 박힌 악인은 있을 리가 없어. 보통 때는 다 선인이야. 적어도 모두 보통 인간인 거지. 그랬던 것이 결정적인 순간에 갑자기 악인으로 변하기 때문에 두려운 거야.

나쓰메의 글 자체도 사려 깊지만 이 이면석을 보는 순간 이 구절을 생각해낸 분의 생각도 깊다. 유물은 이처럼 우리에게 많은 상념과 상상력을 불러일으켜준다. 이런 유물이 국내 어디에 있었다면 나도 인간의 선악에 대해 무언가를 생각하고 퇴계나 연암의 글에서 보았음직한 명구를 떠올렸을지 모른다.

그러나 아스카에 대한 나의 시각은 아스카시대의 역사와 도래인에 집중되어 있기 때문에 생을 관조할 여유가 없었다. 그 점에서 비록 아스카에서 고향의 향기는 느낄지언정 나는 여전히 이국의 여행자일 뿐이다.

천원사터에서

귤사는 큰길에서 넓은 논을 앞에 두고 바라볼 때 참으로 편안하고 아름답다. 우리나라처럼 절 앞을 관광지로 가꾸지 않은 채 옛날 모습 그대로 계단식 논을 유지하고 있어 얼마나 좋은지 모른다. 그것은 현대인의 손때를 타지 않은 문화적 경관이고 역사적 풍광이다.

귤사 건너편으로는 아스카 강변을 끼고 천원사(川原寺, 가와라데라)라는 큰 절의 폐사지가 있다. 건물 주춧돌만을 가람배치대로 정비해놓았는데 한가운데 중금당 자리에 홍복사(弘福寺)라는 작은 절이 섬처럼 들어서 있다.

| **천원사터** | 귤사 건너편으로는 아스카 강변을 끼고 천원사라는 절의 넓은 폐사지가 있다. 지금은 홍복사라는 절이 폐사지 한가운데 섬처럼 자리하고 있다.

　본래 이 절터는 천원궁(川原宮, 가와라노미야)이 있던 자리였는데 절을 지어 아스카사, 대관대사(大官大寺, 다이칸다이지), 본약사사(本藥師寺, 혼야쿠시지)와 함께 아스카시대 4대 사찰로 꼽혔다. 1957년 발굴 결과 1탑 2금당식의 독특한 가람배치를 하고 있었음이 확인됐고 천원사의 남문과 귤사의 북문이 연결되어 있어 아스카시대엔 그곳이 요즘으로 치면 불교센터였음이 확인되었다.

　천원사 한쪽으로는 아스카천(川)이라 불리는 작은 개천이 흐르고 있다. 그래서 천원사라는 절 이름도 얻었다. 일본은 산이 높고 강의 길이가 짧아 우리나라 같은 큰 강을 보기 힘들어 이런 실개천에도 강이라는 이름을 붙인다. 천변에 늘어선 해묵은 나무들이 제법 운치있다.

　거기서 아스카사 쪽을 바라보는 전망이 아주 시원스럽다. 넓은 논밭 너머로 아마카시 언덕이 훤히 바라다보인다. 이 들판을 바라보면서 아스카사로 가는 길은 폐도(廢都) 아스카의 정취를 가장 잘 보여준다. 그 길은 부여의 어느 들판을 가는 듯한 친숙함과 정겨움으로 가득하다.

아스카 나무지붕 궁터

천원사터에서 아스카사 쪽으로 흐르는 아스카강 양쪽으로는 넓은 논이 멀리까지 펼쳐져 있다. 1959년 이 논에 물을 대기 위한 용수로 공사를 하던 중 토기가 나와 대대적인 발굴 조사에 들어갔다. 40여년에 걸친 발굴 조사 끝에 여기는 '아스카 나무지붕 궁터'(飛鳥板蓋宮跡, 아스카 이타부키노미야아토)로 추정되었다.

지금은 그 궁터의 일부 초석만 복원했는데 유적의 규모는 남북 200미터, 동서 156미터로 추정된다. 그렇다면 아스카사, 나무지붕 궁궐, 천원사, 귤사가 연이어 있었던 셈이다. 여기가 아스카의 다운타운이었던 것이다.

아스카시대의 궁터는 아주 많다. 참으로 여러 궁을 옮겨다녔다. 팔조(八釣, 야쓰리)궁, 풍포(豊浦, 도유라)궁, 옹율(甕栗, 미카쿠리)궁, 타전(他田, 오사다)궁, 지변(池邊, 이케노베)궁…… 야마토 정권의 궁궐은 한 곳에 있지 않고 계속 바뀌었는데 이 궁터는 645년 소가노 이루카(蘇我入鹿)를 암살하고 소가씨를 제거한 역사적 사건인 '을사의 변' 때의 궁터로 생각된다.

아스카시대에 궁궐이 이처럼 이리저리 바뀐 것은 방처혼(訪妻婚)의 결과 아버지와 아들이 사는 곳이 다르고 설령 아들이 즉위한다 해도 그가 살던 곳이 곧 궁궐이 되었기 때문이다. 이는 아직 중앙집권이 이루어지지 않았다는 의미이다. 나무지붕 궁궐이라는 이름이 붙은 것에서도 당시 문명 수준을 짐작할 수 있다.

일본에서 처음 선보인 기와집은 596년에 준공된 오늘날의 아스카사였다고 한다. 실제로 아스카사 동남쪽 언덕에는 백제 와(瓦)박사들이 기

| **아스카 나무지붕 궁터** | 아스카시대 궁궐은 왕이 바뀔 때마다 이동했다. 이 궁터에선 나무지붕이 발굴되어 이와 같은 명칭으로 불리고 있다. 궁궐은 남북 200미터, 동서 156미터의 규모로 추정된다.

와를 굽던 가마터가 남아 있다. 그러니 그전의 아스카는 초가집 고을이 었다는 얘기가 된다.

이런 아스카에 궁궐다운 궁궐이 등장하는 것은 694년 아스카 북쪽에 당나라 장안성을 본떠 후지와라쿄(藤原京)를 건설한 때부터다. 그러니 까 7세기 100년간의 왜는 여전히 고대국가로 가는 길목에 있었다.

아스카사의 창건

아스카사(飛鳥寺)는 오늘날 퇴락한 작은 절에 불과하지만 일본 역사 에서 이 절이 갖는 의미는 말할 수 없이 크다. 일본 고대문화사를 다룬 책에 이 절과 불상에 대한 언급이 없다면 그 책은 너무 소략한 책임에 틀 림없다. 건물도 불상도 그 옛날 모습이 아니기 때문에 우리에게 큰 감동

| **후지와라쿄 유적** | 아스카에 궁궐다운 궁궐이 등장하는 것은 694년 12월, 아스카 북쪽에 후지와라쿄를 건설한 때부터다. 궁궐을 도성 가운데 둔 것은 당나라 장안성을 본뜬 것이다.

을 주지는 않지만 어쩌면 아스카 답사의 상징은 여기라고도 할 수 있다.

배불파와의 싸움에서 이긴 소가노 우마코는 다음해인 588년 대대적인 불사(佛事)를 일으켜 8년 뒤인 596년에 법흥사(法興寺)라는 대규모 사찰에 탑을 세우고 불사리를 안치했다. 이 절이 일본 역사상 최초로 등장하는 본격적인 사찰이며 오늘날의 아스카사이다. 아스카사는 왜가 바야흐로 불교국가로 성장했다는 상징성이 있기 때문에 대부분의 일본 역사 연표에도 어엿이 올라 있다. 법흥(法興)이란 불법을 일으킨다는 뜻이다.

아스카사는 순전히 백제 기술자에 의해 건립되었다. 『일본서기』에는 아스카사가 창건될 때의 일이 자세히 기록되어 있는데 백제에서 파견한 승려는 물론이고 건설·토목 기술자, 와박사, 화가 등의 이름까지 나온다.

　백제에서 불사리(佛舍利)와 함께 혜총(惠總)·영근(令斤)·혜식(惠

寔) 등 승려, (…) 사공(寺工)인 태량미태(太良未太)·문가고자(文賈古子), 노반박사(鑪盤博士)인 장덕(將德) 백매순(白昧淳), 와박사(瓦博士)인 마나문노(麻奈文奴)·양귀문(陽貴文)·능귀문(陵貴文)·석마제미(昔麻帝彌) 등과 화공(畵工)인 백가(白加)를 파견했다.

소가노 우마코는 (…) 선조의 집을 헐고 처음으로 법흥사를 지었다. 이곳은 아스카의 진신원(眞神原)이라고 한다. 때는 588년이다.

아스카사(법흥사)는 국가가 세운 관사(官寺)도 아니고 왕이 주도한 왕사(王寺)도 아니고 단지 소가씨가 발원한 씨사(氏寺)였다. 그럼에도 백제에서는 건축·토목·조각 기술자를 보내줄 정도였다. 이런 사실로 소가씨가 백제계 도래인이라는 설이 더욱 힘을 받고 있다.

왕궁은 나무지붕이었는데 아스카사는 기와집에 3층 또는 5층 건물이었다고 하니 불교가 가졌던 위상을 능히 상상할 수 있다. 이는 또한 그만큼 소가씨의 권세가 막강했다는 말이기도 하다.

아스카사는 사방 200미터에 달하는 거찰로 설계되었다. 오사카 사천왕사의 2.5배, 법륭사 서원가람(西院伽藍)의 3배나 된다. 착공 5년째인 593년, 쇼토쿠 태자의 섭정이 시작되던 해에 기초가 완성되었고 596년, 드디어 목탑의 심초석(芯礎石)에 불사리를 봉안하고 기둥을 세우는 입주식을 갖게 되었다. 이때 열린 불사리 봉안식 모습을 『부상략기(扶桑略記)』라는 일본 옛 역사책은 다음과 같이 전한다.

아스카사의 찰주를 세우는 법요식(法要式)에서 소가노 우마코 대신과 100여명이 백제 옷을 입으니 보는 사람이 한결같이 기뻐했다.

마침내 불교라는 문명의 꽃이 피어나기 시작한 것이다.

| 아스카사 정문 | 아스카사는 사방 200미터에 달하는 거찰로 설계되었다. 오사카 사천왕사의 2.5배, 법륭사 서원가람의 3배나 된다. 지금은 대문을 설치하여 사진과는 다른 모습이다.

아스카사의 가람배치

아스카사는 1956년 발굴 결과 탑을 중심으로 세 개의 금당이 배치된 1탑 3금당식이었음이 밝혀졌다. 이는 평양의 청암리에 있는 금강사(金剛寺), 동명왕릉 곁에 있는 정릉사(定陵寺) 같은 고구려식 가람배치이다.

이 점은 참으로 이상한 일이었다. 백제 건축가들이 지었으면서 왜 1탑 1금당의 백제식이 아니고 고구려식이었을까? 아스카사에서 발간한 오카모토 세이이치(岡本精一)의 『아스카사와 쇼토쿠 태자』(1988)에서는 이 점에 대해, 처음에는 1탑 1금당의 백제식 가람배치로 구상되었지만 595년 고구려의 승려 혜자(慧慈)가 오면서 바뀌었다고 보았다. 혜자는 쇼토쿠 태자의 스승이 되었고, 596년 불사리 봉안 뒤 백제의 승려 혜총과 함께 아스카사 법요(法要)의 책임자로 임명되었다.

| 뒤뜰에서 본 아스카사 | 아스카사는 오늘날 퇴락한 작은 절에 불과하지만 일본 역사에서 이 절이 갖는 의미는 말할 수 없이 크며 아스카 지역의 상징이기도 하다. 오히려 뒤뜰에서 보는 것이 더 정겹다.

당시 백제는 고구려·신라를 상대로 대치하고 있었기 때문에, 일본에 문물을 전해주는 대신 일본으로부터 군사적 지원을 이끌어내고 있었다. 실제로 백제의 요청으로 일본은 군사를 파견하거나 식량·말·무기 등을 지원하기도 했다. 고구려로서는 이에 대해 어떤 식으로든 견제할 필요가 있었다. 혜자를 파견한 것은 그런 제스처의 하나였던 것이다. 이후 고구려는 담징(曇徵), 가서일(加西溢) 같은 승려, 화가도 보냈고, 아스카 대불을 주조할 때는 전폭적인 지원을 아끼지 않았다. 야마토 정권은 이를 마다할 이유가 없었기에 고구려 승려 혜자와 백제 승려 혜총이 모두 아스카사에 머물며 포교하도록 했다.

596년 11월 탑의 노반(露盤)이 올라가면서 목탑이 완성되었다. 드디어 아스카의 목탑이 완공된 것이다. 쇼토쿠 태자는 일본 역사상 처음으로 신분의 귀천과 지위 고하를 불문하고 법회에 참석할 수 있게 하는 무

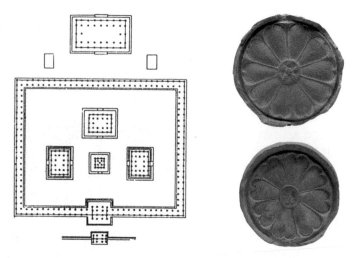

| 아스카사 가람배치와 출토 유물인 와당 | 아스카사는 발굴 결과 탑을 중심으로 세 개의 금당이 배치된 1탑 3금당식이었음이 밝혀졌다. 이는 평양의 청암리에 있는 금강사, 정릉사와 같은 고구려식 가람배치다. 아스카사에서 출토된 와당(오른쪽 위)은 부여 동남리 폐사지에서 출토된 백제 와당(오른쪽 아래)과 거의 같은 모습이다.

차대회(無遮大會)를 열었다.

도리 불사의 아스카 대불

아스카사 금당에 안치된 석가여래좌상은 높이 2.75미터에 달하는 청동 대불로 605년에 주조되기 시작하여 606년에 봉안되었다. 아스카 대불 조성은 여러 기록에서 전하는데 그 내용은 대개 일치한다.

『일본서기』에 의하면 605년 4월 스이코 여왕과 쇼토쿠 태자 및 여러 왕자, 그리고 대신들이 함께 발원하여 청동 불상과 수불(繡佛) 2구의 장육상(丈六像)을 만들 것을 도리(止利) 불사(佛師)에게 명했다. 장육상이란 1장(丈) 6척(尺), 약 4.5미터를 말하는데 실제 크기가 2.75미터인 것을 보면 입상(立像)의 앉은키를 말하는 것인지도 모른다. 이때 고구려 영양왕은 황금 300냥을 보내주었다. 이때 들어간 청동은 2만 3천근이고, 황금은 759냥이었다고 한다. 소가씨의 씨사였지만 여왕과 태자까지 함께 발원을 했고, 고구려에서 대대적인 지원을 받았다는 것이다.

아스카 대불을 조성한 도리 불사는 성이 구라쓰쿠리(鞍作)였다. 성만 보아도 도래인 아야씨 중 마구 기술자 집안 출신임을 알 수 있다. 도리 불사는 이후 아스카시대 불상 제작을 도맡아 623년에는 법륭사 금당의 석가삼존상을 제작했다.

주조된 대불을 법당에 안치하는 것은 보통 일이 아니었다. 그 크고 무거운 불상을 법당문 사이로 넣는 것이 불가능하여 건물을 헐고 안치할 수밖에 없다고 하자 도리 불사가 나서서 불상을 요리조리 돌리면서 교묘히 들여놓았다고 한다. 이에 모든 사람들이 도리 불사의 능력에 감탄했고 여왕은 그에게 대인(大仁)이라는 지위를 내려주었다고 한다.

도리 불사가 제작한 불상은 얼굴이 길고 눈은 은행알 같으며 코는 높직하고 입가에 엷은 미소를 띠고 있다는 특징이 있다. 이를 일본미술사에서는 도리 양식이라고 부르며 이는 불상 조각이 일본화되어감을 의미한다. 도리 양식은 한반도에서 건너간 도래(渡來) 양식과 함께 아스카시대 불상의 양대 산맥을 이루었다.

| **아스카사 법당 내부** | 청동대불 곁에는 쇼토쿠 태자상이 성스러운 모습으로 안치되어 있다.

그러나 유감스럽게도 아스카사는 건물도 불상도 제 모습이 전해지지 못했다. 645년 소가씨가 몰락하고, 694년 후지와라쿄로 도읍을 옮기면서 아스카사는 서서히 쇠퇴해갔다.

그러다 710년 수도를 나라의 헤이조쿄(平城京)로 옮기면서 소가씨는 씨사를 나라에 옮겨 짓고 원흥사(元興寺)라 이름했다. 이제 아스카사는 변두리의 옛 절로 남게 되었다.

1196년에는 벼락이 떨어져 아스카사는 불타고 말았다. 대불은 산산조각난 상태로 오랜 세월 비를 맞았다고 한다. 그런 상태로 약 630년을 더 보내다가 1825년에 와서야 현재의 본당을 지은 것이다. 대불은 얼굴의 윗부분과 오른손 일부만 도리 불사의 제작 당시 모습이고 나머지는 후대의 보수인데다 점토로 만든 부분도 있다. 그러나 그가 제작한 또다른 불상인 법륭사 석가삼존상을 염두에 두고 이 대불을 보면 원래의 모습이 얼마나 장대했을까 짐작할 수는 있다.

그리고 무엇보다도 당시 이처럼 큰 불상을 주조해냈다는 것 자체가 놀라운 기술적 향상을 말해주는 것이다. 이런 대작의 경험을 통해 도리 불사는 한 시대양식을 창출해낼 수 있었던 것이다. 그것은 일본의 불상 조각이 일본화되고 토착화하는 데 결정적인 역할을 했다.

조메이 왕의 백제대사

소가씨의 씨사로 아스카사가 건립된 후 각 호족들은 앞다투어 씨사를 건립했다. 소가노 우마코의 사촌은 산전사(山田寺, 야마다데라)를 씨사로 세웠다. 씨사라는 사사(私寺)의 유행은 일본 불교의 중요한 특징으로 교토에선 하타씨(秦氏)의 광륭사(廣隆寺), 나라에선 후지와라씨의 흥복사(興福寺) 등이 있었다.

| **아스카사 대불** | 도리 불사가 제작한 이 청동 불상은 파손된 것을 보수한 것이어서 제 모습을 잃었지만 얼굴이 길고 눈은 은행알 같으며 코는 높직하고 입가에 엷은 미소를 띠는 특징을 보여주고 있다.

야마토 정권의 왕가에서도 대관대사, 천원사, 본약사사라는 관사를 지었다. 그중 『일본서기』의 백제대사(百濟大寺)에 관한 기록은 어디까지 믿어야 좋을지 모르지만, 스이코 여왕 뒤를 이어 등극한 조메이(舒明) 왕은 '구다라강(百濟江) 옆에 구다라궁(百濟宮)과 구다라사(百濟寺)를 지었고 구다라궁에서 생활하다가 641년 서거했을 때 구다라대빈(百濟大殯)으로 장례를 치렀다'고 한다. 그리고 조메이 왕 7년(635)조에는 다음과 같은 기록이 나온다.

백제에서 온 손님들을 조정에서 대접했다.
상서로운 연꽃이 검지(劍池)에서 피어났다. 한 개의 줄기에 핀 두 송이의 연꽃이었다.

왜와 백제는 쌍둥이 형제와 같다는 뜻이다. 그 꽃은 사실상 구다라(百濟)꽃이라 불릴 만한 것이었다.

아스카사에서 3.2킬로미터 북쪽에 있는 기비이케(吉備池)라는 곳에는 엄청난 규모의 폐사지가 있는데 학자들은 여기를 백제대사 터로 추정하고 있다. 발굴 결과 아스카사의 두 배가 더 되는 규모였음이 확인되었다고 한다.

소가씨의 몰락과 아스카시대의 종말

소가노 우마코는 626년에 세상을 떠났다. 그의 뒤를 이어 아들 소가노 에미시(蘇我蝦夷)가 권력을 잡았다. 우마코는 자신의 지위에 걸맞게 행동했다. 그러나 에미시는 아버지와 달리 가문의 수장이 되면서 왕실의 권력까지 장악하고 독재를 일삼았다. 643년에는 아들 이루카(入鹿)에게 대신(大臣) 칭호를 내려주며 부자가 막강한 권력을 행사했다.

이루카는 대신 칭호를 얻은 지 한 달도 되지 않아 왕위계승 문제를 일으켰다. 조메이 왕 사후 이루카는 후계자의 한 사람으로 지목되던 쇼토쿠 태자의 아들 야마시로노 오에(山背大兄) 왕을 자살로 몰아넣고 고교쿠(皇極) 여왕을 등극시켰다.

소가씨의 이러한 전횡은 주위에 많은 불만을 낳아 반(反)소가씨 세력이 형성되었다. 조메이 왕의 아들 나카노오에(中大兄) 왕자와 유력한 호족 가문의 나카토미노 가마타리(中臣鎌足)가 그 중심인물이었다. 두 사람의 만남은 극적이었다. 어느날 아스카사에서 공 차기를 할 때 나카노오에 왕자의 신발이 벗겨졌는데 앞자리에 있던 가마타리가 이를 주워준 것이 계기가 되어 둘은 절친한 사이가 되었다.

645년 마침내 반소가씨 세력의 거사가 일어났다. 나카노오에 왕자와 가마타리는 아스카 나무지붕 궁궐에서 소가노 이루카를 살해했다. 이에 분노한 아버지 에미시는 세력을 규합했으나 뜻대로 되지 않자 다음날 이루카의 시체를 앞에 두고 자살했다. 이를 '을사의 변(變)'이라 한다. 이 사건을 계기로 100년간 4대에 걸쳐 외척세력으로 조정을 장악했던 소가씨 가문이 완전히 몰락했다.

아스카사 서쪽 문으로 나오

| 소가노 이루카 사리탑 | 아스카사 서쪽 문으로 나오면 들판에 서 있는 작은 사리탑이 있는데 소가노 이루카의 묘탑이라고 전해진다. 그의 전횡에 대한 미움 때문인지 이루카가 살해될 때 그의 목이 여기까지 날아왔다는 전설이 덧붙었다.

면 작은 사리탑 하나가 들판에 서 있다. 이것이 소가노 이루카의 사리탑이라고 전해지는데 사람들은 그의 전횡에 대한 미움 때문인지 이루카가 살해될 때 그의 목이 여기까지 날아왔다는 전설을 덧씌워놓았다.

을사의 변 이후 나카노오에 왕자는 삼촌을 고토쿠(孝德, 재위 645~654) 왕으로 즉위시키고 자신은 정치적 실권자로서 권력을 행사했다. 645년 왕족이 실질적으로 지배하는 다이카개신을 선포했다. 그리고 훗날 마침내 권좌에 오르니 그가 덴지(天智) 천황(재위 662~671)이다. 그는 왜가 중앙집권의 율령국가로 가는 길을 다졌다. 그는 백촌강 전투에 구원병을 보낸 장본인이기도 하다. 그사이 왜는 수도를 나니와(難波)로, 오미(近江)로, 다시 아스카로 옮겨다니는 정치적 격변을 겪으면서 고대국가로 성장해갔다. 이후 694년에는 후지와라쿄로 천도했고 710년엔 다시 나라의 헤이조쿄로 천도하면서 아스카시대는 막을 내리게 된다.

한편 나카토미노 가마타리는 쿠데타의 공으로 후지와라(藤原)라는 성을 하사받는데 그가 나라시대 중신으로 활약하는 후지와라씨의 시조라 할 수 있는 후지와라 가마타리(藤原鎌足)이며, 후지와라씨는 헤이안시대에도 천황의 외척으로서 실권자가 된다.

아마카시 언덕

아스카사 서쪽에는 아스카강 너머로 아마카시 언덕(甘樫丘)이라는 해발 148미터, 비고 50미터밖에 안 되는 나지막한 동산이 있다. 정상에 오르면 아스카 들판이 한눈에 들어오는 군사적 요충지이기도 한데, 소가노 우마코는 이 동산 기슭에 저택을 짓고 저택 연못에 섬을 조성하여 '시마(嶋) 대신'이라 불렸다고 한다.

그러나 이 동산이 군사적으로 이용된 적은 없으며 여기서 전투가 벌

| **아마카시 언덕** | 아스카사 서쪽에는 아스카강 너머로 나지막한 동산이 보인다. 해발 148미터, 비고 50미터로 아마카시 언덕이라는 이름을 갖고 있다. 아마카시는 떡갈나무라는 뜻이다.

어진 일도 없다. 다만 아스카시대가 끝나자 사람들은 이 언덕에 올라 아스카 들판을 바라보면서 지난날을 회상하며 많은 노래를 불렀다. 『만엽집』에는 그 회고의 시들이 많이 실려 있다.

나는 이 발음하기 힘든 '아마카시 오카'(아마카시 언덕)를 우리 회원들에게 그냥 '아스카 동산'이라고 소개하고 아스카 답사를 여기서 마무리짓곤 한다. 아스카 동산 산마루까지는 자동차도 다닐 수 있게 길이 잘 닦여 있다. 비탈이 가파르지 않아 힘들 것 없고 야산엔 우리에게도 친숙한 소나무, 참나무, 벚나무, 진달래가 무리지어 있어 낯설지 않다. 길 따라 가볍게 오르다보면 이내 널찍한 산마루에 다다르고 갑자기 시야가 넓어지면서 마치 손바닥 안에 놓고 보듯 아스카 들판이 한눈에 들어온다.

동남쪽을 바라보면 우리가 다녀온 석무대, 귤사, 천원사터, 아스카 나무지붕 궁궐터, 아스카사는 물론이고 산자락에 옹기종기 모여앉은 마을과 반듯하게 구획된 논과 밭, 그 사이로 가늘게 난 도로들이 투시도처럼 선명하게 드러난다. 아! 아스카는 정말로 역사의 향기가 가득한 사랑스러운 전원도시라는 탄성이 절로 나온다.

북서쪽으로 눈을 돌리면 드넓은 야마토 평원에 야마토 3산이라 불리는 가구산(香久山), 미미나시산(耳成山), 우네비산(畝傍山)이 섬처럼 떠있는 것이 보인다. 멀리로는 후지와라쿄 터가 아스라이 다가오고, 낮은 산자락 너머로 우리가 갈 나라 시내 쪽 어느 건물 유리창에 비친 햇살이 바스라지면서 섬광처럼 빛난다. 내가 아스카 동산에 오르는 것은 대개 해질 무렵이고 아스카 동산은 서쪽에 있기 때문에 석양에 실루엣으로 펼쳐지는 야마토 들판은 애잔한 모습으로 다가온다. 『만엽집』에는 야마베노 아카히토가 아스카를 회고하며 읊은 한카(反歌)가 실려 있다.

아스카강의
고인 물마다 서려 있는 안개가
금세 사라지듯
바로 사라지고 말 그리움이 아니네.

—『만엽집』 제3권 324

그렇다. 여기에 오르는 한 아스카에 대한 회고의 정은 쉽사리 우리의 머릿속을 떠나지 않을 것이다.

2013년 봄에는 아직 철이 일러 사쿠라꽃이 꽃망울을 감추고 있어서 많이 아쉬웠다. 혹시나 동산 마루에는 올벚꽃이 한두 그루는 있지 않을까 하여 회원들을 뒤로하고 잰걸음으로 앞서 올라갔는데 꽃은 피어 있지 않고 뜻밖에도 휠체어를 타고 따라다니던 박은수 변호사가 먼저 올라와 나를 보고 환하게 웃으면서 두 팔을 번쩍 올리는 것이다. 무엇이 그

| 아마카시 언덕의 풍경 | 아마카시 언덕에 오르면 사방으로 아스카 들판을 다 조망할 수 있다. 그래서 답사 회원들은 낯선 이름을 버리고 그냥 아스카 동산이라고 부르며 올라가곤 했다.

리 좋아 만세까지 부르나 싶어 가까이 다가가니 울렁이는 목소리로 자신만의 감격을 말한다.

"교수님, 내 생전에 산상에 올라 이렇게 넓은 세상을 볼 수 있으리라고 상상도 못했습니다. 휠체어를 타고 산 정상에 오를 수 있는 곳은 세상에 여기밖에 없는 것 같습니다. 여기에 올라 저 넓은 평원을 바라보니까 나도 모르게 만세를 부르게 되네요. 도래인도 위대하지만, 동산을 공원으로 만들면서 나 같은 장애인도 오를 수 있게 해준 도래인 후손도 위대하다는 생각이 듭니다. 나, 여기 다시 올 겁니다. 단풍이 물들 때가 아름답다고 했지요?"

박변호사 두 눈엔 눈물 자국이 있었다. 그것은 슬픔이 아니라 환희에 찬 맑은 눈물이었다. 헤아려보자면 박변호사가 나를 따라 답사 다닌 지 20년이 넘는다. 그는 장애를 극복하고자 목발을 짚고 지리산 천왕봉까지 올랐다. 그러나 그때 그가 본 것은 안개뿐이었다고 한다. 벗으로서 그의 마음을 많이 이해하고 있는 줄 알았는데 그게 아니었다. 나는 그를 위해서라도 올가을 거기에 다시 가야만 할 것 같다.

나는 여기에 오래 머물지 않을 수 없었다

법륭사 재건·비재건론 / 남대문 / 중문 / 오중탑 / 금당 /
법륭사 회랑 / 도리 불사의 석가삼존상 / 대보장전 / 백제관음 /
옥충주자 / 몽전 / 구세관음상 / 천수국 만다라 수장 /
중궁사 목조반가사유상

일본 불교미술의 꽃, 법륭사

답사에는 큰 딜레마가 있다. 여러 곳을 들러보고 싶은 마음과 한두 곳을 여유롭게 즐기고 싶은 마음이 동시에 일어나기 때문이다. 단체로 답사를 다니다보면 회원 중에는 '여기까지 와서 저기는 왜 안 들르나요' 또는 '일정이 너무 빠듯해서 찬찬히 볼 수 없어요'라며 불평을 말하는 사람이 꼭 한 명은 있다.

그런 것을 다 감안하여 일정을 짜내는 것이 답사의 고수라 할 수 있는데 아스카·나라·교토의 사찰을 순례할 때는 대략 절마다 한 시간을 잡으면 큰 무리가 없다. 그러나 법륭사(法隆寺, 호류지)만은 다르다. 최소한 두 시간, 여유있게 보려면 세 시간은 있어야 하니 오전 또는 오후 내내 여기서 보내야 한다. 다녀오지 않은 분 또는 다녀온 분 중에 뭐 그리 볼

게 많으냐고 할 분이 있을지도 모르겠다. 그러나 나는 지금 답사기의 한 장(章)을 법륭사에 할애하고 있다.

어느 때 어떤 사람들과 답사를 가든 회원 중에는 반드시 인생을 멋있게 사신 분이 한 분은 꼭 있다. 그런 분은 말하는 것도 다르고 걷는 것도 다르고 현장에 가서 관람하는 태도도 다르다. 이런 분께는 답사가 끝날 무렵에 존경심을 담아 "나흘간 본 것 중 가장 인상깊은 곳이 어디였습니까?"라고 물어보곤 한다. 2013년 봄 3박 4일로 갔을 때 회원들이 손회장님이라고 부르던 분께 똑같은 질문을 했더니 주저없이 이렇게 대답했다.

"나는 법륭사 하나를 본 것으로도 이 답사는 대만족입니다. 그 앞은 법륭사의 서막이고, 그 뒤는 법륭사의 여운이었네요."

풀이하자면 아스카에서 싹튼 일본 고대 불교문화가 법륭사에서 비로소 결실을 맺고 그 씨앗이 나라와 교토의 수많은 사찰의 건축과 조각을 낳았다는 소감이었다. 내 식으로 말하자면 법륭사는 'one of them'이 아니라 'everything'이다.

법륭사의 재건·비재건론

법륭사는 아스카와 나라의 중간쯤 되는 이카루가(斑鳩)라는 곳에 있다. 법륭사의 창건 연대는 명확히 밝혀지지 않았다. 모든 명작의 창건과 완성에는 이런 식의 수수께끼가 있어 미술사가들이 바빠지고 할 일이

| 법륭사의 가람배치 | 아스카에서 싹튼 일본 고대 불교문화가 법륭사에서 비로소 결실을 맺고 그 씨앗이 나라와 교토의 수많은 사찰의 건축과 조각을 낳았다.

많아지는데 법륭사도 예외가 아니다.

『일본서기』는 별의별 이야기들은 다 전하면서 법륭사 창건에 대해서는 전혀 기록이 없고 느닷없이 670년 조에 "4월 30일 한밤중에 법륭사가 불에 타 건물이 한 채도 남지 않았다(夜半之後 災法隆寺 一屋無餘)"는 기사가 나온다. 그런데 「법륭사 자재장(資財帳)」 같은 사찰 기록에는 화재 기사가 전혀 없는데다 법륭사에는 623년에 도리 불사가 제작한 청동석가삼존상이 엄연히 존재하여 정말 화재가 있었는지 의심되는 면이 있다.

근대적인 학문체계로서 미술사가 본격적으로 논의되기 시작하던 1887년 무렵, 세키노 다다시(關野貞) 등 여러 학자들은 현존하는 법륭사 가람 형식은 백제풍의 고식으로 아스카시대 양식이지 그후로 내려가지 않는다며 『일본서기』의 기록을 액면 그대로 받아들일 수 없다면서 비재건론을 주장했다. 이에 '법륭사 재건·비재건 논쟁'이 반세기를 두고 열띠게 전개되었다.

그러다 1939년 법륭사 서원과 동원 사이의 빈터에 약초(若草)가람이라고 불려온 탑 자리가 있어 이를 발굴하기로 했다. 발굴 결과 금당과 탑이 남북일직선 상에 놓인 사천왕사식 가람배치의 절이 있었다는 사실이 확인되어 일단 재건론 쪽이 승리했다. 그러나 불탄 법륭사가 언제 재건축이 시작되어 준공되었는지에 대해서는 또 여러 주장이 나왔다. 『일본서기』에는 이 사실도 나와 있지 않다. 여러 학설을 일일이 소개할 수는 없지만 대략 710년 무렵 중건된 것으로 생각된다.

1981년 법륭사 건물의 자재부를 조사할 때 오중탑(五重塔)과 금당(金堂)에 사용된 편백나무(檜, 히노키)와 삼나무(杉, 스기)는 650년에서 690년 사이에 벌채된 것이고 오중탑의 심주(心柱) 나무는 594년이라는 측정연대가 나왔다. 그렇다면 화재 이전 창건 당시 건축 부재가 재사용되었다는 얘기다.

법륭사의 어제와 오늘

법륭사 이야기는 쇼토쿠 태자가 601년에 이곳 이카루가에 궁을 짓는 데서부터 시작한다. 당시 태자는 소가노 우마코와 불화가 생기면서 우마코의 전횡에서 피신할 생각에 사랑하는 아내 선비(膳妃, 본명은 膳部菩岐々美郎女)의 고향인 이 한적한 시골에 궁을 짓기 시작하여 605년 이곳으로 옮겨왔다. 그때 근처에 세운 절을 법륭사의 효시로 본다. 이때 태자가 사찰 건립 재원으로 희사한 영지는 16세기 말까지 법륭사 운영의 큰 재원이 되었다고 한다.

지금 법륭사 금당에 안치된 청동약사여래좌상의 광배에는 쇼토쿠 태자의 아버지 요메이 왕이 병의 치유를 빌며 스스로 가람 건립을 발원했으나 얼마 안 가 사망했기에 유지를 받들어 스이코 여왕과 쇼토쿠 태자가 607년 다시금 불상과 절을 완성했다는 명문이 쓰여 있다.

법륭사라는 이름은 창건 무렵이 소가씨의 씨사인 법흥사(아스카사)가 준공되어 불상이 안치되던 때(606)인만큼 태자가 이에 필적할 만한 절을 세우고 일어날 흥(興)에서 한발 더 나아가 융성할 융(隆)자를 넣어 지었다고 한다.

태자는 이카루가궁에서 국정을 살피고, 법륭사에서 불경을 탐구하며 경전의 주석서를 저술했다. 그러다 621년 12월 어머니가 세상을 떠나는 슬픔을 맞았다. 그리고 한 달 뒤인 이듬해 622년 1월에는 태자 자신이 병으로 누웠는데, 태자의 병을 간호하던 아내가 2월 21일 갑자기 먼저 세상을 떠났다. 태자는 그 다음날인 22일에 향년 49세로 운명했다. 석 달 사이에 태자 집안은 세 명의 초상을 치르게 된 것이다. 이때 백성들은 비탄에 빠져 통곡했다고 『일본서기』가 전한다.

태자 서거 후, 쇼토쿠 태자의 아들은 부친의 극락왕생을 위해 도리 불사에게 석가삼존상을 주문하여 623년 법륭사에 봉안했다. 그리고 『일본서기』의 기사가 맞다면 670년 법륭사는 전소되었고 710년 무렵 재건된 것이 오늘날 법륭사의 핵심을 이루는 서원가람(西院伽藍)이다.

그리고 739년 무렵, 교신(行信) 스님은 쇼토쿠 태자가 살던 이카루가 궁터에 몽전(夢殿)을 지어 확장했다. 그것이 법륭사 동원가람(東院伽藍)이다. 이리하여 법륭사는 동서 양원 가람으로 5만 6,500평의 대찰이 되었다.

이후 법륭사에는 몇차례 화마가 덮쳤다. 925년에는 서원가람의 대강당과 종루가 불탔고, 1435년에는 남대문이 소실되었다. 그러나 절 전체를 태우는 대화재는 없었다. 그리하여 1300여년의 연륜을 자랑하는 금당과 오중탑을 비롯하여 아스카시대, 나라시대의 건물이 오늘날까지 그대로 전한다. 국보와 우리나라 보물에 해당하는 중요문화재로 지정된 것만도 190종 2,300점이나 된다. 이러니 어떻게 법륭사를 다른 절과 똑같이 수평으로 비교할 수 있겠는가.

법륭사에도 몇번의 위기가 있었다. 근대에 들어와 메이지 연간에 있었던 폐불훼석으로 절을 유지하기 힘들어졌다. 이에 1878년 법륭사는 백제의 아좌 태자가 그린 것으로 전하는 「쇼토쿠 태자 초상」을 비롯한 300여점의 보물을 황실에 헌납하고 1만 엔을 하사받았다. 이를 위해 황실은 국채를 발행했다고 한다.

1934년부터는 대보수가 시작되어 금당, 오중탑을 비롯한 여러 건물을 수리했다. 그러나 1949년 금당을 해체 수리하던 중 화재가 발생해 금당 1층 내부의 기둥과 벽화가 크게 손상되었다. 완전히 불탄 것은 아니고 색채가 다 날아가 흑백사진처럼 되어버렸다고 한다. 이 일을 계기로 일본에서는 문화재보호법이 제정되었다. 보수 작업은 반세기가량 계속되어 1985년에 이르러서야 완성 기념 법요가 열렸다. 오늘날 법륭사의 사격(寺格)은 쇼토쿠 태자를 모시는 성덕종(聖德宗) 총본산이다.

법륭사가 소장한 유물들은 동원과 서원 사이에 있는 대보장전(大寶藏殿)에 전시되어 있고, 황실에 헌납한 유물들은 전후 정부에 반환되어 '법륭사 헌납 보물'이라는 이름으로 도쿄국립박물관 별관에 제한적으로 전시되어왔다. 그러다 1999년부터는 일본의 유명 건축가 다니구치 요시오(谷口吉生)가 설계한 법륭사 보물관에 상설 전시되고 있다.

소나무 가로수길 진입로

법륭사로 들어가는 길은 일본의 여느 절과는 달리 노송이 도열하듯 늘어서 있어 마치 우리나라 산사를 찾아가는 기분이 든다. 찻길을 양옆으로 비켜놓고 중앙에 해묵은 곰솔을 두 줄로 심어 그 사이로 보행자 전용도로를 만들어놓았다.

찻길 옆으로는 상가와 식당이 늘어서 있지만 우리나라 거찰 앞처럼 지저분하지도 요란하지도 않다. 봄이면 수학여행 학생들이 떼로 몰려오고 절 안팎이 우리나라 해인사, 송광사, 법주사 못지않게 상춘객들로 붐비는데, 주차장은 30년 전이나 지금이나 여전히 넓히지 않았다. 차례가 오지 않은 버스는 다른 곳에 있다가 관람객이 나올 시간에 맞추어 오게끔 되어 있다. 여기에서 일본인들의 질서의식과 참을성, 그리고 높은 민도를 다시 한번 보게 된다.

솔밭이 끝나면 긴 기와담장을 양 날개로 펼치고 있는 법륭사 남대문이 우리를 맞아준다. 단정한 기품이 있는 이 남대문은 570여년 전 무로마치(室町)시대의 건물로 국보로 지정되어 있다. 처음 법륭사에 왔을 때 나는 저 남대문에서부터 감동했다.

그러나 법륭사를 두루 둘러보고 버스로 돌아가면서 다시 돌아본 남대문은 처음처럼 그렇게 멋있다는 느낌이 들지 않았다. 아스카·나라시대

| **소나무 가로수길** | 법륭사로 들어가는 길은 일본의 여느 절과는 달리 노송이 도열하듯 늘어서 있어 마치 우리나라 산사를 찾아가는 기분이 든다.

의 품격 높은 건축이 눈에 익은 다음이라 그런지 어딘지 멋을 부린 느낌이고 좀 가벼워 보였다. 그사이 내 눈이 달라진 것이다. 확실히 옛날이라고 해서 다 옛날이 아니다. 지금 사람은 570년 전 옛날의 단아함에 미치지 못하고, 570년 전 사람들은 1400년 전의 절제된 조형감각에 미치지 못하는 것 같다.

중후한 2층 목조 건물, 중문

남대문 안으로 들어서면 저 멀리 키 큰 소나무들 사이로 육중한 중문과 경쾌한 상승감을 보여주는 오중탑이 한눈에 들어온다. 그 첫인상은 산모롱이를 돌아서면서 만나는 화순 쌍봉사(雙峯寺)의 목탑 양식 대웅전을 떠올리게 하는 친숙함이다.

| 남대문 | 솔밭이 끝나면 긴 기와담장을 양 날개로 펼치고 있는 법륭사 남대문이 우리를 맞아준다. 이 문은 570여년 전 건물로 국보로 지정되었지만 아스카시대 고건축의 높은 격조에는 못 미친다.

중문에 이르는 길은 양옆이 긴 담장과 문으로 이어져 있고 도로 폭이 넓어 우리네 산사의 진입로 같은 푸근한 맛은 없다. 아주 사무적인 딱딱함이 있는데 이는 일본의 사찰 구조가 금당에 들어가기 전 초입에 고승의 선방, 사무소(寺務所), 객전(客殿) 등 작은 별채들이 모여 있기 때문이다. 이들은 탑머리에 있다고 해서 탑두(塔頭) 사원이라 불린다.

탑두 사원의 담장을 보면 반듯하게 올라간 것이 아니라 아래쪽이 넓고 위쪽이 좁은 사다리꼴이다. 여기뿐 아니라 일본 담장은 대개 이렇다. 나는 항시 그것이 낯설어 보이는데 가만히 생각해보니 나무기둥과 흙으로 만든 담장의 안정성을 담보하기에 유리하고 또 그런 기울기 때문에 길이 더 넓어 보인다는 것을 알았다.

길 따라 앞으로 나아가니 중문은 갈수록 장대해지면서 중후한 무게감으로 다가온다. 가람으로 들어가는 문이 아니라 경복궁 근정전으로 들

| **중문과 오중탑** | 남대문 안으로 들어서면 저 멀리 키 큰 소나무들 사이로 서원가람의 장중한 중문과 경쾌한 상승감을 보여주는 오중탑이 한눈에 들어온다.

어가는 근정문처럼 장중하게 느껴진다. 기둥에는 배흘림이 있고 주심포 건물로 공포 이음새가 부석사(浮石寺) 무량수전처럼 단순한 간결미가 있다. 이 중문 자체가 국보로 아스카시대 건물이다.

네 칸으로 이루어진 중문의 양옆에는 참으로 우람하고 생동감있는 목조 금강역사상(중요문화재) 두 분이 천의 자락을 날리며 위압적으로 내려다보고 있다. 우리나라로 치면 석굴암 금강역사를 목조로 확대한 것 같은 감동이 있는데 이런 사실성은 8세기 나라시대 조각이 보여주는 큰 특징이다.

중문이 이처럼 비중있는 건물인 것은 아스카시대와 우리나라 삼국시대 가람배치의 큰 특징이다. 후대의 사찰에서 대문은 법당으로 들어가는 입구일 뿐이다. 그러나 법륭사에선 중문을 끼고 둘려 있는 회랑 안이 곧 성역인 것이다.

| **중문의 금강역사** | 중문의 양옆에는 우람하며 생동감있는 목조 금강역사상 두 분이 천의 자락을 날리며 위압적으로 내려다보고 있다.

법륭사 건축에서 보이는 일본미의 특질

서원가람의 출입은 회랑 왼쪽 끝에 나 있는 곁문을 통하게 되어 있다. 매표소에서 표를 끊고 가람으로 들어가면서 나는 곧바로 중문 앞으로 달려가 정중앙에 섰다. 중문으로 들어올 때의 이미지를 갖고 싶어서였다. 회랑으로 둘러싸인 가람 안에서는 금당, 오중탑, 강당이 저마다 다른 모습으로 조용한 긴장감을 불러일으킨다. 마당 전체가 낮은 침묵에 잠겨 있는 듯하다.

건물들은 한결같이 낮게 내려앉은 느낌이다. 오중탑이고 금당이고 아래층을 이중으로 덧붙여 대지에 뿌리내린 힘을 강조하고 있다. 지붕선들도 일직선으로 반듯하고 추녀끝만 아주 조금 반전시켰을 뿐이다. 여기에서 일어나는 미감은 직선의 정갈함과 엄격함이다.

어느 건물에도 우리 목조건축 같은 곡선미라는 것이 없다. 부석사 무량수전 팔작지붕의 날갯짓 같은 것이 보이지 않는다. 부여 정림사탑은 위로 점점 좁아드는 체감률로 상승감을 유도하지만 법륭사 오중탑은 체감률이 거의 느껴지지 않을 정도로 반듯하여 상승감이 아니라 무게감을 강조하는 듯하다.

나는 이것이 일본미의 중요한 특징이라고 생각하고 있다. 일찍이 야나기 무네요시(柳宗悦)는 한국미의 특질을 곡선의 아름다움에서 찾았는데 나는 이곳 일본 땅 법륭사에서 직선의 미를 본다. 한국의 건축은 하늘을 향해 날갯짓하는 상승감의 표정이 많은 데 비하여 일본의 건축은 대지를 향해 낮게 내려앉은 안정감을 강조한다. 그것은 미감의 우열이 아니라 두 민족의 정서의 차이일 뿐이다.

오중탑과 금당의 비대칭

이제까지 나는 법륭사 건축에서 이해되지 않는 것이 두 가지 있었다. 하나는 왜 금당과 오중탑 모두 1층에 덧댄 것처럼 속지붕이 있는 이중구조인가 하는 점이다. 나는 옛사람을 믿는 편인지라 무언가 이유가 있을 것이라고 생각해왔다. 일본 고건축에서는 이런 이중지붕을 상계(裳階)라 해서 지붕을 보완하는 의미이며, 이는 후대에 덧붙인 것이라고 한다. 그렇다면 이를 제외하고 보아야 아스카시대 건축의 온전한 모습을 볼 수 있겠다. 그래서 이번엔 손바닥으로 아래쪽 지붕을 가리고 보니 이해가 갔다. 오중탑의 비례감은 부여 정림사탑, 익산 왕궁리 오층석탑과 비슷했다. 그러면 그렇지.

| 오중탑 | 아스카시대 건축미를 상징적으로 보여주는 목조 오중탑이다. 체감률이 거의 느껴지지 않을 정도로 반듯하여 상승감이 아니라 대지에 뿌리내린 무게감을 보여준다.

| 금당 | 오중탑과 함께 세계에서 가장 오래된 목조건축으로 아스카시대 건축을 대표하고 있다. 아래층 처마에 상계라는 속지붕이 달려 있는 것이 일본 건축의 독특한 양식이다.

또 하나는 법륭사 가람배치의 독특한 구성에 대한 미술사적인 의문이다. 우리나라의 삼국시대와 일본의 아스카시대 가람배치는 기본적으로 좌우대칭의 틀을 유지하고 있다. 그러나 법륭사 서원가람은 탑과 금당이 좌우로 늘어서면서 대칭적 구성을 벗어났다. 왜 그랬을까? 그렇게 해서

획득한 미감은 과연 무엇일까? 그것이 항시 궁금했다. 혹시 금당이 탑 뒤에 있으면 보이지 않기 때문에 이를 극복하기 위해 병립시킨 것이 아닐까. 또는 불에 탄 애초의 가람터를 피해서 짓다보면 그럴 수도 있었겠다는 정도로 생각하고 있었다.

그런데 2013년 봄 내 나이 환갑을 넘어 이제는 그런 거 따질 일 없이 관객의 입장에서 편안히 거닐어보다가 문득 깨달은 것이 있었다. 법륭사 서원가람은 분명 비대칭이지만 좌우 어느 한쪽으로 무게가 기울었다는 불균형의 거부감이 없었다. 아마도 탑과 금당의 용적을 따지면 거의 비슷하기 때문일 것이다. 그렇다면 이 가람배치는 비대칭의 대칭을 성공적으로 유지한 것이다.

법륭사가 왜 좌우대칭을 벗어났는지 나는 아직도 확신할 수 없지만 정형에서 일탈했다는 사실 자체가 말해주는 중요한 의미는 알 만하다. 그것은 아스카시대 문화 능력의 성숙이다.

일정한 규범이나 전통에서 홀연히 벗어나는 것은 문화의 자기화가 이루어진 다음의 이야기다. 자신감이 부족할 때는 주어진 규범에 충실할 뿐이다. 오직 자신있는 자만이 전통에서 벗어나서 그 전통의 가치를 확대해간다. 그 이유가 어찌 되었든 법륭사 가람배치가 정형에서 일탈했다는 것은 그만큼 아스카시대 문화 능력이 자신감에 차 있었다는 사실을 말해주는 것이다.

법륭사 회랑의 인간적 체취

나는 탑과 금당 사이를 지나 잘생긴 청동 등롱(燈籠)을 바라보며 대강당 쪽으로 걸어갔다. 아홉 칸 넓이의 대강당 건물 좌우로는 종루(鐘樓, 헤이안시대, 국보)와 경장(經藏, 나라시대, 국보)의 단정한 2층 건물이 모서리를

| **서원가람의 회랑** | 법륭사의 회랑은 그 자체가 국보로 지정된 아주 품위있으면서도 아름다운 건축물이다. 멀리서 볼 때 막혀 있는 벽면처럼 보이나 그 앞으로 다가가면 공간이 서서히 열리는 창살의 기능이 슬기롭게 느껴진다.

마감하고 있다. 두 누각 모두 회랑에서 약간 안쪽으로 들어와 있기 때문에 공간을 감싸안은 아늑함이 있다. 그리고 두 건물 모두 고풍 고색이 창연하다.

서원가람엔 꽃밭이 없다. 바닥은 백사(白砂)가 일색으로 깔려 있어 단색톤이 주는 긴장감이 있는데 종루와 경장 앞의 해묵은 홍매·백매가 그 긴장을 조용히 이완시켜준다. 그래서 서원가람은 안쪽이 훨씬 인간미가 있다.

종루 모서리부터 나는 아주 느긋이 회랑을 따라 걸었다. 30년 전이나 지금이나 법륭사에 와서 건축적으로 가장 감동받는 것은 이 회랑이다. 세계 모든 신전과 궁궐에는 회랑(corridor)이 있다. 이집트·그리스·로마의 신전, 유럽 중세의 수도원, 이슬람의 사원, 베이징의 자금성, 경주의 불국사, 서울의 경복궁…… 회랑은 공간을 권위있게 만들면서 거기가 성

| **회랑 창살** | 법륭사 회랑의 창살은 이 길고 지루한 공간에 빛과 활기를 넣어준다. 참으로 슬기롭고 아름다운 디테일이다.

역이고 금역(禁域)임을 나타내주는 세계 공통의 건축적 형식이다.

그런 중 법륭사 서원가람의 회랑이 품위있으면서도 아름답고 편안한 느낌을 주는 것은 저 창살 때문이다. 창살은 멀리서는 막혀 있는 벽면처럼 보인다. 그러나 그 앞으로 다가가면 공간이 서서히 열리면서 마침내는 바깥을 훤히 내다볼 수 있게 한다. 창살 밖에는 가지런히 가꾼 꽃나무들이 아름다움을 뽐내고 있다.

그리고 다시 발걸음을 떼면 잠시 흰 벽체가 공간을 차단하고 이내 다시 창살이 공간을 열어간다. 법륭사 서원가람 회랑에는 이런 시각적 리듬과 인간적 체취가 살아 있다.

| **오중탑의 우는 부처** | 오중탑 4면에는 소조상이 모셔져 있는데 그중 북면에는 유명한 열반 장면이 있다. 오열하는 제자들의 모습 때문에 '우는 부처'라는 별명이 붙었다.

오중탑과 금당 내부의 불상들

이제 오중탑과 금당 안으로 들어가본다. 일본의 사찰과 신사는 그 내부를 아주 어둡게 하고 불상과 신상을 멀찌감치 떨어뜨려놓아 제대로 감상할 수 없다. 그래도 현장의 분위기와 스케일을 느끼기 위해서는 안으로 들어가보아야 한다.

오중탑 내부 4면에는 소조상이 모셔져 있다. 상의 크기가 매우 작아 잘 보이지 않지만 마치 작은 석굴 사원을 보는 느낌이다. 서면은 사리 배분 장면이고, 동쪽은 유마거사와 문수보살이 대화하는 장면이다. 남면은 미륵하생(彌勒下生) 장면이 연출되어 있다. 그리고 북면은 저 유명한 열반 장면이다. 오열하는 제자들의 모습 때문에 '우는 부처'라는 별명이 붙었다고 한다. 이는 711년, 즉 나라시대 초기의 것으로 법륭사 재건축의 하한연대를 말해주는 작품이기도 하다.

금당 내부는 가운데 석가삼존불을 본존으로 하고 좌우에는 길상천(吉祥天)과 비사문천(毘沙門天)이 시립해 있다. 우측에는 약사불, 좌측에는 아미타불이 따로 모셔져 있고 불단 네 귀퉁이는 또 사천왕이 지키고 있다. 모든 존상들이 하나같이 국보와 중요문화재로 지정되어 있는데 그중 미술사적으로 가장 주목받는 것은 본존인 청동석가삼존상이다.

도리 불사의 석가삼존상

금당의 청동석가삼존상의 광배 뒷면에는 14자 14행의 긴 명문이 있다. 그 내용을 요약하면 다음과 같다.

622년 정월 쇼토쿠 태자가 병으로 눕고, 이어서 태자의 비(妃)도 병석에 몸져눕게 되어 왕후, 왕자, 신하들이 깊이 탄식하면서 도리 불사에게 명하여 등신대의 석가상을 조성하여 병이 낫고 장수하기를 간절히 기원했지만 2월 21일에 태자비가 먼저 돌아가시고 그 다음날인 22일 태자도 세상을 떠났다. 이듬해(623) 3월 중순에 이르러 이 석가삼존상을 완성했다.

이 불상은 이처럼 제작 연도, 제작 동기, 제작자를 명확히 밝혀놓음으로써 아스카시대 불상 조각의 기준 작품이 되었다. 도리 불사의 이름은 한자로 '鞍作首止利(안작수지리)'라고 표기했다. '鞍作(안작)'은 도래인 기술 집단인 구라쓰쿠리베(鞍作陪)를 말하며 '首(수)'는 우두머리를 뜻한다.

이 불상의 1광배 3존불 형식과 옷자락이 좌대까지 덮어내리는 상현좌(裳懸座) 형식은 우리의 삼국시대에 유행한 것으로 부여 군수리 출토 납석제여래좌상, 청양에서 출토된 도기 좌대와 깊은 친연성이 있다. 도리 불사는 이런 양식을 바탕으로 하면서 불상의 얼굴은 아주 현세적으로 표현했다. 얼굴엔 미소가 약하고 어여쁘지도 않다. 그 대신 대단히 현실감이 있다. 이것을 미술사가들은 도리 양식이라고 부른다. 도리 불사는 일본미술사에 한 획을 그은 명장이었으며, 이 석가삼존상은 일본미술사의 한 기준작으로 남게 되었다.

이 불상 양식의 한반도와의 친연성은 일본 미술사가들도 인정하고 있다. 다만 1광배 3존불과 상현좌라는 양식의 기원은 북위시대 용문(龍門, 룽먼) 석굴의 빈양동(賓陽洞) 본존에서 찾는 것이 통설이라고 강조한다. 한반도에서 전해진 양식을 액면 그대로 받아들이지 않고, '한반도를 거쳐서 들어온 중국 양식'이라고 말하는 것이다. 그러나 이는 일본인들이 갖고 있는 고대사 콤플렉스의 표현 이상이 아니다.

우리나라에서도 똑같은 일이 있다. 그것은 한국인의 근대사 콤플렉스에 관한 것이다. 도쿄미술학교를 졸업한 화가 김관호(金觀鎬)가 일본 문부성 전람회에서 특선한 「해질 녘」(1916)이라는 작품이 있는데 이 작품은 명백히 구로다 세이키(黑田淸輝) 이래 토착화된 일본 인상파 형식을 따른 것이다. 그럼에도 불구하고 국내 미술사가들은 프랑스 샤반(P. Chavannes)의 화풍이라고 설명한다. 그러나 아마도 김관호는 샤반이라는 화가 이름도 몰랐을 것이고, 도리 불사는 용문 석굴이라는 말도 들어본 적이 없었을 것이다.

| **금당의 청동석가삼존상** | 금당 내부는 청동석가삼존불을 본존으로 하고 좌우에는 길상천과 비사문천이 시립해 있다. 도리 불사가 제작한 이 불상의 얼굴은 아주 현세적인 인물상으로 표현되었다. 이것을 미술사에서는 도리 양식이라고 부른다.

이런 콤플렉스의 병폐는 무엇보다도 그 작품이 갖고 있는 원래의 의의를 잃게 한다는 점에 있다. 이런 색안경을 쓰고 보면 더 큰 진실이 보이지 않는다.

도리 양식과 도래 양식

아스카시대 불상은 우리나라 삼국시대 불상과 밀접히 연관되어 있어 문명대, 강우방, 김리나 같은 불교조각사 학자들은 한일 불교문화 교류의 시각에서 도리 불사의 석가삼존상을 비롯한 아스카시대 불상에 대해서도 자주 언급하고 있다.

대략을 소개하면 아스카시대의 불상 조각은 크게 도래(渡來) 양식과 도리(止利) 양식으로 나누어 본다. 도래 양식은 한반도에서 가져왔거나 이를 충실히 본받아 제작한 것이다. 이제 우리가 만나게 될 백제관음과 교토 광륭사의 목조반가사유상이 대표적인 예이다.

아스카시대에는 본격적으로 불상들이 제작되면서 일본인들이 말하는 아스카 양식이 나타난다. 아스카 양식이란 도래 불상을 서툴게 모방한 것으로 대체로 고졸(古拙)한 미소를 띠고 있다. 그래서 어떤 불상은 아케익한(archaic) 이미지도 준다. 이는 양식 발전의 초기 단계에 나타나는 보편적 현상이다. 모델을 갖고 만들면 그럴듯하지만 모델 없이 자기 식으로 만들다보면 서툴러 보이게 마련이다. 그러나 서툴지언정 자기 식으로 만들어보아야 독자적인 양식을 확보하게 된다.

이때 혜성같이 나타난 불상의 명장이 도리 불사다. 도리 불사는 아스카사 대불 같은 대작까지 만들어냈다. 도리 불사의 등장과 함께 아스카시대에는 도리 양식이 유행하는데 그 특징은 무엇보다도 얼굴이 직사각형으로 길어서 불상이라기보다 현세적 인물 같은 인상을 준다는 점이다.

| **대보장전으로 가는 길** | 서원가람을 떠나 대보장전으로 가면서 뒤를 돌아보면 오중탑과 금당 건물의 지붕선이 아름다운 곡선으로 이어진다.

이런 도리 양식은 시간이 흐를수록 세련미를 더해갔다.

그리고 7세기 중엽, 하쿠호(白鳳)시대가 되면 일본 불상은 새로운 양상을 띠게 된다. 당나라풍을 받아들이면서 대단히 사실적이고 육감적인 모습을 보여주는 것이다. 이것이 일본미술사에서 말하는 아스카 양식에서 하쿠호 양식으로의 변천 과정이다.

대보장전으로 가는 길

이제 우리는 서원가람을 떠나 대보장전(大寶藏殿)으로 간다. 대보장전은 동대문 입구에 있다. 제법 멀리 떨어져 있는데, 그 길 오른쪽에는 경지(鏡池)라는 연못과 정원이 있고 왼쪽으로는 많은 사찰 부속건물이 늘

| 성령원 내부 | 쇼토쿠 태자 45세상과 함께 여의륜관음상과 지장보살상이 모셔져 있고 그 아래쪽에 태자의 세 아들과 그의 멘토였던 고구려 승려 혜자의 조각상이 있다. 벽면은 대단히 화려한 연꽃 그림으로 장식되어 있다.

어서 있다. 시간이 제한되어 있어 그냥 스쳐가며 곁눈으로 볼 수밖에 없지만 그 하나하나가 천년, 최소한 수백년 된 건물로서 국보 아니면 중요문화재이다.

처음 만나는 건물은 성령원(聖靈院)이다. 본래는 승방으로 서실(西室)이었는데 가마쿠라시대에 앞부분을 새로 고치고 쇼토쿠 태자를 모시는 전각으로 삼았다고 한다. 출입금지여서 슬쩍 들여다보니 안에는 쇼토쿠 태자 45세상과 함께 여의륜관음상(중요문화재)과 지장보살상(중요문화재)이 모셔져 있고 벽면은 연꽃 그림으로 장식되어 있다.

내가 여기서 꼭 보고 싶은 것은 관음상과 지장상 앞에 모셔 있는 네 분의 목조각상들(헤이안시대, 국보)이었다. 이 네 분은 쇼토쿠 태자의 아들과 이복동생 둘, 그리고 태자의 스승인 고구려 승려 혜자의 초상이다. 혜자는 아스카사 창건 때 주지였고 쇼토쿠 태자가 이카루가궁 옆에 절을 지을 때 지도하기도 했다. 법륭사라는 이름도 이분이 지어준 것으로 추정된다.

또 태자가 경전을 해석한 것도 모두 혜자의 가르침을 받은 것으로 알려졌다. 혜자 스님은 615년 태자가 지은 『삼경의소(三經義疏)』를 갖고 고구려로 귀국하면서 두 분은 눈물로 헤어졌다. 태자는 그후 7년 뒤 세상을 떠났다. 그 혜자의 초상조각이 이 성령전 맨 앞에 있다. 그러나 조각적으로는 뛰어나지도 않고 얼굴 표정이 코믹해서 약간은 실망했다.

아! 아름다워라, 백제관음이여

대보장전은 현대식 박물관 건물로 그곳에는 정말 많은 유물들이 전시되어 있다. 그중 하이라이트는 1998년에 별도의 공간을 마련해 거룩하게 안치된 백제관음상(百濟觀音像)이다. 대보장전으로 들어가면서 나는 일행을 뒤로하고 잰걸음으로 앞서 나갔다. 백제관음당으로 들어서자마자 마주치는 그 측면관(側面觀)을 조용히 음미하는 기쁨을 만끽하기 위해서였다.

백제관음상의 측면관은 정말로 아름답고 신비롭다. 거룩하고 우아하고 어여쁜 몸매에 잔잔한 미소를 머금은 아리따운 얼굴, 거기에 왼손으로는 정병을 가볍게 들고 오른손은 앞으로 가만히 내밀고서 천의 자락을 살포시 발아래까지 내려뜨린 채 먼 데를 바라보고 있는 모습을 보면 "아! 아름다워라, 백제관음이여"라는 탄성 외엔 아무 말도 할 수 없다.

실제 높이가 209센티미터라지만 팔등신도 넘는 훤칠한 몸매 때문에 훨씬 더 커 보이는 대작이다. 법의 아랫자락은 출수(出水)의 모습으로 물결무늬를 그리며 퍼져 내려가고 천의 자락이 무릎 위에서 엑스자로 교차하는데 허리 위쪽은 '물에 젖은 옷주름'(wet drapery)을 그대로 나타

내어 나신(裸身)처럼 근육의 굴곡이 살짝 나타난다. 그로 인해 백제관음은 이상적인 인간상이면서 생동하는 듯한 사실감도 느끼게 해준다. 불성과 인성의 절묘한 만남이다. 어떻게 보살이라는 이름으로 이처럼 완벽한 인체 조각을 만들 수 있었을까. 보면 볼수록 감탄밖에 나오지 않는다.

이는 나만의 느낌이 아니다. 일찍이 교토대학에서 일본미술사를 강의했던 하마다 고사쿠(濱田耕作)는 그의 명저로 꼽히는 『백제관음』(百濟觀音, 平凡社 1926)에서 이 불상의 측면관의 아름다움과 함께 정병을 가볍게 잡고 있는 손가락의 표현이 너무도 절묘하다고 찬사를 보내고 있다.

백제관음에 바친 글과 시는 무수히 많다. 법륭사에서 펴낸 『백제관음』(1993)이라는 책자에는 야시로 유키오(矢代幸雄)의 「탄미초(嘆美抄)」를 비롯하여 연구논문이 10편, 아이즈 야이치(會津八一)의 「남경여창(南京餘唱)」을 비롯한 단가와 시 등이 18편, 간바야시 아카쓰키(上林曉)의 「법륭사의 경례(敬禮)」 등 기행문 에세이가 15편 실려 있다. 당대 문사치고 이 백제관음을 예찬하지 않은 이가 없다 할 정도다. 그중 일본의 평론가로 이름 높은 가메이 가쓰이치로(龜井勝一郎)의 「야마토 고사 풍물지」는 글 자체가 감동적이다.

백제관음 앞에 서는 찰나, 심연을 헤매는 것 같은 불가사의한 선율이 되살아나왔다. 희미한 어둠 속 법당 안에 흰 불꽃이 하늘하늘 피어올라 그것이 그대로 영원 속에 응결된 듯한 모습을 접할 때, 우리들은 침묵하는 것 이외에 다른 길이 없다. 이 흰 불꽃의 흔들림은 아마도 아스카 사람들의 고뇌의 선율일 것이다. 미술 연구를 위하여 야마토를 찾는 것은 마지막에나 할 일이고, 불상에는 합장하여 배례하러 가는

| 대보장전의 백제관음 | 실제 높이가 209센티미터라지만 팔등신도 넘는 훤칠한 몸매 때문에 훨씬 더 커 보이는 대작이다. 이처럼 아름다운 인체 조각상은 이상적인 인간상으로서 불상을 조각하려는 조형 의지의 반영이다.

것이라는 단순한 이치를 이때 처음
으로 깨달았다. 나는 신앙은 있어
도 불교도는 아니다. 그러나 망연
히 서서 마음속에서 우러나오는 예
배를 올렸다.

백제관음의 유래

이 보살상은 본래에는 법륭사에
봉안된 것이 아니라고 한다. 그래서
747년의 「법륭사 자재장」에는 보이
지 않는다. 어디에선가 옮겨온 것이
분명한데 하마다 고사쿠는 『백제관
음』에서 「고금목록초(古今目錄抄)」라
는 문헌에 아스카의 귤사가 황폐화되
면서 불상이 법륭사로 옮겨졌다는 기
록을 주목할 만하다고 했다.

그러면 백제관음이라는 이름은 어
디서 유래했을까? 이에 대해서는 다
카다 료신(高田良信)이 자세하게 살
펴본 바 있는데 그는 1917년 발행된
『법륭사 대경(大鏡)』에 이 보살상을

| 백제관음 측면 | 백제관음상의 측면관은 정말로 아름답
고 신비로워 처음 마주 대하는 순간 "아! 아름다워라. 백제관
음이여"라는 탄성 외엔 아무 말도 할 수 없다.

소개한 다음의 글에서 유래한다고 했다.

　이 보살상은 절에서 전해오기를 백제관음이라고 한다. 좌대에 허공
장보살(虛空藏菩薩)이라는 명문이 있지만 (…) 수년 전 보관(寶冠)이
발견되었는데 화불(化佛)이 있어 명확히 관음임을 말해준다.

　그리고 1698년 법륭사 불상들을 기록한 문서에 "금당──허공장보살,
백제국(百濟國)으로부터 내도(來渡)하다"라고 나온 것이 백제관음의 유
래라고 한다.

　이후 1886년 궁내성과 문부성에서 법륭사의 귀중한 문화재를 하나
씩 조사하고 검인 표찰을 붙일 때 오카쿠라 덴신(岡倉天心)이 다른 수많
은 불상과 구별하기 위하여 이 보살상을 '조선풍(朝鮮風) 관음'이라고
기록하도록 했다고 한다. 그런데 1911년 우연히 법당 토벽에서 이 보살
상의 것으로 추정되는 보관이 발견되었는데 관음의 상징인 화불이 조
각되어 있어 이때부터 허공장보살이 아니라 관음보살로 부르게 되었다
는 것이다.

　또한 백제관음이라는 호칭은 1919년 간행되어 큰 인기를 얻은 와쓰지
데쓰로의 『고사순례』에서 그렇게 부른 후 사람들이 따라 부르게 되었다
는 것이다. 결국 당대 문화계의 지성이었던 오카쿠라 덴신과 와쓰지 데
쓰로로 인하여 이처럼 백제관음이라는 미칭(美稱)을 얻어 그 양식적 유
래와 의미를 명확히 한 셈이다.

옥충주자

대보장전에는 참으로 많은 아스카·하쿠호·나라시대의 유물이 전시되

| 옥충주자 | 주자란 불상을 모셔놓은 미니어처 건축물로 상중하 3단으로 나뉘어 하단은 기단, 중단은 수미산, 상단은 전각으로 구성된 2층 건물 모양이다.

어 있다. 하나하나가 국보 또는 중요문화재이니 이를 다 감상하는 것은 한나절 일정으로는 불가능하다.

　그중 우리가 특별히 주목한 것은 옥충주자(玉蟲廚子)다. 주자란 불상을 모셔놓은 미니어처 건축물이다. 상중하 3단으로 나뉘어 하단은 기단, 중단은 수미산, 상단은 전각으로 구성된 2층 건물 모양이다. 옥충이라는 이름이 붙은 것은 금속 장식에 2,563마리의 비단벌레(옥충) 날개를 넣어

| **옥충주자 벽면 디테일** | 석가모니가 배고픈 어미 호랑이에게 몸을 보시한 이야기를 그린 장면이다.

비취색을 냈기 때문인데 스이코 여왕이 궁궐에 장식했던 것이라고 전한다. 전각의 문짝을 열면 그 안에 작은 불상이 안치된 것을 볼 수 있다.

벽면에는 나전 기법으로 그림을 넣었는데 그 내용은 석가모니의 전생담으로 배고픈 어미 호랑이에게 자신의 몸을 보시한 석가모니의 이야기다. 그런데 일본엔 호랑이가 없다. 또 옥충 기법은 황남재총 남분에서 출토된 말안장에 사용된 삼국시대 기법이기 때문에 한반도에서 보내줬다고 보는 견해도 있고 도래인 기술자들이 만들었다는 주장도 있다.

오카쿠라 덴신은 '백제식'이라고 했고 페놀로사(E. Fenollosa)는 단정적으로 "590년 무렵 백제에서 스이코 여왕에게 보내준 것"이라고 했다. 이에 대해 안휘준(安輝濬) 교수는 그림의 형식으로 보면 오히려 고구려적인 요소가 더 많다고 보았다.

이 옥충주자는 건물 모양 자체에도 단아한 인상의 고풍스러움이 있고, 나전으로 그려진 그림들이 제법 솜씨가 좋으며 옥충으로 장식한 금속공예는 아스카시대 작품으로 보기에는 너무도 정교하고 세련되었기에 그런 주장이 나온 것이다.

대보장전의 보물들

대보장전에는 또 많은 불상들이 진열되어 있다. 그중에는 백제불과 비슷한 잔잔한 미소의 금동석가여래삼존상도 있고, 도리 양식의 작고 고졸한 보살입상도 있으며, 당나라에서 건너온 아주 화려한 목조구면관음입상, 목조여의륜관음좌상도 있다.

그중 일본 불교미술사에서 명작으로 꼽는 것은 몽위관음(夢違觀音)이다. 악몽을 길몽으로 바꾸어준다고 해서 꿈 몽(夢)자, 다를 위(違)자가 붙은 전설적인 관음으로 하쿠호시대를 대표하는 불상이다. 신체가 육감적으로 표현되어 가슴의 볼륨감과 허리 곡선이 완연하고 얼굴 또한 살이 올라 이제까지 보아온 도래 불상이나 도리 양식과는 전혀 다르다. 청동 주조 기술도 뛰어나서 질감이 아주 매끄럽고 야무지다. 반세기 사이에 도래 양식을 넘어선 하쿠호시대 불상의 박력을 여기서 엿볼 수 있다.

대보장전 끝에는 1949년 1월 불에 탄 금당벽화 1호부터 6호까지의 모사도가 전시되어 있다. 그중 가장 유명한 것은 몸을 약간 옆으로 비틀고

| **구면관음상과 몽위관음상** | 하쿠호시대를 대표하는 불상으로, 신체가 육감적으로 표현되어 가슴의 볼륨감과 허리 곡선이 완연하고 얼굴 또한 살이 올라 이제까지 보아온 도래 불상이나 도리 양식과는 전혀 다르다.

연꽃을 들고 있는 연화보살상이다. 그 포즈가 인도 아잔타(Ajanta) 석굴의 벽화와 하도 흡사하여 당시 불교문화의 국제적 교류 범위가 생각 밖으로 넓었음을 말해준다.

이 금당벽화는 한때 고구려의 담징(曇徵, 579~631)이 그린 것으로 우리나라 중·고교 교과서에 실려 있어서 지금도 그렇게들 많이 알고 있다. 그러나 담징이 백제를 거쳐 일본에 건너가 채색(彩色)·지묵(紙墨)·

| **비천상 벽화** | 금당벽화는 불에 타 큰 손상을 입었지만 미리 복제해둔 연화보살상은 아름다웠던 벽화의 옛 모습을 보여준다.

연자방아〔碾磑〕의 제작 방법을 전했다는 시기는 610년(영양왕 21)이다. 법륭사가 불탄 것은 670년이니 그렸다 해도 이 작품은 아니다. 담징이 그렸다는 전설은 우리나라에서 만들어진 것이고 일본에는 그렇게 전하지 않는다.

금당벽화에서 내가 주목하는 것은 화마에도 용케 살아남은 금당 2층 기둥 사이에 있던 비천상 벽화다. 수리하느라 마침 벽화를 떼어놓아 화마를 피한 것이다. 천의 자락을 휘날리며 지상으로 내려오는 역동적인 구도의 우아한 포즈는 고구려 안악 2호분의 비천상이나 감실총의 비천상을 연상시킨다. 참으로 명화라 할 만하다.

| **몽전** | 몽전은 태자가 살았던 이카루가 궁터에 교신 스님이 태자를 그리워하며 건립한 것으로 일본의 많은 팔각 원당 건물 중에서도 단정하고 품위있는 건물로 꼽히고 있다.

몽전의 구세관음상

대보장전을 나오면 바로 법륭사 동대문(나라시대, 국보)이 나온다. 이 동대문은 법륭사에 있는 많은 옛 건물 중 우리나라 건축과 가장 비슷한 분위기이다. 위압적이지 않고 단정한 느낌의 아주 참한 건물이다.

동대문을 들어서면 양쪽으로 긴 담장이 나란히 뻗어 있고 그 끝에 동원가람(東院伽藍)의 대문이 보인다.

동원가람은 쇼토쿠 태자의 초상과 사리를 모신 별원(別院)으로, 정중앙을 차지하는 몽전(夢殿, 나라시대, 국보)이라는 팔각당 건물이 핵심이다. 가마쿠라시대까지 일본 사찰에서 거의 필수적으로 세워진 이 팔각당 건물은 원당(圓堂)이라고도 불리며 사자(死者)의 진혼을 위한 묘당(廟堂)의 성격이 강하다.

몽전은 태자가 살았던 이카루가 궁터에 교신 스님이 태자를 그리워하

며 739년에 건립한 것으로 매우 단정하고 품위있는 건물이다. 큰 멋을 부리지 않았고 기둥과 창방, 주심포의 공포가 흰 벽체에 확연히 드러나 있어 아주 밝은 인상을 준다.

몽전 감실에는 쇼토쿠 태자를 모델로 만들었다는 등신대의 구세관음상(救世觀音像)이 봉안되어 있다. '구세'라는 이름은 쇼토쿠 태자가 세상을 구하겠다는 원(願)을 낸 관음의 화신이라는 데에서 유래한다.

머리에서 발끝까지 녹나무 한 그루를 깎아 만든 아스카시대의 대표적인 불상으로, 비불(秘佛)로 전해져 유릿빛 옥으로 장식한 보관을 비롯하여 마치 어제 제작한 것처럼 상태가 완연(完然)하다. 1884년 페놀로사가 문화재 조사를 나왔다가 이제까지 공개된 적이 없었다고 완강히 거부하는 스님을 겨우 설득해내서, 마침내 감실의 자물쇠가 열리고 광목으로 완전히 덮여 있던 구세관음상이 몇백년 만에 그 모습을 드러냈다. 페놀로사는 그때의 감동을 다음과 같이 말했다고 와쓰지의 『고사순례』에 전한다.

이리하여 이 경탄할 만한 세계 유일의 조각상이 수세기 만에 처음으로 인간의 눈과 마주하게 되었다. 그것은 등신보다 약간 큰 키로 (…) 전신에 도금을 한 것이 지금은 구리처럼 황갈색이다. 머리는 조선풍의 금동장식이 있는 기묘한 관으로 장식되어 있고 (…) 긴 띠가 드리워져 있었다.

그러나 우리를 가장 끌어당긴 것은 이 제작의 미적 불가사의였다. 정면에서 보면 이 상은 그리 기고만장하지 않지만, 옆에서 보면 그리

| 몽전의 구세관음 | 머리에서 발끝까지 녹나무 하나를 깎아 만든 아스카시대의 대표적인 불상이다. 천년을 두고 비불(秘佛)로 전해져오다가 19세기 말, 페놀로사의 문화재 조사 때 처음으로 세상에 그 모습을 드러냈다.

| **중궁사** | 중궁사에는 우리나라 국보 83호 금동반가사유상과 많이 닮은 목조반가사유상이라는 명작이 있다.

스 초기 미술과 똑같은 높은 기상이 있다. 어깨에서 발아래로 양측면
으로 흘러내리는 긴 옷자락의 선은 직선에 가까운 조용한 한 줄기의
곡선이 되어 이 상에 위대한 높이와 위엄을 부여해준다. (…) 그리고
조용하고 신비로운 미소를 띠고 있다. (…) 우리들은 일견하여 이 상
은 조선에서 만들어진 최상의 걸작이고, 스이코 여왕 시대의 예술가
가 쇼토쿠 태자를 강력한 모델로 했음에 틀림없다고 판단했다.

페놀로사의 이 견해에 대해서는 훗날 많은 이견이 있고 오늘날 불교
미술사가들은 도리 양식의 대표작 중 하나로 꼽고 있다. 김리나 교수는
이 불상이 보주(寶珠)를 손에 들고 있는 모습이 삼국시대의 여러 봉주보
살상(捧珠菩薩像)과 친밀한 관계에 있음을 논한 바 있다.

| **중궁사의 천수국 만다라 수장(부분)** | 폭 89, 높이 83센티미터의 면포 위에 연꽃으로 환생하는 천수국 모습을 오색으로 수놓은 것이다. 이 자수의 밑그림은 고구려의 화가 가서일이 그린 것으로 알려져 있다.

중궁사의 천수국 수장

법륭사 답사는 몽전의 관음으로 끝이다. 그러나 법륭사 밖을 나가면 곧바로 중궁사(中宮寺, 주구지)라는 아담한 절을 만나게 된다. 이 절은 쇼토쿠 태자가 세운 7대 사찰 중 유일한 비구니 사찰이다.

이 절에는 우리나라와 연관되는 작품이 둘 있다. 하나는 태자의 아내인 귤 부인[橘大郎女]이 태자가 죽어서 올라간 곳을 극락세계인 천수국(天壽國)이라 상상하고 자수로 제작한 '천수국 만다라 수장(天壽國曼茶羅繡帳)'이다. 폭 89, 높이 83센티미터의 면포 위에 태자가 연꽃으로 환생하는 천수국의 모습을 오색으로 수놓은 것이다.

622년에 제작된 이 자수 휘장의 뒷면에는 화사(畵師) 고려 가서일(高麗 加西溢), 동한 말현(東漢 末賢), 한노 가기리(漢奴 加己利)가 밑그림을 그렸다는 명문이 들어 있다고 한다. 고려는 고구려이고, 동한은 야마토노 아야씨를 말하며, 한노는 또다른 도래인 성씨로 생각된다. 도래인의 활동은 아스카시대 내내 이렇게 끊이지 않고 나타난다. 이 자수 휘장은 보존을 위해 공개하지 않는다. 다만 나라국립박물관 특별전에서 공개된 바 있다.

중궁사의 목조반가사유상

중궁사에 있는 또 하나의 유물은 우리나라 국보 83호 금동미륵보살반가사유상과 많이 닮은 목조반가사유상이라는 명작이다. 이 불상에 대해서는 와쓰지 데쓰로의 『고사순례』에 나오는 글보다 더 뛰어난 예찬이 없을 것 같다.

저 피부의 검은 광택은 실로 불가사의한 것이다. 이 상이 나무이면서 동으로 제작한 것처럼 강한 느낌을 주는 것은 저 맑은 광택 때문이라고 생각한다. 또 이 광택이 미묘한 살집, 미세한 면의 요철을 실로 예민하게 살려주고 있다. 이로 인해 얼굴의 표정 등이 섬세하고 부드럽게 나타난다. 지그시 감은 저 눈에 사무치도록 아름다운 사랑의 눈물이 실제로 빛나는 듯 보인다. (…) 우리들은 넋을 잃고 바라볼 뿐이다. 마음속 깊이 차분하고 고요히 묻어두었던 눈물이 흘러내리는 듯한 기분이다. 여기에는 자애와 비애의 잔이 철철 넘쳐흐르고 있다. 진실로 지순한 아름다움으로, 또 아름답다는 말만으로는 이루 다 말할 수 없는 신성한 아름다움이다.

| **중궁사 반가사유상** | 하쿠호시대의 대표적인 불상으로 꼽히는 이 반가사유상은 그 양식적 연원이 어찌 되었건 불상의 매력은 거룩한 절대자의 상을 보여주는 보편적 이미지에 있음을 말해준다.

| **법륭사에서 중궁사로 가는 길** | 법륭사 밖을 나가면 곧바로 중궁사라는 아담한 절과 만나게 된다. 이 절은 쇼토쿠 태자가 세운 7대 사찰 중 유일한 비구니 사찰이다.

　유물을 보는 눈, 문화유산의 깊이를 읽어내는 통찰력, 아름다움에 대한 사색이 어우러진 명문이다. 100년 전 일본에는 이런 지성이 있었다. 그는 철학자로서 많은 저술을 남겼다. 하이데거(M. Heidegger)가 '존재와 시간'을 논할 때 그는 '존재와 공간'을 논한 『풍토(風土)』(岩波文庫 1935)라는 명저를 남겼다. 그는 미술사와 미학에서도 높은 식견을 보여주었다. 그의 저서 중 대중에게 가장 널리 읽힌 것이 이 『고사순례』인데 일본인들은 이를 교과서 삼아 나라와 교토의 고사를 순례하면서 역사의 숨결을 느끼고 민족혼을 일깨웠다. 참으로 부러운 모습이다.

　와쓰지는 이 책에서 시종일관 일본인이 불교문화를 독창적으로 만들어가는 과정을 강조하고 또 강조했다. 그래서 도래 양식의 백제관음에서도, 도리 양식에서도 불상 조각이 일본화되어가는 징후를 놓치지 않고 잡아내려고 노력하는 모습이 역력하다.

페놀로사가 몽전관음을 조선풍이라고 한 것에 대해 그는 "틀렸다"고 했다. 일본 혼을 찾아가는 그의 시각에선 그렇게 말할 수도 있다. 그리고 그는 또 이 중궁사의 목조반가사유상에 대해서 바야흐로 도래 양식을 벗어나 하쿠호 미술의 '정묘(精妙)한 사실성'으로 나아가고 있다고 말했다. 그러나 내 입장에서 보면 와쓰지가 "틀렸다".

이제 법륭사를 떠나 나라의 흥복사로 가면 나는 산전사 출토 불두(佛頭)를 보면서 사실감에 충만한 하쿠호시대 불상의 진면목을 찬미하게 될 것이다. 그러나 아직은 아니다. 도래 양식이어야 위대하다는 뜻이 아니라 하쿠호 불상의 조형적 뿌리가 거기에 있음을 말하는 것이다.

중궁사 반가사유상 이후 일본 불상이 변해가는 모습을 떠올린다면 와쓰지의 견해는 "맞다". 그러나 중궁사 반가사유상이 어떤 조형적 기반에서 이와 같은 모습이 되었는가를 생각하면 내 견해가 맞을 것이다. 일본인의 눈에는 그후가 훤히 내다보였고, 한국인인 내 눈에는 그 뿌리가 먼저 다가왔다고나 할까.

그러나 중요한 것은 그 양식적 연원이 어찌 되었건 중궁사 반가사유상은 진실로 아름답고 거룩한 보편적 이미지의 불상이라는 점이다. 그래서 나는 언제 어느 때 찾아와도 법륭사 답사의 마무리를 중궁사 목조반가사유상 앞에서 했다.

제2부

나라

우리의 옛 모습을 여기서 보는구나

고도 나라 / 정유리사와 암선사 / 요시노의 사쿠라 /
헤이조쿄와 남도 7사 / 의수원의 영락미술관 / 나라국립박물관 /
정창원의 보물들 / 덴리도서관의 「몽유도원도」 / 야마토 문화관 /
고려 불화 특별전 / 요시다 히로시 선생

사찰과 꽃의 고도, 나라

답사, 여행, 관광, 그것을 무어라고 말하든 고도(古都) 나라(奈良)는 너
무도 볼거리가 많아 하루이틀, 한두 차례로 그 진수를 다 맛볼 수 없다.

내 경험에 의하면 일본 속의 한국문화와 연관하여 나라·아스카 지역
을 답사할 경우에 최소 3박 4일로 다녀오는 것이 좋다. 첫날은 오전 비행
기로 간사이 국제공항에 도착해 오후엔 나라에 가서 우선 흥복사와 동
대사 두 거찰을 둘러보고 시간이 남으면 가스가샤(春日社)까지 보는 것
으로 족하다. 둘째 날은 아스카로 가서 자전거를 타고, 일본에 불교가 들
어와 마침내 고대국가가 탄생하는 발자취와 도래인의 숨결을 흠뻑 느끼
는 것이다.

셋째 날은 나라 시내의 서쪽 니시노쿄(西ノ京)에 가서 당초제사와 약

| 자광원 | 자광원은 전통 말차를 체험할 수 있는 오래된 찻집이다. 다실에서 보이는 정원은 아주 정갈하게 가꾸어져 있다.

사사를 보고, 이카루가의 법륭사와 그 옆에 있는 후지노키 고분을 답사한 다음 자광원(慈光院, 지코인)이라는 오래된 차실에서 전통 말차(抹茶)를 체험해보고 돌아온다. 넷째 날은 나라 공원에 있는 메이지시대 정원 의수원과 영락미술관, 그리고 나라국립박물관 또는 우리 미술품을 많이 소장하고 있는 야마토 문화관을 관람하고 돌아오는 것이다.

JR(Japan Railways)과 긴테쓰(近鐵) 나라선의 기차가 잘 연결되어 있어 크게 어려울 것 없고 이동 거리가 10분, 20분 정도여서 걸어다녀도 좋다. 젊은이라면 '긴테쓰 선플라워 렌탈사이클'에서 자전거를 빌려 시내를 두루 유람하는 것도 좋겠다.

이밖에도 나라엔 훌륭한 답사처가 즐비하다. 관광버스 투어도 아주 다양하게 운영되고 있다. 반일코스, 일일코스, 야간코스가 있고, '야마토의 꽃달력(花曆)'이라고 해서 달마다 꽃을 주제로 한 코스도 있다. 2~3

| **실생사** | 산세에 따라 건물을 세운 독특한 가람배치의 실생사는 산중 오지에 있다.

| **정유리사 입구** | 정유리사는 입구의 작은 산문부터 우리나라 산사의 어느 한 자락을 떼어다놓은 듯한 정감이 어려 있다.

월에는 매화가 아름다운 저택〔舊柳生藩家老屋敷〕과 '달빛의 여울'이라는 뜻의 쓰키가세(月ヶ瀬)의 매림(梅林), 4월에는 요시노의 벚꽃, 7~8월에는 희광사(喜光寺, 기코지)의 연꽃과 수련, 11월에는 홍엽(紅葉)이 아름다운 단잔 신사 등이다. 나는 일찍이 이 버스 투어를 이용해 두 코스의 유적을 꽃구경과 함께 즐겼는데 참으로 편리하고 경비도 절약할 수 있었다.

정유리사와 암선사

일본에선 한국의 산사 같은 절은 구경하기 힘들다. 나라의 절들도 대개 시내 한복판에 있는 평지 사찰이다. 교토에 가면 고산사(高山寺, 고잔지)라는 유서 깊은 산사가 있는데 나라에는 그런 절이 없나 찾아보았더니 헤이안시대의 절인 실생사(室生寺, 무로지)가 유명하다고 했다.

| **정유리사** | 정유리사는 유명한 도래인 승려인 행기 스님이 창건한 절이어서 우리에게 각별히 다가온다. 법당 앞에는 연못이 있어 건물이 그림자로 비친다.

혼자서 지도만 갖고 어찌어찌 한 번 찾아갔는데 기차를 두 번 갈아타고 작은 역에서 내려 또 시골 버스를 타고 한참을 가야 만날 수 있었다. 그런 산중의 오지에 절이 있다는 사실 자체가 감동이었다. 그러나 그것도 내가 기대한 산사는 아니었다. 일본의 산들이 대개 그렇듯이 산세가 아주 급하여 우리나라 산사처럼 계곡을 따라 깊숙이 들어가는 그윽한 분위기를 전해주지는 않았다. 다만 산세에 따라 건물이 세워진 독특한 가람배치라는 점에서 일본 사찰의 또다른 모습을 경험했을 뿐이다.

반면에 정유리사(淨瑠璃寺, 조루리지)와 암선사(岩船寺, 간센지)는 아주 사랑스러운 산사였다. 행정구역으로는 교토부이지만 나라에서 더 가까워 나라 관광버스도 다닌다. 정유리사는 유명한 도래인 승려인 행기(行基, 교기) 스님이 창건한 절이어서 우리에게 각별히 다가온다. 그는 동대사 대불 조성 때 권진(勸進)의 직책을 맡아 '동대사 4성(四聖)'의 한 분으

| 정유리사 내부 | 아홉 분의 불상이 참선하는 자세를 하고 있어 마치 부처님 선방에 들어온 듯한 무거운 침묵이 가득하다. 구체아미타여래좌상이라고도 불리는 이 불상들은 한결같이 당당한 체구여서 더욱 강렬한 인상을 준다.

로 추앙받는 분이다.

정유리사는 뜻밖의 아름다움이었다. 절 입구부터 우리나라 산사의 어느 한 자락을 떼어다놓은 듯한 정감이 어려 있다. 절문을 들어서면 아름다운 연못이 절마당을 차지하고 장중한 법당 건물이 물그림자 지어 아련하게 비친다. 가히 환상적이라 할 만하다.

그런데 법당 안으로 들어서니 전혀 예상 밖으로 우람한 불상 아홉 분이 마치 점호를 받듯 열지어 앉아 있어 나도 모르게 탄성을 지르고 말았다. 구체아미타여래좌상(九体阿彌陀如來坐像)이라고도 불리는 이 불상들의 좌우 8구가 한결같이 당당한 체구로 참선하는 자세인 선정인(禪定印)을 하고 있어 마치 부처님 선방에 들어온 듯한 무거운 침묵이 가득했다. 그 정연한 배치에서 오는 엄숙한 분위기에는 여느 절에서는 느낄 수 없는 긴장감이 있다.

| **암선사와 바위 불상** | 정유리사 뒷산 너머에는 암선사라는 또 하나의 아담한 산사가 있다. 호젓한 산길을 따라가다보면 일본에서는 보기 드문 석불상들이 곳곳에서 나타난다.

이 불상들의 제작 시기에 대해서는 여러 설이 있지만 대체로 12세기로 추정되고 있다. 이때는 헤이안시대로 민족적인 색채가 대단히 강했다. 문화적으로 말하자면 일본의 문자인 가나(假名)가 만들어져 널리 보급되었고 '『겐지모노가타리(源氏物語)』에마키(繪卷, 일본의 두루마리 그림책)' 같은 독특한 미술문화가 전개되던 때이다.

앞 시기인 나라시대 불상은 당나라·통일신라와 상통하는 국제적인 양식을 띠었던 반면에 이 시기는 우리나라 고려시대와 마찬가지로 개성적이고 지방적인 특성을 강하게 보여주던 때이다. 그래서 정유리사 구체아미타여래좌상에서는 일본 불상만의 독특한 이미지를 보게 된다. 참으로 독특한 불교미술의 세계이다.

정유리사 뒷산 너머에는 암선사라는 또 하나의 아담한 산사가 있다. 호젓한 산길을 따라가다보면 일본에서는 보기 드문 석불상들이 곳곳에서 나타난다. 본래 일본에는 우리나라처럼 화강암이 많지 않기 때문에 큰 바위가 있으면 그 자체만으로도 귀하게 여겨지는데 이 산은 부드러운 육산(陸山)임에도 곳곳에 집채만 한 바위가 있고 바위마다 양각으로 불상이 새겨져 있다. 규모는 작을 수밖에 없지만 한결같이 귀여움이 가득한 정겨운 석불상들이다.

암선사는 산중의 작은 절로 마당이 비좁아 삼중탑도 한편으로 비켜나서 숨은 듯 서 있다. 그로 인해 절은 아주 조용하고 겸손한 분위기다. 나는 그 두 절을 본 다음에야 일본에도 고즈넉한 산사가 있다는 것을 알았다. 암선사는 절 자체보다도 단풍이 더 유명하여 11월에 와야 그 진면목을 볼 수 있다고 한다.

요시노의 사쿠라

일본에서 꽃구경은 사쿠라꽃 구경이 으뜸이고, 사쿠라꽃 구경으로는 요시노(吉野)가 으뜸이다. 도요토미 히데요시도 해마다 요시노의 사쿠라를 구경했다고 한다. 요시노는 나라·오사카와 삼각형을 이루는 지점으로 나라 남쪽이자 오사카 동쪽에 있다.

한번은 사쿠라의 계절에 맞추어 나라에 와서 요시노의 사쿠라를 구경했다. 좁은 산길을 비집고 산턱까지 올라가니 산자락이 온통 연분홍빛으로 빛나고 있었다. 가파른 비탈길 건너편 산자락에 사쿠라꽃이 솜사탕처럼 보송보송하게 피어오른 것이 장관은 장관이었다. 이렇게 산상에 무리지어 피어난 사쿠라꽃을 위에서 내려다보는 것은 국내에선 경험하기 힘든 풍광이고 그 색감과 질감이 아주 독특해서 일본적이라고 말할 수밖에 없다.

그런데 꽃구경하는 모습조차도 일본인과 한국인은 다른 것 같다. 우리는 군항제가 열리는 진해 시내 벚꽃길, 하동 화계장터 십리 벚꽃길, 여의도 윤중로 벚꽃길 등 길을 걸어가면서 꽃잎을 바라보고 바람에 흩날리는 꽃비를 맞으면서 벚꽃과 하나가 되는 것을 제멋으로 느끼는데, 일본인들은 요시노의 사쿠라처럼 멀리서 구경하거나 이름난 정원의 연못에 비치는 아련한 모습을 더 즐긴다. 우리는 자연과 뒤엉켜 하나가 되어야 직성이 풀리고, 일본인들은 그것을 관조하고 또 관조한다. 그것은 자연을 대하는 일본인과 한국인의 태도의 차이기도 하다.

교토의 고려미술관 유물을 조사할 때였다. 일을 마치고 저녁 6시쯤이 되어도 더위가 식지 않았다. 한여름 교토의 기온은 섭씨 40도까지 오르기도 하여 숨이 턱턱 막힐 정도이다. 우리 일행은 고려미술관 큐레이터 이수혜씨에게 가모가와(鴨川)강변으로 나가 강바람이나 쐬자고 했다.

강변엔 많은 사람들이 나와 있었다. 감히 걸을 생각도 못하고 강가에서 서성이며 유유히 흐르는 강물을 바라보고들 있었다. 그런데 어느 누구 하나 강으로 내려가 손을 담그거나 맨발로 물에 들어가는 사람이 없었다. 그저 강물을 내려다보고만 있을 뿐이었다. 내가 이수혜씨에게 왜 사람들이 강물에 들어가지 않느냐고 묻자, 웃으면서 하는 대답이 일본인에겐 강물에 발을 담근다는 생각 내지 정서가 아예 없다는 것이다. 그래서 물었다.

"만약에 내가 지금 양말 벗고 물에 들어가면 저 사람들이 날 어떻게 생각할까요?"

"아마도 둘 중 하나로 생각할 겁니다. 술 취한 사람이거나 미친 사람으로요."

요시노의 사쿠라 구경 때 내가 감동한 것은 일본인들의 질서의식이었

| 요시노의 사쿠라 | 일본에서 꽃구경은 사쿠라꽃 구경이 으뜸이고, 사쿠라꽃 구경으로는 요시노가 으뜸이다. 좁은 산길을 비집고 산턱까지 올라가니 산자락이 온통 연분홍빛으로 빛나고 있었다.

다. 일차선으로 난 좁은 산길에 자동차들이 꼬리에 꼬리를 물고 산상의 주차장에 자리가 날 때까지 세 시간, 네 시간을 기다린다. 이 기다림을 위해 준비해온 도시락을 '요시노 사쿠라 벤토'라고 한단다.

우리 같으면 벌써 산을 깎아 길을 넓히고 입구엔 온갖 상점이 난무했을 텐데 도요토미 히데요시가 요시노의 사쿠라를 즐겼다는 그때의 모습과 거의 똑같이 자연환경을 유지하고 있으니 일본인들의 참을성과 기다리는 자세는 거의 영웅적이라 할 만하며, 옛것을 아끼는 마음은 가히 끔찍한 정성이라 할 것이다.

나라 관광버스를 타고 요시노의 사쿠라를 구경하러 갔을 때 안내원이 재미있는 얘기를 해주었다. 요시노의 사쿠라를 읊은 가장 유명한 시는 다름아닌 '요시노에 사쿠라가 만개했습니다'라는 것이었다. 맞다! 현실이 시인의 상상력을 압도해버릴 때 시인은 그저 정직하게 말하는 것 이

166

| **만개한 사쿠라** | 산상에 무리 지어 피어난 사쿠라꽃을 위에서 내려다보는 것은 국내에선 경험하기 힘든 풍광이고 그 색감과 질감은 아주 독특해서 일본미술의 밝은 색채 감각은 이런 자연 풍광에서 나왔다는 생각을 갖게 한다.

상의 표현을 할 수 없는 법이다.

일본 집 정원과 우리나라 마당

나라 시내에 머물 때면 저녁 때 나라 공원의 원택지(猿澤池, 사루사와이케)라는 '원숭이 연못'에 가서 나만의 시간도 가졌다. 흥복사 오중탑을 비껴보면서 호숫가를 거닐면 고도의 정취가 물씬 풍겨난다. 나라라는 도시는 언제 가도 즐겁다. 정말 조용하고 깨끗하고 사람 사는 살내음이 가득하며, 문화유산의 향기와 자연의 아름다움이 흔연히 어우러진 사랑스런 도시이다. 일본의 역사적 자존심이 나라에 있다고 해도 과언이 아닐 것이다.

나라 시내든 아스카의 시골이든 일본의 도로는 아주 좁다. 시내 도로

| 교토 대덕사 용원원 방장실 앞의 정원 | 일본 사찰의 정원으로는 돌과 모래로만 구성된 석정이 대표적인 양식인데, 인공적인 맛이 강한 가운데 고요한 선미(禪味)가 풍긴다.

는 거의 다 편도 일차선이고 마을을 가로지르는 도로는 폭이 좁아 겨우 차 한 대가 다닐 수 있을 정도다. 버스는 들어갈 수 없는 길도 많다. 이 비좁은 일차선을 넓히지 않고 군데군데 마주 오는 차들이 비켜갈 수 있는 공간만 마련되어 있을 뿐이다. 이처럼 정겹고 좁은 길을 우리나라 도시 시내에선 볼 수가 없다.

세월이 많이 흘러 세상이 모두 현대화되어도 나라·아스카가 이처럼 평화스러운 전원도시로 남은 것은 일본의 문화적 저력 덕분이다. 1980년대 난개발에 직면했을 때 위기가 있었다고 한다. 그러나 고도 나라와 아스카를 사랑하는 사람들의 노력으로 그 풍모를 잃지 않을 수 있었다.

일본의 동네는 참으로 깨끗하다. 집집이 다닥다닥 붙어 있고 담장도 반듯하게 다듬어져 우리네 시골의 울타리와는 전혀 다르다. 우리는 꾸미지 않고 자연스럽게 곡선은 곡선대로 살리지만 일본은 시골집 담장조차

| 안동 봉정사 영선암 | 우리나라 절집 마당 중 영선암의 정원은 민가의 그것처럼 편안하면서도 자연스러운 열린 공간으로 꾸며져 있다.

아무렇게나 두는 일이 없다. 잘 다듬어진 정제된 아름다움이라고나 할까.

일본 집들은 길가에 바짝 붙여 지으면서 현관 입구부터 작고 예쁜 정원을 만드는 것이 특징이어서 깔끔하기가 이루 말할 수 없다. 타작마당을 넓게 잡는 우리 시골집과는 공간의 콘셉트가 전혀 다르다. 그 때문에 일본 집은 공간 경영이 좀 답답한 편이다. 한국에 오래 머물다 간 일본인들은 한결같이 한국의 집이 편안한 느낌이라고 말하곤 한다.

이처럼 일본인에게 대개 자연은 관조의 대상이고, 한국인은 자연과 격의 없이 한데 어우러지는 것을 좋아한다. 일본의 정원과 한국의 정원에서 우리는 자연을 대하는 두 민족의 차이를 볼 수 있다. 교토 용안사(龍安寺, 료안지)의 석정(石庭)과 담양 소쇄원을 비교하자면 자연을 대하는 두 국민성의 차이가 명확히 드러난다. 일본 정원의 나무는 잔가지까지 인공의 자취가 드러나도록 매만져야 하고, 한국 정원에서는 본래 거

| 헤이조궁 | 710년 일본의 수도가 될 때 계획도시로 당나라 장안을 본떠 바둑판처럼 정연히 구획되었다. 주작대로를 중심으로 동경과 서경으로 나뉘었고 흥복사와 동대사는 외경으로 동쪽 산자락에 따로 있다.

기에 있었던 것처럼 사람의 손길이 느껴지지 않아야 한다. 일본의 정원에서 인공을 가하지 않은 것은 불성실로 비치고, 한국의 정원에서 사람의 손으로 다듬은 것은 어색하게 느껴진다. 참으로 자연을 대하는 태도가 대조적이다.

절집 마당의 경우 교토 대덕사(大德寺, 다이도쿠지) 용원원의 방장실 앞석정(石庭)과 안동 봉정사 영선암의 마당을 비교하면 두 나라 정원 미학의 차이를 선명히 볼 수 있다.

일본인들이 우리나라 막사발을 천연의 멋이 담긴 높은 미학의 다완(茶碗)으로 재발견한 것은 그들이 한국의 좋은 면을 받아들여 자기화한 경우이다. 그런 식으로 우리도 일본의 저 깔끔하고 빈틈없는 멋을 받아들여 '개념 없는' 플라스틱 밥그릇은 예쁜 도자기로 바꾸고, 집 안과 마당은 '좀 정리하면서' 살면 좋지 않을까 하는 생각이 든다.

| 헤이조궁 배치 | 헤이조쿄는 오늘날 일부 건물이 복원되었는데, 그 모습이 아주 생경하고 오히려 이 상상 복원도
가 옛 모습을 잘 전해준다.

나라의 헤이조쿄와 남도 7사

오늘날 나라 시내는 세월의 흐름 속에 많이 변해 현대화되기는 했어
도 기본적으로는 710년 일본의 수도가 될 때 계획도시로 설계된 헤이조
쿄(平城京)에 기초했다. 헤이조쿄는 당나라 장안(長安)을 본떠 바둑판처
럼 정연히 구획되었다. 그때 일본은 거의 열광적으로 문명의 모델을 중
국에서 찾던 때였다.

궁궐인 헤이조궁(平城宮)은 동서 1.3킬로미터, 남북 1킬로미터, 약 39
만평(경복궁의 3배)이었다. 궁궐 사방은 축지원(築地垣)이라 불리는 높이
6미터의 담장으로 둘렀다. 도시 전체는 동서 4.3킬로미터, 남북 4.7킬로
미터였으며 당시 도시 인구는 10만명 내지 20만명이었던 것으로 추정
된다.

궁궐의 정문인 남대문에서 도성의 남문인 나성문(羅城門)까지는 폭 75미터의 주작대로가 곧게 뻗으면서 도시를 양쪽으로 갈라 동쪽을 좌경(左京), 서쪽을 우경(右京)이라 했다.

동서남북으로는 간선도로가 반듯하게 나 있었다. 동서대로는 조(條)라 하여 9조까지 있고, 남북대로는 방(坊)이라 하여 주작대로를 중심으로 동서 각기 4방씩 서1방에서 서4방까지, 동1방에서 동4방까지 있었다. 뉴욕의 애비뉴(남북 길)와 스트리트(동서 길) 개념과 똑같다. 조와 방으로 이루어지는 한 블록은 사방 531미터였다.

당시 도성 안에는 많은 사찰들이 들어서서 723년에는 모두 48개 사찰이 있었다니 요즘 서울의 동네마다 있는 교회당이 녹지공원과 함께 있는 모습이었다고나 할까. 그중 대표적인 사찰이 '남도 7사(南都七寺)'라 불리는 동대사, 서대사, 흥복사, 대안사, 원흥사, 약사사, 법륭사이다.

좌경에는 후지와라쿄(藤原京)에 있던 대관대사를 옮겨온 대안사(大安寺, 다이안지), 소가씨의 씨사인 아스카사를 옮겨온 원흥사(元興寺, 간고지)가 있었다. 또 좌경은 궁궐 서쪽인지라 서대사(西大寺, 사이다이지)도 있었다.

우경의 중심부에는 약사사(藥師寺, 야쿠시지)가 있었다. 약사사는 우경 서2방과 6조가 만나는 자리에 위치해 있었다. 헤이조쿄는 네모반듯한 직사각형이면서 궁궐 동쪽에는 날갯죽지처럼 몇개의 블록이 붙어 있었다. 이를 외경(外京)이라고 했는데 바로 이 외경에 후지와라씨의 씨사인 흥복사와 천황이 발원한 동대사가 들어서 있었다.

남도 7사 중 법륭사만 도성 밖 남쪽 이카루가에 있었다. 당초제사(唐招提寺, 도쇼다이지)가 남도 7사에 들지 못한 것은 도성 건립 후에 세워졌기 때문이다.

의수원의 영락미술관

나라의 사찰이 교토의 사찰과 크게 다른 점은 사찰 안에 아기자기한 정원이 없다는 것이다. 정말 그렇다. 흥복사, 동대사, 약사사, 당초제사, 법륭사 어디에도 교토의 용안사, 상국사(相國寺, 쇼코쿠지), 은각사(銀閣寺, 긴카쿠지) 내부와 같은 정원이 없다. 그런 의미에서 나라의 답사는 당탑(堂塔)과 불상 답사이고, 교토의 답사는 명원(名園) 답사라고 할 수 있다.

왜 그랬을까. 언뜻 생각하기로는 초기 고대국가에서 불교는 백성을 한마음으로 결속하기 위한 국가종교였고 사찰은 가세(家勢)를 과시하기 위한 씨사의 성격이 강했지만, 중세로 들어서면 국가체제가 안정되면서 이제 불교의 오묘하고도 깊은 정신세계에서 자아를 성찰하고 인생의 깊이를 더해갔기 때문이 아닐까 싶다. 양적인 확산이 있은 다음에야 질적인 비약이 가능하다고 했으니, 나라시대에 불교가 양적으로 확산된 뒤 헤이안시대에서 무로마치시대로 이어지는 교토로 가면 이제 진리 탐구의 공간으로서 사찰을 추구한 것 같다.

그래서 나라 시내에 있는 의수원(依水園, 이스이엔)이라는 작고 예쁜 정원이 빛을 발한다. 메이지시대 정원인지라 연륜으로 보나 규모로 보나 교토의 그것에 견줄 바 못 되지만 나라에서는 명소로 손꼽힌다.

의수원은 흥복사에서 동대사로 가는 길에 동대사 주차장을 다 가서야 나온다. 당나라 시인 두보(杜甫)의 '명원의록수(名園依綠水)' 즉 '명원은 녹수에 의한다'라는 시구에서 이름을 따왔다고 한다.

의수원 안에는 1969년에 세워진 영락(寧樂, 네이라쿠)미술관이라는 아담한 미술관이 있다. 나카무라 준사쿠(中村準策)라는 유명한 해운업자가 의수원을 매입하고 이 미술관을 지었는데 자손들이 가업으로 지키고 있다. 주로 중국 청동기와 한·중·일 삼국의 도자기들이 전시된 100평 규

| 의수원 | 의수원이라는 작고 예쁜 정원은 메이지시대 정원인지라 연륜으로 보나 규모로 보나 교토의 그것에 견줄
바 못 되지만 정원이 드문 나라에서는 명소로 손꼽힌다.

모의 작은 미술관이지만 여기에는 고려청자, 분청사기, 백자 등도 있고
특히 명품 다완이 많다.

　의수원은 비록 연륜이 짧지만 메이지시대를 대표하는 정원으로 일본
의 명승지로 지정되어 있을 만큼 아름답다. 앞 정원과 뒤 정원으로 구성
되어 있는데 본디 각기 달리 꾸몄던 것을 하나로 합쳐서 관람객이 좁은
고샅길을 따라 옮겨다니며 감상하도록 만들었다.

　앞 정원은 예전에는 흥복사의 별업(別業, 별장)이 있던 자리로서, 1670
년대에 나라의 부호가 별장을 세우고 가꾼 것이다. 지붕을 새〔葦〕로 덮
은 건물의 준공식에 참석했던 모쿠안(默庵) 선사가 삼수정(三秀亭)이라
고 붙인 이름이 오늘에 이른다. 정원 안에는 유생당(柳生堂)·빙심정(冰心
亭) 등 작은 건물들이 옛 법식에 따라 지어졌다.

　이 정원과 건물은 일본의 패전 뒤 7년간 미 점령군 사령관의 숙소로

| 분청사기인화문장군(왼쪽)과 백자발(오른쪽) | 영락미술관에는 우리나라 도자기들이 여러 점 소장되어 있다. 그중 분청사기인화문장군과 16세기 백자발은 아주 단아한 느낌을 주는 사랑스런 작품이다.

이용되면서 불행히도 큰 손상을 입었다. 그때만 해도 일본문화를 이해하지 못한 미군이 자기 식으로 행동했던 것이다. 건물 바닥에 마루와 다다미가 깔려 있는데도 군화를 신은 채 드나들었고, 그 위에서 잦은 댄스파티까지 열어 바닥재를 아예 못쓰게 만들었다고 한다.

뒤 정원은 1899년에 역시 나라의 부상(富商)이 꾸민 것으로, 이곳에서는 와카쿠사산(若草山)과 가스가산(春日山)이 한눈에 들어오고 동대사 남대문의 기왓장들이 햇빛을 받아 그 반짝이는 빛이 흘러내려 절묘한 풍광을 자아낸다. 연못과 작은 언덕, 온갖 꽃들이 서로 어우러져 명원을 이루었다. 나라 관광의 '야마토의 꽃달력' 투어에서는 5월의 등나무꽃과 7~8월의 수련을 구경하러 여기를 온다.

나라국립박물관

답사는 물론이고 여행에서 빼놓을 수 없는 것이 박물관 순례이다. 그중 먼저 찾아갈 곳은 국립박물관이다. 일본에는 국립박물관이 도쿄, 교토, 나라, 규슈 네 곳에 있는데 나라국립박물관은 1889년 제국나라박물관으로 설립된 후 여러 명칭을 거쳐 1952년부터 나라국립박물관이라 불리며 오늘에 이르렀다.

나라박물관은 구조와 기능이 좀 특별하다. 본관과 신관으로 이루어져 있는데, 본관은 1894년에 건립되어 불교미술을 중심으로 상설 전시를 하고 있고 신관은 1972년 건립되어 특별전을 열고 있다.

수장품이 그리 많은 편은 아니나 일본 불교미술의 보고라 할 정도로 질이 우수하고 특히 불상실은 일본 조각사를 망라하고 있다. 우리나라 유물로 통일신라의 불상과 고려의 청자정병, 불화, 불기 등 몇점이 소장되어 있다.

그러나 특별히 이 방면에 관심있는 분이 아니라면 시간을 쪼개서까지 관람할 필요는 없을 것 같다. 법륭사, 흥복사, 동대사, 약사사, 당초제사 등 고찰의 보물관에서 무수히 많은 불상을 비롯해 불교 미술품을 감상하는 것으로도 족하기 때문이다.

그 대신 해마다 봄에 열리는 특별전과 가을에 정기적으로 열리는 정창원 보물전(10월 셋째, 넷째 주)은 일부러라도 가서 볼 만하다. 나라에 가면 우선 나라국립박물관의 특별전이 무엇인지 알아보고 방문 여부를 결정하는 것이 현명하다.

정창원의 보물들

정창원(正倉院, 쇼소인)은 쇼무(聖武) 천황의 덴표 연간(729~749)에 지은 왕실의 유물 창고다. 요시노가리에서도 본 바 있는 전형적인 창고 건물로 바닥이 지상에서 성큼 올라와 있는 고상(高床) 건물인데, 남북 방

| **정창원** | 정창원은 쇼무 천황이 죽자 고묘 황후가 남편의 명복을 빌기 위해 49재에 맞춰 헌납한 유품 600여점을 보관하기 위해 지은 왕실의 유물 창고다. 요시노가리에서도 본 바 있는 전형적인 창고 건물로 바닥이 지상에서 성큼 올라와 있는 고상 건물이다.

향으로 세 칸이 붙어 있어 각기 남창(南倉), 중창(中倉), 북창(北倉)이라 불린다.

정창원에는 쇼무 천황이 죽자 고묘(光明) 황후가 남편의 명복을 빌기 위해 49재에 맞춰 헌납한 유품 600여점이 소장되어 있다. 황후는 이후에도 세 차례에 걸쳐 유물을 헌납하여 정창원 문서를 비롯해 약 1만점이 소장되어 있다. 이들은 「동대사 헌물 대장」이라는 문서에 목록으로 기록되어 있다.

이처럼 방대한 유물을 1300년간 고스란히 보존할 정도로 일본인들은 세계 어느 민족도 따를 수 없는 지극정성으로 물건을 간수한다. 한 예로 신라에서 수입했거나 선물로 받은 그릇의 포장지까지 그대로 보존하고 있으니 입이 떡 벌어지지 않을 수 없다. 이 보물들은 1946년부터 매년 가

| 좌파리 가반 | 정창원에는 '좌파리 가반'이라는 신라의 '4첩 청동사발'이 있는데 그릇 사이에 끼워넣은 종이가 폐지로 된 공문서였다. 이 문서는 청주 지방의 한 마을에서 관청에 바친 물품을 점검하고 기록한 것으로, 앞면에는 말린 말고기와 돼지고기, 쌀, 콩에 대한 것이고 뒷면은 쌀을 도정한 내용이 쓰여 있다.

을에 일부씩을 나라국립박물관에서 특별전 형식으로 공개하고 있다. 특별전은 몇차례만 도쿄국립박물관 등에서 열렸을 뿐 거의 여기서 열리곤 했다.

정창원 유물 얘기를 하자면 한도 끝도 없다. 여기에는 삼국과 통일신라에서 보내준 유물이 많은데 그중 대표적인 것 세 가지만 소개하고자 한다.

1930년대에는 「신라장적(新羅帳籍)」이라 불리는 신라의 문서가 발견되어 화제가 된 바 있다. 이는 1933년 무렵 정창원이 소장 유물을 정리하던 중 화엄경론(華嚴經論) 제7질의 마포에 앞뒤 배접지로 사용된 것을 발견한 것이다. 이는 지금의 청주 지방인 서원소경(西原小京)의 4개 촌락에 대한 기록 문서인데 쓸모없는 파지가 되자 배접지로 재사용했던 것이다. 마치 요즘 신문지를 재활용하는 것과 마찬가지다.

그런데 이 배접지 조각이 「신라장적」이라는 유물로 다시 살아나고 이를 통해 우리는 신라인의 일상을 엿볼 수 있게 된 것이다. 이 종이에는 촌락별로 넓이〔步數〕, 호구수(戶口數), 전답(田畓), 마전(麻田), 과실나무

| **바둑알(왼쪽)과 목화자단기국(오른쪽)** | 백제 의자왕이 보내준 것으로 알려진 자단목 바둑판은 자단목에 상아를 정교하게 박아 가로세로 19줄을 새기고 옆면에 꽃과 동물 무늬를 넣은 것으로 목화자단기국이라는 이름으로 공개되었다. 바둑알은 상아로 만든 돌에 그림을 그려넣은 것이다.

수, 가축의 수 등과 이들의 3년간 변동 내용이 쓰여 있었다. 대략 815년 무렵 문서로 여겨진다.

또 정창원에는 「신라 제2장적」이라고 불리는 문서가 있다. 이는 '좌파리(佐波理) 가반(加盤)'이라는 신라의 4첩 청동사발의 포장지로, 겹겹이 포갠 사발이 들러붙지 않도록 사이마다 끼워넣은 종이였다.

아마도 8세기 전반 무렵 신라의 수공업을 담당하는 관청인 공장부(工匠部)나 철유전(鐵鍮典) 등에서 생산한 놋사발을 일본에 수출하면서 그릇 사이에 끼운 것으로 추정된다. 좌파리 가반 문서는 한 마을에서 관청에 바친 물품을 점검하고 기록한 것으로, 앞면은 말린 말고기와 돼지고기, 쌀, 콩에 대한 내용이고 뒷면에는 쌀을 도정한 내용이 쓰여 있다.

1993년과 2008년 전시회에서는 백제 의자왕이 보내준 자단목 바둑판, 상아 바둑알, 바둑알 통인 은평탈합(銀平脱盒)이라는 매우 진귀한 유물이 공개되었다. 바둑판은 자단목에 상아를 정교하게 박아 가로세로 19줄을 새기고 옆면에 꽃과 동물 무늬를 넣은 것으로 '목화자단기국(木畵紫檀碁局)'이라는 이름으로 공개되었다.

바둑알은 상아로 만든 돌에 붉은색(紅)과 검푸른색(紺)을 칠하고 그 위에 꽃을 물고 나는 새를 선으로 새기고 그 선을 흰색으로 메운 것이다. 이런 기법을 '발루(撥鏤, 바치루)'라고 하며 일본에서는 이 바둑알을 '고콘 게바치루노키시(紅紺牙撥鏤碁子)'라고 부른다. 이는 세계에서 가장 오래 되고 가장 아름다운 바둑판이고 바둑알이다.

이 바둑 도구 한 세트는 고묘 황후가 작성한 일본 황실의 『국가진보장(國家珍寶帳)』에 백제 의자왕이 보내준 것이라는 기록이 있고, 재료가 우리나라 육송이며, 또 바둑판에 찍혀 있는 17개의 화점(花點)이 우리나라 고유의 순장바둑(미리 바둑알을 배치해놓고 두는 바둑)에만 필요한 것이어서 백제 유물이라는 추정에 더욱 힘이 실린다.

덴리도서관의 「몽유도원도」

나라에 있는 우리나라 유물을 말하자면 무엇보다도 덴리도서관(天理圖書館)에 소장된 안견(安堅)의 「몽유도원도(夢遊桃源圖)」일 것이다. 덴리도서관은 덴리교(天理敎) 산하 덴리대학교의 도서관이다. 나라 시내에서 남쪽으로 조금 아래 덴리시에 있는데 법륭사와 얼마 멀지 않다.

「몽유도원도」는 한국인이라면 대개 알고 있는 국보 중의 국보다. 나는 해외한국문화재 조사 때 덴리도서관이 이 작품을 소장하게 된 경위를 자세히 조사한 바 있어 그것을 잠시 소개하고자 한다.

「몽유도원도」의 제작 배경은 익히 알려진 바와 같이 안평대군이 쓴 발문에 자세히 나와 있다. 1447년 4월 20일, 안평대군이 박팽년(朴彭年), 신숙주(申叔舟) 등 평소 가까이 지내던 집현전 학사들과 도원에서 노니는 꿈을 꾸었다. 안평대군은 이 놀랍고 행복한 꿈을 안견에게 그리게 했더니 사흘 만에 그림을 완성했다고 한다.

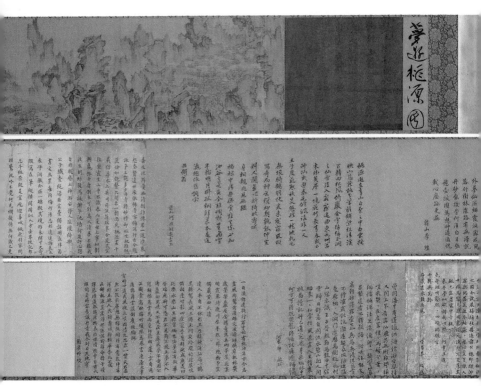

| 몽유도원도 그림과 시축(詩軸) | 덴리도서관에 소장된 안견의 「몽유도원도」, 안견의 그림이 완성되자 안평대군은 스스로 발문을 쓰고 박팽년 등 모두 21명의 명사들에게 찬시를 짓게 하여 덧붙였다. 이것이 지금 상하 두 개의 횡축으로 되어 있다.

　　안견의 그림이 완성되자 안평대군은 스스로 발문을 쓰고 박팽년 등 모두 21명의 명사들에게 찬시를 짓게 하여 덧붙였다. 이것이 상하 두 개의 횡축으로 되어 있는데, 폭 38.6센티미터, 길이 19.7미터(상권 8.6미터, 하권 11.1미터)이다.

　　「몽유도원도」가 일본으로 건너가 덴리도서관에 소장된 경위는 덴리대의 스즈키 오사무(鈴木治) 교수가 덴리도서관 관보 『비블리아(ビブリア)』 제65호, 67호(1977년 3월, 10월)에 자세히 추적해놓았고, 안휘준 교

수가 그 내용을 『몽유도원도』(예경산업사 1987)에 소개함으로써 널리 알려지게 되었다.

그 과정을 더듬어보면, 현재까지 확인된 가장 오래된 소장자는 가고시마의 시마즈 히사나루(島津久徵)이다. 「몽유도원도」에는 1893년에 '임시전국보물조사위원회'에서 발행한 '감사증(鑑查證)'이 붙어 있는데 여기에 시마즈 소장으로 되어 있어 이를 알 수 있었다. 이것이 시마즈의 아들 시게오(島津繁雄)에서부터 후지타 데이조(藤田禎三)→소노다 사이지(園田才治)→소노다 준(園田淳)→류센도(龍泉堂)를 거쳐 덴리도서관으로 이동한 것이다. 이 작품은 1929년에 나이토 고난(內藤湖南)에 의해 『조선(朝鮮)』이라는 잡지에 처음 소개되었는데, 1934년 조선총독부에서 발행한 『조선고적도보』 제14책 조선시대 회화 편에는 소노다 사이지(園田才治) 소장으로 기록되어 있다.

류센도라는 고미술상 주인이 「몽유도원도」를 손에 넣은 후 원매자를 찾아나섰고 1950년대 한국전쟁이 끝나고 얼마 지나지 않아 한국에 매물로 나왔었다는 것이 골동품계의 비화로 전해진다. 이때 임자를 만나지 못해 다시 일본으로 건너갔고 바로 덴리도서관이 구입한 것으로 알려졌다. 덴리도서관이 구입한 정확한 날짜와 대금은 확인되지 않으나 대금 분납이 완결된 것은 1955년이었다.

이렇게 일본으로 다시 건너간 「몽유도원도」는 좀처럼 국내에 소개될 기회가 없다가 1986년 8월 국립중앙박물관이 구 조선총독부 건물로 이전하여 개관할 때 보름간 대여 전시되었고, 1996년 12월 호암미술관에서 '조선 전기 국보전'이 열리면서 다시 2개월간 우리 곁에 왔다가 돌아갔다. 그리고 2009년 '국립중앙박물관 개관 100주년 기념전'에 9일간 전시된 것이 세번째이다.

원본과 모사본의 차이

덴리도서관은 1980년 무렵에 정밀 모사본을 제작해두었다. 법륭사 금당벽화 화재 이후 명작을 복제해두는 전통에 따른 것이라고 한다.

나는 이 작품을 조사할 때 덴리도서관 측의 배려로 원본과 모사본을 한꺼번에 조사할 기회를 가졌다. 도서관장은 원본과 모사본 둘을 미리 한자리에 펴놓고 복제품의 정밀도를 자랑하면서 내게 둘 중 어느 것이 진본이라고 생각하느냐 물었다. 그런 뜻은 아니었겠지만 마치 내 그림 감정 실력을 테스트 당하는(?) 기분이었다.

모사본의 정밀함에는 놀라움을 금할 수 없었다. 그림의 비단 바탕에 깊숙이 스며든 먹빛과 금물가루까지 한 치의 다름이 없었으며 글씨의 바닥종이 또한 냉금지(冷金紙)의 금딱지(金粉)까지 똑같았다. 나는 양자의 차이를 육안으로는 구별할 수 없다는 비참한(?) 결론에 도달하지 않

|「몽유도원도」 조사 중 | 덴리도서관은 1980년 무렵에 정밀 모사본을 제작해두었다. 나는 이 작품을 조사할 때 덴리도서관 측의 배려로 원본과 모사본을 한자리에 펴놓고 조사할 기회를 가졌다. 원본에는 신숙주의 글씨 중 세 글자를 수정하기 위해 오려붙인 자국이 있다.

을 수 없었다.

한참을 고민하며 빈틈없이 대조해보다가 엉뚱한 곳에서 해답을 찾을 수 있었다. 신숙주가 쓴 제시(題詩)에서 제8행에 나오는 "로주요(路走瑤)" 세 글자를 원본에서는 다른 종이를 오려붙여놓았는데, 모사본에서는 이를 오려붙인 것이 아니라 오려붙인 모습으로 그려넣었던 것이다.

이 '땜빵'을 근거로 내가 자신있게 "이것이 진본입니다"라고 손가락으로 가리키자 도서관장은 놀라면서 "어떻게 알았습니까?"라고 되묻는 것이었다. 여태 이것을 구분한 사람이 없었다는 것이다. 나는 짐짓 재는 자세로 "제 전공이 조선시대 회화사입니다"라고만 대답했다.

그리고 조사가 다 끝난 다음 저녁 회식 자리에서 웃으며 이 사실을 말해주자 "완전 범죄가 없듯이 완전 모사는 없군요"라며 돌아가면 확인해보겠다고 했다. 현재 서울의 국립중앙박물관에 똑같은 복제본이 전시되어 있다.

왜 그림이 왼쪽에서 오른쪽으로 전개되었나

안견의 「몽유도원도」는 아주 예외적인 구도를 하고 있다. 그림은 안평대군의 꿈 얘기대로 험준한 산세가 이어지고 그 사이로 흐르는 그윽한 시냇물을 따라가다보면 마침내 복숭아꽃 핀 아름다운 마을에 다다르게 된다.

여기서 참으로 이상한 것은 동양의 그림과 글씨는 오른쪽에서 왼쪽으로 펼쳐나가는데 안견은 그 역방향에서 이야기를 전개해갔다는 것이다. 이것은 절대로 실수가 아니라 화가의 의도로 보아야 한다. 그 의도가 무엇일까?

나는 이렇게 생각한다. 루돌프 아른하임(Rudolf Arnheim)의 『시각적

| **몽유도원도** | 안견의 「몽유도원도」는 안평대군의 꿈 얘기대로 험준한 산세가 이어지고 그 사이로 흐르는 그윽한 시냇물을 따라가다보면 마침내 복숭아꽃 핀 아름다운 마을에 다다르게 되는 그림이다. 동양의 그림과 글씨는 오른쪽에서 왼쪽으로 펼쳐나가는데 이 그림은 역방향으로 전개하고 있어 거기가 막다른 끝임을 은연중 암시하고 있다.

사고』(*Visual Thinking*)를 보면 동서양을 막론하고 인간의 시각 습관은 오른쪽·왼쪽이 아주 달라서 오른쪽에서 왼쪽으로 진행하는 것이 순방향이며 반대로 가면 역방향이 된다. 육상경기에서 400미터 트랙을 돌 때 왼쪽으로 도는 것도 이런 시각적 습관과 연관된 것이다.

그래서 이인문(李寅文)의 「강산무진도(江山無盡圖)」, 송나라 장택단(張擇端)의 「청명상하도(淸明上河圖)」 등 모든 횡축이 다 이 방향으로 전개된다. 그리고 이런 순방향은 화면의 끝이 끝이 아니라 계속 이어져나아감을 암시하며 보는 이도 그렇게 느끼게 된다.

그러나 안평대군의 꿈 이야기에 나오는 도원경이란 종점이어야 한다. 왼쪽에서 오른쪽으로 가는 역방향은 바로 거기가 더이상 갈 데가 없는 막다른 곳이라는 느낌을 준다.

나는 대학시절 연극반에 들어가 무대장치를 맡았다. 처음 무대 세트를 만들 때 훗날 연우무대에서 활동한 정한룡 선배가 『플레이 프로덕션』

이라는 연극 개설서를 주면서 공부하라고 해서 아주 재미있고 유익하게
본 기억이 있다. 이 책을 보면 도망자가 달아날 때는 오른쪽에서 들어와
왼쪽으로 빠지고, 잡힐 때는 왼쪽으로 들어와 오른쪽에서 잡히게 하라고
나온다. 스타니슬랍스키(K. C. Stanislavskii)의 『배우 수업』에도 비슷한
얘기가 나온다.

안견의 「몽유도원도」가 이야기를 왼쪽에서 오른쪽으로 전개한 시각
의 역방향에는 모름지기 이런 의도가 있을 것이다.

야마토 문화관

일본 여느 도시와 마찬가지로 나라에도 사설 박물관이 여럿 있는데
그중 가장 아름답고 소장품이 알찬 곳은 야마토 문화관(大和文華館)이
다. 긴테쓰 나라선 가쿠엔마에(學園前)역에서 3백 미터 떨어진 곳에 있
다. 와고지(蛙股池)라는 큰 호수 위로 불쑥 솟아 있는 아름다운 솔밭 동
산에 자연환경과 조화를 이룬 약 8백평 규모의 아담한 일본식 건물이다.

이 미술관은 1947년까지 긴테쓰 사장이었던 오이타 도라오(種田虎雄)
가 미술사학자 야시로 유키오(矢代幸雄)에게 위촉하여 설립한 것이다.
미술관은 오이타 사후 1960년에 긴테쓰 창립 50주년을 맞아 개관되었다.

이 미술관은 나라뿐 아니라 일본 전체에서도 특색있는 사설 미술관으
로 손꼽힌다. 야마토 문화관은 모든 미술품을 망라하는 방식이 아니라 한
국·일본·중국 등 이른바 동양 3국의 고미술품에만 집중하여 동양미술의
보편성과 각 나라의 특질을 보여주는 비교 전시로 높이 평가받고 있다.

내가 조사할 당시(1988) 야마토 문화관이 소장한 한국미술품은 회화
23점, 조각 2점, 금속공예 8점, 목칠공예 9점, 도자기 48점, 와당과 전돌 5
점 등 총 95점이었다. 소장량의 절대치만 본다면 빈약해 보이지만 유물

| 야마토 문화관 | 사설 미술관인 야마토 문화관은 한국·일본·중국 등 이른바 동양 3국의 고미술만 집중적으로 비교 전시하며 동양미술의 보편성과 각 나라 미술의 특질을 보여준다. 일본 내 굴지의 한국미술품 컬렉션이다.

의 질로 평가한다면 일본 내 굴지의 한국미술품 컬렉션이라 할 만하다.

상설 전시된 우리나라 미술품들

야마토 문화관에는 정말로 뛰어난 우리나라 회화와 도자기가 소장되어 있어 언제 가도 일본·중국에 비해 결코 뒤떨어지지 않는 당당한 모습이다.

『대방광불화엄경(大方廣佛華嚴經)』(제35·36권)은 전형적인 고려사경(高麗寫經)으로 고려사경 변상도(變相圖) 중에서도 압권으로 평가받는다. 「나한도」는 몽골 침입 때인 1235년에 제작된 「오백나한도」 중에서 '제234 상음수존자(上音手尊者)'를 그린 것으로 현재까지 국내외에 전해지는 12점 중 한 작품이다.

| **양류관음도(왼쪽)** | 야마토 문화관이 소장한 「양류관음도」는 고려 불화라고 단정적으로 말하기에는 논쟁의 여지가 있으나 국적에 관계없이 14세기 불화의 명품으로 손꼽힌다.
| **연사모종도(오른쪽)** | 안견의 작품으로 전하는 「연사모종도」는 전형적인 15세기 산수화풍으로 안개 낀 절에서 들려 오는 저녁 종소리를 그린 것이다.

「양류관음도(楊柳觀音圖)」는 고려 불화라고 단정적으로 말하기에는 논쟁의 여지가 있으나 국적에 관계없이 14세기의 명품으로 손꼽히는 작품이며, 「아미타팔대보살도(阿彌陀八大菩薩圖)」는 명확히 고려 불화다.

조선시대 회화로는 안견의 작품으로 전하는 전형적인 15세기 산수화 풍의 「연사모종도(煙寺暮鐘圖)」가 유명하고, 이장손(李長孫) 등의 연작 인 「미법산수도(米法山水圖)」는 작자의 전칭(傳稱)에 문제가 있지만 드 물게 남아 있는 유품이어서 조선 전기 회화를 연구하는 데 중요한 자료 로 이미 여러 한국 회화사 관계 저서와 도록에 실려 있다.

| **청자 구룡형 정병(왼쪽)** | 고려청자 중에 조각 솜씨가 가장 뛰어난 작품으로 꼽히는 명품이다. 이 정병은 부처님이 탄생할 때 아홉 마리 용이 물을 뿜었다는 설화를 형상화한 것이다.

| **흑유 표주박모양 병(오른쪽)** | 고려시대 제작된 이 새까만 표주박 모양의 병은 기형이 아주 아름답다. 허리가 약간 긴 듯하지만 그로 인해 늘씬한 인상을 주며 적당한 볼륨감과 비례는 고전적인 우아함을 보여준다.

야마토 문화관이 소장한 도자는 48점 남짓으로 많지는 않으나, 삼국 시대 도기부터 조선 후기 백자에 이르기까지 청화·분청자·백자 등이 골고루 수집되어 있다.

청자 중에는 12세기 순청자(純靑磁)의 전성기 작품으로 '청자 구룡형(九龍形) 정병'이 유명하여 국내에도 여러번 전시된 바 있다. 이 정병은 부처님이 탄생할 때 아홉 마리 용이 물을 뿜었다는 설화를 형상화한 것으로, 예리한 조각 솜씨와 이지적인 형태가 돋보이는, 고려청자 중에 가장 뛰어난 작품 중 하나다. 전남 강진군의 고려 고분에서 승반(承盤)과 함께 출토되었다고 전한다.

'분청사기 상감 물고기무늬 편병'은 평평한 양 옆면에 연못 속의 물고기를 독특하게 재구성해낸 작품이며, '분청사기 철화 버들무늬 병'은 작고 간략하게 나타낸 버드나무와 그 위에 앉아 있는 새의 모습을 익살스럽게 표현한 작품으로 주목받는다.

이 박물관 소장품 중 내가 특히 사랑하는 유물은 '흑유 표주박모양 병'이다. 고려시대에 제작된 이 새까만 표주박 모양의 병은 흑유(黑釉)만이 보여줄 수 있는 검은 빛깔에 귀족적인 분위기가 있고 기형이 아주 늘씬하고 아름다워 고려 도자의 명품 중 명품으로 꼽힌다.

고려청자는 이런 표주박 모양의 병과 주전자가 많이 만들어졌지만 이 병만큼 볼륨감과 비례가 아름다운 것은 드물다. 허리가 약간 긴 듯하지만 그로 인해 늘씬한 인상을 주며 병 주둥이는 직선이 아니라 위쪽이 약간 좁게 오므라져서 위로 뻗어나가는 듯한 상승감이 있다. 이처럼 우아한 고전적 형태미를 보여준다는 점에서 이 병은 대개 12세기 전성기의 청자로 생각된다.

야마토 문화관의 '고려 불화 특별전'

야마토 문화관은 아주 중요한 한국미술 특별기획전을 많이 열었다. '고려 불화 특별전'(1980), '이조의 병풍전'(1987), '조선의 미술전'(1993) 등이 대표적인 예이다. 그리고 『야마토 문화(大和文華)』라는 학술연구지와 「미의 소식(美のたより)」이라는 리플릿에는 한국 미술 관련 글들이 자주 실린다.

특히 1980년에 열린 '고려 불화 특별전'은 한국미술사 연구에 한 획을 긋는 기념비적 전시회였다. 지금까지 확인된 고려 불화는 약 160점으로 그중 130점이 일본의 사찰과 박물관에 전하고 있다. 그런데 이 고려 불화는 오랫동안 송나라·원나라 불화로 생각되어왔다. 그러다 1967년 일본의 불교 미술사가 구마가이 노부오(熊谷宣夫)가 「조선 불화징(朝鮮佛畵徵)」(『조선학보』 제44집)이라는 논문을 발표하면서 불화에 쓰인 화기(畵記)를 근거로 약 70여 점이 고려 및 조선 초기의 불화임을 고증했다. 한국 미술사에 획기적인 사건이었다.

1980년 야마토 문화관은 이 논문에 소개된 유물을 중

| 고려 불화 특별전 도록 | 1980년에 야마토 문화관에서 열린 '고려 불화 특별전'은 한국미술사 연구에 한 획을 긋는 기념비적 전시회였다. 고려 탱화 53점과 사경변상도 17점을 한자리에 모아 전시함으로써 고려 불화는 세상에 다시 알려지게 되었다.

심으로 고려 탱화 53점과 사경변상도 17점을 한자리에 모아 '고려 불화 특별전'을 개최했다. 이로써 고려 불화는 세상에 새롭게 태어나게 되었다. 700년 만에 국적을 회복하여 지금은 한국미술사의 대표적 장르로 자리잡고 있다.

요시다 히로시 선생

야마토 문화관이 이처럼 한국미술품에 많은 관심을 갖게 된 것은 오랫동안 이 박물관의 학예연구실장을 지낸 요시다 히로시(吉田宏志) 선

생 덕분이다. 그는 1980년대 초 안휘준 선생의 배려로 한국정신문화연구원에서 1년간 연수한 적이 있었다. 그때 그는 국립중앙박물관 학예실 미술부로 파견되어 이태호(李泰浩) 학예사 옆자리에서 한국회화사를 연구했다.

한국미술에 대한 그의 사랑은 대단했다. 전공 자체가 한국회화사이다. 그는 한국미술이 일본에서 중국미술과 일본미술에 비해 낮게 평가되고 소홀히 다루어지는 것을 매우 안타까워하며 많은 논문을 쓰고 무엇보다도 야마토 문화관의 한국 유물 소장품의 보완과 한국미술 특별전 개최에 평생을 바쳤다.

요시다 선생이 서울에 계실 때 나는 박물관과 인사동에서 자주 만났다. 인사동 한식당에서 밥도 함께 많이 먹었고 술자리도 수없이 가졌다. 우리가 만나면 의사소통 방식이 묘했다. 내가 서툰 일본어로 말하면 그는 서툰 한국어로 대답했다. 그래서 서로 일본어와 한국어를 교정해가면서 얘기했다. 그러고 보면 요시다 선생은 나의 가장 좋은 스파링 파트너이고 최고의 코치이고 유일한 일본인 선생인 셈이다.

요시다 선생은 연로해 은퇴하신 지 오래다. 요즘은 나라에 살면서 목공예를 하신단다. 목공예에 대한 그분의 관심은 조선시대 사방탁자를 비롯한 사랑방 가구에 대한 예찬에서 나온 것임에 틀림없다.

돌이켜보건대 요시다 선생 같은 지한파(知韓派) 학자가 있었다는 것이 우리로서는 얼마나 고맙고 행운인지 모른다. 그러나 요시다 선생 은퇴 이후 그런 한국미술 전공자가 일본에서 나왔다는 말을 아직 듣지 못했다.

폐불훼석도 범하지 못한 아름다움

덴표시대 / 후지와라의 씨사, 흥복사 / 폐불훼석 / 나라 공원 /
흥복사 국보관 / 산전사 청동불두 / 흥복사의 팔부중상 /
가와바타 야스나리의 『무희』 / 탈활건칠조법 / 십대제자상 /
라후라상 / 가마쿠라시대의 인체 조각 / 미야모토 무사시의 보장원

아스카시대, 하쿠호시대, 덴표시대

일본사 연표를 보면 어느 책이든 아스카시대(550년경~710)와 나라시대
(710~794)라는 명확한 시대 구분이 있다. 그리고 이와는 별도로 하쿠호
(白鳳, 645~710)시대, 덴표(天平, 729~749)시대라는 시대개념도 함께 등
장한다. 이에 대해서는 약간 설명이 필요하다.

아스카시대라는 시대개념은 일본미술사의 아버지라 할 세키노 다다
시와 오카쿠라 덴신이 1900년 전후해서 각각 제시하여 역사학에서 이를
받아들인 것이다. 두 사람의 견해는 비슷하면서도 약간 달랐다.

아스카시대의 출발점을 오카쿠라는 552년 백제에서 불교가 전래됨으
로써 불교국가로 나아가게 된 시점으로 삼았고, 세키노는 아스카시대란
일본문화가 한반도의 영향을 받은 시대라고 규정하면서 쇼토쿠 태자의
섭정이 시작되는 593년부터로 잡았다.

또 아스카시대의 끝을 수도를 나라로 옮기는 710년으로 잡고 이후를 나라시대라고 하는 데에는 의견을 같이했지만 아스카시대 150년을 전후로 나눌 경우 오카쿠라는 덴지(天智) 천황이 등장하는 667년을, 세키노는 다이카개신(646)을 기준으로 보았다. 율령국가로 가면서 문화의 내용이 일변했다는 것이다.

세키노 다다시는 이 아스카시대 후기를 하쿠호시대라고 명명했다. 일본의 연호로는 650년부터 하쿠치(白雉)시대가 시작되는데, 꿩 치(雉)자를 봉황 봉(鳳)자로 바꾸어 하쿠호라는 미칭으로 부른 것이다. 전쟁의 승패, 율령의 반포, 수도의 천도 등 역사적 사건이 곧바로 미술에 반영되는 것이 아니기 때문에 문화사적으로 시대를 구분한 것이다.

또 나라시대란 수도를 나라의 헤이조쿄로 옮겨간 710년부터 교토의 헤이안쿄(平安京)로 천도하는 794년까지를 말하지만, 정작 나라시대 미술의 꽃은 덴표 연간에 피었기 때문에 '덴표시대' '덴표의 미술'이라는 표현을 많이 쓴다. 이는 정치사로부터 독립된 문화사의 독자성을 말해주는 것이기도 하다.

이를 우리가 아스카·나라를 답사하면서 만나는 유물과 연관하여 정리할 수 있다. 아스카시대는 법륭사 백제관음 같은 도래 불상이 등장하고 도리 불사가 아스카 대불, 법륭사 석가삼존상 등을 제작한 시기다. 하쿠호시대는 법륭사 몽전관음, 중궁사 반가사유상, 약사사 약사여래상, 흥복사에서 출토된 산전사 청동불두 등의 불상이 일본화되면서 대단히 현세적 이미지가 강한 불상이 나타나는 시기다. 그리고 나라시대 또는 덴표시대는 흥복사의 십대제자상, 동대사의 대불, 당초제사의 불상과 감

| **흥복사 전경** | 나라 공원 전체가 다 흥복사였으니 폐불훼석 때 파괴되고 오늘날에는 오중탑과 금당만이 담장도 없이 주차장 옆에서 허공에 뜬 것처럼 빈 하늘만 바라보고 있다. 일본 근대에는 전통을 헌신짝처럼 버린 무지막지한 세월이 있었다.

진 스님 초상조각 등 당나라 영향으로 풍만하고 육감적인 국제적 양식의 불상이 나타나는 시기다.

이제 우리가 찾아갈 나라의 흥복사에서는 하쿠호시대의 대표적 불상과 덴표 불상의 정수를 맛볼 수 있다.

후지와라의 씨사, 흥복사

흥복사(興福寺, 고후쿠지)는 본래 710년 헤이조쿄 천도와 동시에 궁궐 동쪽 외경(外京)에 지어졌다. 긴테쓰 나라역에서 걸어서 10분 거리인 나라공원 안에 있다. 오늘날 나라를 상징하는 절은 동대사지만 나라 천도 당시에는 흥복사가 대표적인 사찰이었고 동대사는 흥복사보다 반세기 뒤에나 지어졌다.

흥복사는 막강한 호족 가문인 후지와라씨가 나라 천도와 동시에 씨사(氏寺)로 건립한 것이다. 후지와라의 원래 성은 나카토미(中臣)였다. 나카토미노 가마타리(中臣鎌足)는 다이카개신이 이루어지는 '을사의 변'(645) 때 훗날 덴지 천황으로 등극한 나카노오에 왕자를 도와 소가노 이루카를 살해한 공으로 후지와라(藤原)라는 성을 하사받았다. 그것은 백년 세도 소가씨의 몰락이었고 후지와라씨의 새로운 부상을 말해주는 것이었다. 이후 후지와라씨는 나라시대, 헤이안시대까지 400여년간 정권을 잡은 거족으로 번성했다.

후지와라 가마타리는 정권을 잡으면서 일찍이 669년에 교토 야마시나(山科)라는 곳에 산계사(山階寺, 야마시나데라)라는 자신의 씨사를 건립했다. 그러다 694년 후지와라쿄가 건설되자 씨사를 아스카의 구판사(廐坂寺, 우마야사카데라)로 옮겼다. 그리고 710년 나라의 도읍을 헤이조쿄로 옮기자 이번엔 도성 동쪽 아담한 연못과 야트막한 동산이 있는 명당 자리에 다시 씨사를 옮겨 짓고는 이름을 흥복사라고 했다. 714년에 금당이 낙성되었고, 가마타리가 죽은 뒤에는 그 아들 후히토(不比等)가 불전 건립 본부를 두고 8세기 전반 내내 주요 당탑을 건립했다.

흥복사는 후지와라씨의 권세가 날로 높아지면서 헤이안쿄 천도 뒤인 9세기 초에 가서도 남원당(南圓堂)이 세워지면서 더욱 거대한 사찰이 되었다. 지금의 나라 공원 전체가 다 흥복사였으니 얼마나 장대했을지 상상할 만하지 않은가.

후지와라씨는 많은 장원을 거느리고 넉넉한 재력을 바탕으로 흥복사 곁에 씨신사(氏神社)로 가스가샤(春日社)를 지어 신불습합(神佛習合)의 일체를 이루는 거대한 권세를 자랑하기에 이르렀다.

그런 흥복사가 폐망하여 오늘날에는 사찰 전체가 나라 공원으로 바뀌어버리고 오중탑과 금당은 담장도 없이 주차장 옆에서 허공에 뜬 것처럼 빈 하늘만 쳐다보고 있다. 어쩌다 이렇게 되었을까. 그것은 무지막지했던 일본 근대사의 치부를 적나라하게 보여주는 것이다.

폐불훼석

천년 고찰 흥복사도 다른 절과 마찬가지로 몇차례 전쟁과 화재로 소실되는 큰 수난을 겪었지만 그런 전화(戰禍)는 곧바로 복구되어 옛 모습을 되찾았다. 그러나 메이지유신과 함께 일어난 폐불훼석(廢佛毁釋)의 폭풍은 돌이킬 수 없는 상처가 되고 말았다.

1868년 메이지유신이 일어나면서 신정부는 불교와 신도(神道)를 분리하는 신불 분리 정책을 펴기 시작했다. 일본 불교의 특색은 신불습합에 있었기 때문에 불교 속에 신도가 들어오고, 신도 속에 불교가 녹아들어 하나가 되었다. 민중들도 절에 가든 신사에 가든 그 믿음에 별 차이를

| **폐불훼석 당한 흥복사의 옛 모습** | 천년 고찰 흥복사는 메이지유신과 함께 일어난 폐불훼석의 폭풍을 피하지 못해 목조 불상들이 땔감으로 사용될 정도였다. 헐려나갈 뻔한 오중탑이 새로 들어선 민가에 파묻혀 있다.

느끼지 못하도록 익숙해졌다. 그래서 습합이라고 하는 것이다.

이렇게 1천여년 동안 지속되어온 신불습합이 메이지정부의 등장과 함께 흔들리고 만다. 메이지정부는 신도에 의한 국가 통합을 이루어 천황제를 확립하고자 신불분리령(神佛分離令)을 포고하고 하루아침에 불교를 배척했다. 이때 만들어진 국가 종교가 '천황교(天皇敎)'라 불리는 '국가신도(國家神道)'이다. 그 바탕에는 '국학(國學)'이라는 이데올로기가 있었다. 일본의 국가정체성을 추구한 국학자들은 '일본의 국가정체성은 천황이다'라는 이념을 고취하면서 불교는 외래의 종교라며 박해를 가했다.

이러한 공권력의 일방적 선포에 불교는 저항할 틈도 힘도 없었다. 1868년 4월 1일 오전, 무장한 신관(神官) 출신의 신위대(神威隊)가 히에신사(日吉神社)에 난입하여 불상·불경·불구를 파괴하고 불을 지른 사건

| **메이지 정권의 폐불훼석** | 폐불훼석으로 인하여 일본의 불교는 처참하게 무너졌다. 승려가 떠난 빈 절이 속출하고 그나마 남아 있던 사찰은 극심한 운영난에 빠질 수밖에 없었다. 간신히 목숨을 구한 건칠불상들이 한쪽에 처박혀 있는 모습에서 당시의 상황을 엿볼 수 있다.

을 기점으로 폐불훼석의 폭풍이 몰아쳤다.

1870년 2월 3일 메이지정부는 '대교선포(大敎宣布)'라는 조서를 발표하여 불교 사원과 승려의 특권을 없애고 사원에 속한 토지를 몰수했다. 또 "육식이건 결혼이건 마음대로 할 수 있다"라며 승려들을 파계, 환속시키려 했다. 이때 육식을 권장하면서 스키야키(鋤燒)가 크게 유행하게 된다.

특히 메이지정부 수립의 진원지 사쓰마번(薩摩藩)에서는 철저한 폐불훼석으로 1,616개의 사원이 강제로 문을 닫았다. 당시 2,966명에 달했던 승려 중 약 1,000명은 군대에 배속되었다고 한다.

폐불훼석으로 인해 일본의 불교는 처참하게 무너졌다. 승려가 떠난 빈 절이 속출하고 그나마 남은 사찰은 극심한 운영난에 빠질 수밖에 없

었다. 고작 납골묘 역할을 할 뿐이어서 "사찰이 장례업자로 전락했다"는 말까지 나왔다.

이때 도쿄대학 교수로 초빙되어온 페놀로사는 불상을 빼개서 아궁이에 집어넣고 불경을 찢어 가게의 포장지로 쓰는 것을 보며 자신들의 전통을 저렇게 헌신짝처럼 버리는 일이 어떻게 가능할까라며 통탄했다.

무너지는 흥복사

폐불훼석 때 흥복사는 특히 심한 타격을 받았다. 흥복사는 오래전부터 신사인 가스가샤와 일체화되어 있었기 때문에 승려들 대부분이 그쪽으로 자리를 옮겨 근무하는 몸이 되었다. 더이상 승려가 아니게 된 이들에게는 새로운 신사지기라는 뜻으로 '신간즈카사(新神司)'라는 칭호가 내려졌다. 이도 되지 못한 승려들은 죄다 환속해야 했다. 그리고 1871년 흥복사는 마침내 국가에 몰수되어버렸다. '무주(無住)' 상태였다. 경내의 담장들이 모두 헐려나갔다.

아름다운 목조 불상들을 땔감으로 썼다니 그 한심한 상황을 더 설명할 길이 없지 않은가. 지금 미국 보스턴미술관에 소장된 흥복사의 아름다운 미륵보살상과 도쿄 네즈(根津)미술관에 소장된 당당한 제석천상(帝釋天像)을 볼 때 이 불상들은 그래도 운이 좋았다는 생각이 든다. 지금 흥복사 국보전에 있는 불상들은 땔감도 못 되는 건칠불(乾漆佛)이었기 때문에 살아남은 것이다.

더욱 가관인 것은 당시 오중탑을 팔려고 25엔에 내놓았다는 사실이

| **오중탑** | 폐불훼석 때 오중탑은 25엔에 팔려고 내놓았다고 한다. 어느 상인이 이를 사서 땔나무로 쓰려고 했지만, 여의치 않자 불을 질러 태우고 쇠붙이만 수습하는 방안을 생각해냈다고 한다. 그러나 주민들이 항의하는 바람에 상인은 이 오중탑 구입을 포기했고 오늘날까지 남아 국보로 지정되었다.

다. 어느 상인이 땔나무로 쓰려고 이를 사려 했단다. 상인은 탑을 부수려면 큰 인력이 필요할 것 같고 상륜부의 쇠붙이를 떼어내어 고철로 팔려니 이도 인건비가 많이 들 것 같아 탑 전체를 불태워 쇠붙이만 수습할 생각이었다. 그러나 인근 마을 사람들이 하늘로 치솟는 불길이 어디로 튈 줄 알고 그러느냐고 항의하는 바람에 오중탑 구입을 포기했다는 것이다. 그래서 오중탑은 목숨을 건졌고 오늘날 국보로 지정되었다.

일본의 폐불훼석은 참으로 난폭한 문명 파괴였다. 어떻게 남도 아닌 자기 자신이 이런 무지막지한 일을 저지를 수 있을까 싶지만, 조선 초 숭유억불 정책에 따라 승려를 천민으로 전락시키고 수많은 불상의 목을 날려 우물 속에 거꾸로 처박은 우리 역사를 보더라도 이데올로기의 만행이 얼마나 무서운 폭력인지 알 수 있다. 멀리 갈 것도 없이 1960년대 중국 홍위병의 문화 파괴와 21세기 탈레반의 불상 파괴를 보면 폐불훼석의 상황을 능히 상상할 수 있다.

흥복사에서 나라 공원으로

1875년, 다 무너져가는 흥복사에 서대사의 율승(律僧)이 주지로 들어와 빈 절을 지켰다. 그러나 메이지정부는 1880년 흥복사 절터를 '나라 공원'으로 지정했다. 이에 흥복사 관계자들은 연대 서명하여 흥복사를 부흥시켜달라고 애걸복걸하면서 내무성에 청원서를 제출했다. 정부는 그 이듬해에 정식으로 사찰 인가를 내주었다. 그러나 오중탑, 중금당(中金堂) 등 건물 지상권만 흥복사에 돌려주고 몰수된 땅은 공원으로 만든다고 못 박았다.

사찰 인가를 다시 받은 흥복사는 복원에 나섰다. 폐불훼석 이후 현청 청사로 쓰이던 중금당을 정비하고 북원당(北圓堂) 한쪽에 처박혀 있던

| 오중탑과 흥복사 경내 | 흥복사는 다시 사찰 인가를 받으면서 복원되기 시작했다. 폐불훼석 이후 현청 청사로 쓰이던 중금당을 정비하고 북원당 한쪽에 처박혀 있던 석가여래상을 본존에 안치했다. 20세기 들어서면서 정부 차원에서 고사 보존 움직임이 일어나 하나씩 복원되었다.

석가여래상을 본전에 안치했다. 그제야 겨우 불상을 모신 법당이 있는 절 모습을 갖춘 것이다. 그리하여 1888년에는 환불회(還佛會)가 열렸다. 그러나 공원은 이미 조성되어 흥복사는 '공원 속의 사찰'로 돌이킬 수 없이 고착해버렸다.

세월이 흘러 20세기 들어서면서 정부 차원에서 고사(古寺) 보존 움직임이 일어났다. 1902년에 오중탑이 수리되었고, 1910년엔 삼중탑도 보수되었다. 법회도 부활했다. 도쿄에 본부를 둔 흥복회(興福會)의 지원 아래 흥복사는 점점 소생하기 시작했다.

그러나 태평양전쟁 후에는 이렇다 할 복구사업을 펼치지 못하다가 전쟁이 끝나고 10년 가까이 지난 1954년에 그간의 수난 속에서 요행히 살아남은 불상들을 전시하는 국보관(國寶館)을 개관함으로써 이 유서 깊은 절의 옛 모습을 보여줄 수 있게 되었다. 국보관 개관은 흥복사의 문화적 중요성을 알리는 데 결정적 역할을 했다. 이렇게 아름다운 불상들이 있었던 사찰이라는 사실에 사람들은 감동했고, 이런 흥복사가 파괴되었다는 것을 안타까워했다.

이후 흥복사는 조금씩 복구가 진행되었다. 1998년 '흥복사 경내 정비 계획'을 확정하고 이에 따른 정비사업을 지금도 진행하고 있다. 돌이켜 보건대 천년 고찰을 파괴하는 데는 불과 1년도 안 걸렸지만 이를 복구하는 데는 1백년도 더 걸린 것이니, 화마(火魔)와 병화보다 더 무서운 재앙은 이데올로기의 만행임을 흥복사가 말해준다.

흥복사가 언제 제 모습을 다시 찾을지는 기약이 없어 보인다. 그러나 국보관의 불상들이 있는 한 흥복사의 옛 영광은 영원할 것으로 믿어 의심치 않는다.

흥복사 국보관의 신선한 충격

나는 30년 전 처음 흥복사 국보관의 조각들을 보고 놀란 충격을 지금도 잊을 수 없다. 일본의 불상 조각이 그렇게 뛰어난 줄은 미처 몰랐다. 일본의 고대 불상이라면 우리나라에서 건너간 도래 양식과 도리 불사가 일으킨 토착화 과정에만 관심이 있었다. 그러나 일본이 그런 문화적 모방기를 지나서 자기 양식을 만들어내고 독자적이고 풍부한 불교문화를 창출했다는 것을 여기서 비로소 알았다. 내가 일본의 불상 조각과 사찰에 관심을 갖게 된 것은 이 흥복사 국보관을 본 다음부터이다.

그중에서도 가장 감동적인 불상은 '산전사(山田寺, 야마다데라) 청동불두'이다. 흥복사 국보관의 불상들은 건립 초창기에 제작된 8세기 덴표시대 작품이거나, 병화로 소실된 뒤 복구하면서 제작된 12세기 가마쿠라시대의 불상들이다. 그런데 흥복사가 창건되기도 전인 7세기 하쿠호시대의 대표적 불상으로 꼽히는 산전사의 불두가 이 국보관 중앙에서 스포트라이트를 받고 있었다. 거기에는 이 불상의 불행한 역사가 서려 있다.

이 불두는 1937년 10월 30일, 흥복사 동금당 해체 수리 때 약사여래상 좌대 속에서 발견되어 일본미술사상 최대의 발견이라며 전국적으로 화제가 되기도 했다. 이 불두는 본래 아스카사에서 멀지 않았던 산전사 약사여래상이다. 산전사는 다이카개신 때 후지와라와 한편이던 소가노 이시카와노마로(蘇我石川麻呂)가 세운 절로, 678년 그가 세상을 떠나자 명복을 빌기 위해 약사여래상 제작에 들어갔다. 그리고 7년 뒤인 685년에 장중한 청동 불상으로 완성되어 봉안되었다.

그런데 1180년 무인정권인 다이라씨(平氏)가 쳐들어와 흥복사를 불태운 병화가 있은 뒤 흥복사를 재건하면서 동금당의 본존으로 이 산전사의 청동약사여래상을 옮겨왔다. 후지와라씨가 권세로 남의 절집 불상을 빼앗아온 것이다.

그후 1411년 흥복사의 절반을 태우는 큰 화재가 일어났다. 이때 지붕이 불타 대들보가 떨어지면서 불상을 내리쳤는데 접속이 약한 목 부분이 부러지면서 불두가 튕겨나가고 불상의 몸체는 불에 녹아버렸다. 목이 부러진 것이 오히려 다행이어서 불두만은 살아남았다. 그러나 왼쪽 귀가 일부 잘려나갔고 왼쪽 턱에서 귀까지 타격받은 자국이 남아 있다. 그리고 화재 뒤 절을 복구하면서 이 불두를 아무렇게나 폐기처분할 수 없어 새로 만든 약사여래상 좌대 안쪽에 감추듯 모셔두었던 것이다.

산전사 청동불두의 귀

이 청동불두를 보면 무엇보다도 불상이라기보다 오히려 인체 조각이라고 말하고 싶을 정도로 현세적 인간의 분위기가 살아 있다. 그것은 7세기 후반 하쿠호시대 불상의 중요한 특징이자 매력이다. 다른 불상들과 달리 눈, 눈썹, 콧날, 인중, 이마의 윤곽선이 명확하여 확고한 이미지를 보여준다. 앳된 얼굴인지라 친근하게도 느껴진다. 그러나 먼 데를 응시하는 눈매는 정면에서 보면 서글서글하지만 측면에서 보면 아주 단호하다. 그래서 인상도 정면에서 보면 부드럽고 측면에서 보면 아주 강하다. 이 불두가 도쿄국립박물관에서 잠시 특별 전시될 때 포스터에는 '하쿠호시대의 귀공자'라는 문구가 대문짝만 하게 쓰여 있었다.

이 불상은 신체를 잃어버린 불두이기에 더 강렬한 인상을 주는 면도 있다. 이런 조각 솜씨로 표현한 원래의 청동약사여래상이라면 말할 것도 없이 명작으로 꼽혔겠지만 이 불두가 집약적으로 보여주는 당당함과 자신감이 그토록 강하게 드러나지는 않았을 것 같다. 또 이 불두가 주는 예술적 감동에는 왼쪽 귀가 떨어져나간 것도 한몫을 한다. 만약 왼쪽 귀가 오른쪽 귀와 완벽하게 대칭을 이루고 있었다면 지금 같은 강렬함은 줄 었을지도 모른다.

일본의 다성(茶聖)으로 추앙받는 센노 리큐(千利休)가 추구한 '와비차(わび茶)'의 미학은 '더 큰 완전성을 위한 불완전성'이다. 완벽하다는 것은 완전한 상태를 보여주기보다 어딘지 모자라게 느껴질 때 더 큰 미감이 있다는 것이다. 그래서 센노 리큐는 젊은시절 한창 다도를 배울 때 완벽한 대칭을 이루는 꽃병의 양 손잡이 중 한쪽을 깨뜨려 대칭의 균형을 파괴함으로써 와비의 미를 구현했다는 전설적인 이야기가 전한다. 이 불상의 한쪽 귀가 파손된 것은 불행이지만, 어찌 보면 이 불두는 재앙 속

| 산전사 청동불두 | 불상이라기보다 오히려 인체 조각이라고 말하고 싶을 정도로 현세적 인간의 분위기가 살아 있다. 눈, 눈썹, 콧날, 인중, 이마의 윤곽선이 명확하여 확고한 이미지를 보여준다. 앳된 얼굴인지라 친근감도 느껴진다. '하쿠호시대의 귀공자'라는 애칭이 있다.

| **왼쪽 귀를 잃은 청동불두** | 이 불두에 대한 예술적 감동에는 왼쪽 귀가 떨어져나간 것도 한몫을 한다. 왼쪽 귀마저 오른쪽 귀와 완벽하게 대칭을 이루고 있었다면 지금 같은 강렬함은 줄었을지도 모른다.

에서 다시 태어난 명작이라고 할 만하다.

나는 이 불두를 보면서 저 강렬한 이미지가 어떻게 구현될 수 있었는지 생각해보았다. 그것은 뛰어난 불사(佛師)의 조각 솜씨만으로 되는 것이 아니다. 거기에는 시대정신이 뒷받침되어야 한다. 그러면 이 불두가 제작된 685년 무렵은 어떤 시기였던가.

오카쿠라 덴신이 아스카시대 후기라고 하고, 세키노 다다시가 하쿠호시대라고 지목한 7세기 후반은 일본이 비로소 고대국가로 성장하던 때였다. 한반도에선 삼국시대가 끝나고, 일본으로서는 그렇게 친하게 지내며 문명의 젖줄을 대주던 백제가 망한 시점이었다. 이때 일본이라는 나라 이름이 태어났고, 대왕(大王, 오키미)에서 천황(天皇, 덴노)으로 군주의 호칭이 바뀌었다. 이제는 스스로 자신을 확립하겠다는 의지가 일어날 때였다. 그래서 이 불두는 현세적 이미지가 강하고 기백에 찬 자신감조차 보여주는 것이다.

평생을 잊지 못할 명작이라면

나의 미술사 선생님은 여러 분인데 그중 내가 사숙(私淑)했던 분으로 동주(東洲) 이용희(李用熙) 선생이 계시다. 선생은 본래 정치학이 전공이고 국토통일원 장관, 아주대 총장 등 공직에도 계셨지만 『우리나라의 옛 그림』(학고재 1997)의 저자이기도 하다.

동주 선생이 돌아가시기 석 달 전 이야기다. 병석에 계셔 문병 오는 것을 오히려 불편해하신다기에 찾아뵙지 않다가 그래도 한번 뵙고 싶어 연락도 없이 찾아갔더니 오히려 기다렸다는 듯이 맞아주셔서 많은 이야기를 나누었다.

"선생님, 이렇게 가만히 누워 계시니까 어떤 생각이 많이 드세요?"

"생각? 즐거웠을 때를 기억해보려고 노력하지."

"언제가 즐거우셨던가요?"

"언제가 아니고, 여행 다니면서 박물관에서 보았던 미술품들 회상하는 것이 제일 마음이 편해지네. 그런데 말이야 유군, 인생이 끝나가는 이 순간에도 생생히 기억나는 작품은 그리 많지 않아. 어떤 박물관에 가서 본 유물 중 평생을 떠나지 않는 명작이 한 점만이라도 있다면 그 박물관은 훌륭한 박물관인 줄 알게나."

선생님 댁에서 나와 차를 타고 가면서 지금도 내 머릿속에 어제 본 것처럼 생생한 작품이 무엇이 있을까 생각해보았다. 그때 일본미술에서 가장 먼저 떠오른 것이 이 청동불두였다.

하쿠호시대에서 나라시대로

흥복사 국보관의 유물 중 하쿠호시대 불상은 산전사 불두 한 점뿐이고 나머지 대종은 흥복사 창건과 동시에 제작한 나라시대의 불상들이다. 여기서 나는 독자들의 이해를 돕기 위해 일본이 하쿠호시대에서 나라시대로 접어들게 되는 과정을 다시 한번 간략히 설명해두고자 한다.

645년 '을사의 변' 때 소가씨를 제거한 나카노오에 왕자(훗날 덴지 천황)와 훗날 후지와라라는 성을 받아 거족으로 성장한 나카토미노 가마타리는 새 정권이 들어선 그해를 다이카(大化) 원년으로 삼았다. 도읍을 아스카에서 오사카의 나니와(難波)로 옮기고 이듬해 다이카개신을 선포하고는 신진 지식인들을 등용하면서 대대적인 개혁을 단행했다.

호족들의 사유지를 국가의 공지(公地)로 환원하고 호적을 작성하고는 농민들에게 토지를 나누어주었으며 중앙과 지방의 관제가 확립되었다. 명실공히 고대국가 체제를 갖춘 것이었다. 그런 상태에서 663년 백촌강 전투에 2만 7천명의 원군을 파견할 수 있었던 것이다. 패전 후 일본은 반드시 고대국가로 나아가야 한다는 절박감 속에서 중앙집권체제 확립에 더욱 박차를 가했다.

672년 임신의 난으로 천황에 오른 덴무(天武)는 당나라 제도를 본받은 율령제의 나라로 나아가는 기틀을 닦기 시작했다. 이때 그들은 당나라보다도 당나라문화를 소화한 통일신라를 많이 벤치마크했다. 때문에 이 무렵엔 견당사(遺唐使)를 보내지 않고 연신 신라에 사신을 보내곤 했다.

이들은 우선 도성과 왕궁의 건립을 착수했다. 이제까지 야마토 정권의 왕궁이란 왕이 거주하는 곳 정도의 의미를 갖고 있었지만 이제는 도읍이라는 말에 걸맞은 도성과 왕궁을 건설하는 것이었다. 그것이 아스카 북쪽에 위치한 후지와라쿄이다.

후지와라쿄는 덴무 천황이 죽자 지토(持統) 황후가 황위를 이어받으면서 계속 추진하여 694년 완공되었다. 그리고 701년에는 대보율령(大寶律令)이 반포되어 율(律, 법률)과 령(令, 행정)이 확립된, 명실공히 율령 국가체제를 완성하게 되었다.

이렇게 각고 끝에 준공한 후지와라쿄였지만 지토 천황의 뒤를 이은 몬무(文武) 천황은 다시 천도를 계획하여 나라에 대규모의 헤이조쿄를 건설하고 710년에 수도를 옮겼다. 후지와라쿄가 건설된 지 불과 16년 만의 일이었다. 왜 이렇게 급하게 천도한 것일까. 그 이유에 대해서는 우선 아스카 지역에 뿌리를 둔 호족세력을 벗어나기 위해서라고도 하고, 신라의 왕경에 못지않은 규모를 갖추려고 했던 라이벌 의식의 소산이라고 보기도 한다. 이때부터 일본 역사는 나라시대로 들어가게 되었고 나라 헤이조쿄에 첫번째로 건립된 사찰이 바로 흥복사였다.

흥복사의 팔부중상

흥복사 국보관에는 국보와 중요문화재만 80점이 넘는다. 그중에서도 덴표시대 불상 조각을 대표하는 것은 십대제자상과 팔부중상이다. 이 십대제자상과 팔부중상은 원래 지금은 터만 남아 있는 서금당(西金堂) 수미단상에 안치되어 있었던 것이다. 서금당이 건립된 것은 734년인지라 이 조각들 역시 그때 제작된 것으로 보인다.

옛 기록을 보면 서금당은 석가모니상을 본존으로 하고 양 협시보살, 제석천과 범천, 사천왕, 팔부중상, 십대제자가 있었다고 한다. 서금당이 이런 명작들로 꾸며졌다니 상상해보건대 통일신라 석굴암이 목조건축 안에 구현된 것 같은 장엄함이 있었을 법하다.

팔부중상(八部衆像)이란 팔부신중(八部神衆)이라고도 불리는, 불법을 수호하는 여덟 신이다. 부처님의 세계에는 불법을 수호하는 경호실 같은 체제가 있어 제일 위에 있는 천(天, Deva)이 제석천과 범천 두 분, 그 아래에 사천왕 네 분, 그리고 그 아래에 팔부중상 여덟 분이 위계를 이룬다. 금강역사라고도 불리는 인왕상(仁王像) 두 분은 이 계보와는 별도다.

팔부중상은 인도 신화에 나오는 신을 불교가 받아들인 것이어서 아주 이국적이고 독특한 형상이다. 사갈라는 뱀을 머리에 감고 있고, 건달바는 사자관을 쓰고 있고, 가루라는 몸은 사람이지만 얼굴이 새의 머리이고, 아수라는 얼굴이 셋, 손이 여섯이다(여기서 말하는 아수라는 광란의 육도六道로 지목되는 지옥, 아귀, 축생, 인, 아수라, 천의 아수라와는 다르다).

이런 반인반수(半人半獸)로 무섭고, 신기하고, 괴이한 것이 팔부중상

| 아수라상 | 얼굴이 셋, 팔이 여섯인 아수라상은 괴기스럽기는커녕 아름다운 여인을 연상시킨다. 가히 매혹적이다. 손끝에서 발끝까지, 옷주름의 매무새, 칠등신의 날씬한 몸매, 어느 것 하나 흠잡을 데 없고 얼굴 표정엔 절대로 흔들리지 않을 것 같은 강인한 의지가 서려 있다.

인데 흥복사의 팔부중상은 인간의 모습에 기초하여 몸은 인체 비례에 정확히 들어맞아 아주 사실적이며, 얼굴에는 성격과 표정이 또렷하다. 그리하여 나라시대 리얼리즘 조각의 진면목을 보여준다.

그중에서도 얼굴이 셋, 팔이 여섯인 아수라상은 괴기스럽기는커녕 아름다운 여인을 연상시킨다. 가히 매혹적이다. 손끝에서 발끝까지, 옷주름의 매무새와 날씬한 칠등신 몸매가 어느 것 하나 흠잡을 데 없고 얼굴 표정엔 절대로 흔들리지 않을 것 같은 강인한 의지가 서려 있다.

사갈라는 앳된 얼굴이면서도 표정이 의연하고 손동작이 살아 있는 것 같다. 그런데 뱀이 몸을 감고 있어서 무언가 스토리가 있음을 알 수 있는데 이럴 때는 미술사가보다 소설가의 눈이 더 많은 것을 말해준다.

가와바타 야스나리의 『무희』

노벨문학상의 작가, 『설국(雪國)』의 작가 가와바타 야스나리(川端康成)의 『무희(舞姬)』는 우리말로도 번역된 그의 명작 중 하나다. 전후 일본사회에서 가정이라는 개념이 변해가는 모습을 그린 애잔한 소설이다. 이 소설의 앞머리에는 흥복사 조각들 이야기가 나온다. 당시 이 조각들은 폐불훼석의 여파로 교토국립박물관에 기탁되어 있었다.

아버지와 아들이 박물관에서 만나기로 했다. 아들은 아버지가 박물관에 오면 항상 잠시 서 계시는 흥복사의 사갈라상 앞에서 기다렸다. 아버지는 아들에게 사갈라상에 대해 이렇게 말했다.

"이 사갈라는 가련한 아이 상으로 만들었지만 팔부중상의 하나로 사실은 용이야. 불법을 수호하는 놀라운 힘을 지니고 있어. 물의 왕이야. 이 상에도 그런 힘이 깃들어 있어. 어깨를 칭칭 감은 뱀이 소년의 머리

| **사갈라상** | 팔부중상의 하나인 사갈라상은 뱀이 몸을 감고 있는 형상이다. 앳된 얼굴이면서도 표정이 의연하고 손
동작이 마치 살아 있는 것 같다.

위에서 고개를 쳐들고 있잖아. 그렇지만 아무리 봐도 사람처럼 만들어
져 있어서 안심하고 가깝게 여길 수 있기 때문에 누군가와 닮았다는
생각이 드는 거야. 그런데 이렇게 실재하는 것처럼 보이지만 영원한

이상의 상징이거든. 애잔한 천진난만함 속에 맑고 넓은 위대함이 있고 스며드는 듯한 고요함 속에 깊은 힘의 움직임이 있단 말이야."

그리고 아버지는 자신이 박물관에 오면 항시 이 조각상과 잠시 마주 하고 가는 이유를 이렇게 말했다.

"머리가 단박에 시원해지기 때문이야. 마음속의 구름이나 불결한 것이 깨끗하게 정화되지. 여러가지 피곤이나 더러움 같은 것들이 없 어지는 것 같고. 뭐라고 말할 수 없는 따스한 감정을 갖게 해줘."

유물을 보는 가와바타 야스나리의 깊은 안목과 뛰어난 통찰력을 보여 주는 대목이다. 그는 미술사적 훈련을 받은 바 없지만 인생에 대한 깊이 있는 사색과 고뇌로 한 점의 옛 조각상을 이렇게 탁월하게 해석해냈다.

탈활건칠조법

흥복사의 팔부중상과 십대제자상의 사실적인 묘사는 조각 기법의 발 달에 힘입은 바가 크다. 아스카시대 불상은 청동불과 목조불이 대종을 이루었다. 아스카사 대불과 법륭사 석가삼존상은 청동불이고, 법륭사 백 제관음상, 중궁사 반가사유상은 목조불이다. 그밖에 석고와 진흙으로 빚 어 만든 소조불이 있었는데 법륭사 오중탑 안의 석가열반상이 대표적인 예이다.

그러다 나라시대로 들어오면 목심소상(木心塑像)과 목심건칠상(木心 乾漆像)이 등장한다. 목심소상은 목심, 즉 중심목에 나무를 덧대어 두툼 하게 한 다음 흙을 덧붙여 만든 소조불이고, 목심건칠상은 똑같은 목심

골조에 마포(麻布)를 씌워 불상을 만들고 그 위에 옻칠을 한 것이다. 이것이 더욱 발전한 것이 탈활건칠조(脫活乾漆造)이다.

탈활건칠조는 먼저 흙으로 불상을 만든 다음 그 위에 마포를 덧발라 씌우고 이것이 마르면 속에 있는 흙을 다 긁어내고 그 속을 나무틀 같은 것으로 목심을 세우듯 고정하고서 채색을 하는 방식이다.

이 방식은 청동 주조와 달리 수정도 할 수 있고 섬세한 묘사가 얼마든지 가능하다. 대단히 효과적인 조각 기법으로 흥복사의 인체 조각들은 이런 기법으로 만들었기 때문에 그토록 감동을 줄 수 있었던 것이다. 일본미술사상 최고의 초상조각으로 꼽히는 당초제사의 감진 스님 초상조각도 탈활건칠조를 따른 것이다.

그런데 이상하게도 우리나라 삼국·통일신라시대 불상으로는 이런 건칠불이 전하지 않는다. 고려 말, 조선 초에 와서야 볼 수 있다. 일본에서도 이 기법은 나라시대에만 유행했다. 아스카시대에는 한두 가지 예와 기록만 남아 있고, 헤이안시대로 들어가면 이 기법이 쇠퇴하고 만다. 그런 의미에서 나라시대, 덴표시대 불상의 사실성과 아름다움의 반은 이 탈활건칠조 덕이라고 할 수 있다.

십대제자상

흥복사의 십대제자상은 현재 여섯 분만 남아 있다. 메이지시대까지만 해도 파손되기는 했어도 모두 흥복사에 남아 있었다는데 네 분은 지금 흥복사에 없다. 여섯 분 모두 가사를 걸치고 앞을 바라보는 입상으로, 높이 150센티미터지만 높은 단 위에 전시된 모습을 보면 거의 등신대로 느껴진다. 특히 이 십대제자상은 노년의 장자(長者)상이 아니라 한창 수도 중인 청년상이기에 더욱 감동스럽다.

| 십대제자상 중 수보리(왼쪽)와 라후라(오른쪽) | 십대제자상 중에 흥복사 국보관에는 여섯 분이 남아 있는데, 그중 앳된 얼굴로 표현된 라후라와 수보리가 조각적으로 압권이다. 외형적 사실적 묘사력을 따진다면 수보리가 위라고 생각하지만, 내재적 울림을 생각한다면 라후라에 점수를 더 주어야 할 것 같다.

나는 이 여섯 분의 조각을 마치 공모전 심사에서 대상(大賞)을 뽑는 기분으로 하나씩 평점을 매겨보았다. 어느 한 점을 고를 수 없을 정도로 모두 뛰어난 명작이었는데 그래도 그중 앳된 얼굴로 표현된 라후라(羅睺羅)와 수보리(須菩提)가 조각적으로 압권이다. 외형적으로 사실적인 묘사력을 따진다면 수보리가 위라고 생각하지만, 내재적 울림을 생각한다면 라후라에 점수를 더 주어야 할 것 같다.

2013년 봄, 마침 안목 높기로 유명한 여류 화상(畵商) 한 분이 답사에 동행하셨기에 그분께 최우수작 한 점만 골라보라고 했다. 그분 역시 가려내기 힘들다며 다시 전시장을 한 바퀴 둘러보더니 이윽고 "이분입니다" 하고 라후라상 앞에 섰다.

아, 라후라! 석가모니의 친아들로 앳되고 천진하기만 하여 석가가 마음을 놓지 않았다는 그 라후라의 모습이었다.

라후라상의 눈빛과 두 손

불상 조각은 스님들의 전유물이 아니고, 미술품은 미술사가들만의 고유 영역이 아니다. 그 모두가 인간의 일인지라 관람객이면 누구나 거기에 호불호의 감정이 있고 자기 나름의 인상과 느낌이 있는 법이다.

2013년 봄 3박 4일의 답사를 마치고 공항으로 가는 버스 안에서 언제나 그랬듯이 회원들과 답사 소감을 나누는 시간을 가지면서 가장 감동적인 작품 하나씩을 얘기하기로 했다. 그때 초등학교에서 '특수학생'을 가르친 지 10년이라는 교사가 이렇게 말했다.

"저는 두 손을 양쪽에 감추고 어딘가를 내려다보는 라후라의 모습이 가슴에 와닿아요. 제가 가르치는 '특수학생'이란 자폐성 아이, 자해아, 흔

| **라후라** | 석가모니의 친아들로 앳되고 천진하기만 하여 석가가 마음을 놓지 않았다는 모습이다. 두 손을 모으고 먼 데를 응시하는 눈빛이 그윽하기만 하다.

히 '문제아'라고 말하는 아이들입니다.

내일이면 새 학기를 맞습니다. 또 얼마나 귀여운 우리 아이들이 들어올까 기대도 됩니다. 그러나 한편으론 어제까지 내가 가르친 특수학생들이 잘 지낼까 하는 걱정도 함께 일어납니다. 그들에겐 항시 누군가의 도움이 필요한데 이제 내 곁을 떠났으니 나는 라후라처럼 바라볼 수밖에 없죠.

특수학생을 가르치다보면 '이렇게 해라!'라며 선생의 손이 먼저 나갑니다. 답답해서죠. 그러나 내 손이 먼저 나가면 아이들은 그만큼 스스로 해결할 기회를 잃게 됩니다. 라후라처럼 두 손을 감추고 그 아이가 해낼 수 있을 때까지 기다려야 한다는 생각을 했어요. 여러분들도 특수학생을 보면 라후라 같은 눈으로 애정있게 보아주셨으면 합니다."

교사의 이야기가 이어지는 동안 버스 안에는 숙연한 분위기가 감돌았다. 그것은 라후라상에 대한 어떤 해설보다 감동적인 이야기였다. 그런 것이 진짜 살아 있는 문학이라는 생각이 들었다.

가마쿠라시대의 인체 조각

1180년의 병화로 흥복사와 동대사가 완전히 불타버리고서 동대사는 복구를 위한 모금운동에 의지해야 했기 때문에 복원사업이 느렸지만 흥복사는 아직 후지와라씨의 권력이 건재한지라 이듬해부터 곧바로 재건에 들어갔다.

이때 흥복사는 교토와 나라에서 제일가는 불사들이 서로 법당을 분담해 책임지고 불상을 제작했다고 한다. 그런데 불가사의하게도 교토 불사들의 작품은 하나도 남지 않고 나라 불사들 중에서도 명장들 작품만 남았는데 그것이 일본미술사에서 '가마쿠라 조각의 일대 보고(寶庫), 흥복사'라는 명성을 가져다주었다.

나라의 불사들은 이른바 '경파(慶派, 게이하)'라고 불리는데 이는 한 불사 집안의 할아버지, 아버지, 손자의 이름이 운경(運慶, 운케이), 강경(康慶, 고케이), 담경(湛慶, 단케이), 경운(慶運, 게이운) 등으로 모두 경(慶)자가 들어 있기 때문이었다.

이 경파가 제작한 한 쌍의 인왕상은 근육과 몸동작, 옷자락의 표현에서 12세기 가마쿠라시대 최고 명품으로 꼽혀 국보로 지정되었다. 특히 팔뚝과 장딴지의 힘줄을 표현한 것을 보면 리얼리즘 조각이 갖는 강렬함을 절감할 수 있다.

인간이 가장 관심있게 보는 대상은 인간 자체다. 그래서 불상을 보면서도 인왕상을 보면서도 인간을 보는 듯한 감정을 느낀다. 그런데 흥복사 국보전에는 경파 불사들이 제작한 뛰어난 초상조각들이 많아 진짜 인체 조각의 묘미와 아름다움을 맛보게 한다.

그중 내게 큰 감동을 준 것은 무착(無著)과 세친(世親) 두 형제 스님상이다. 무착과 세친은 5세기에 북인도에서 태어난 실존 인물로 법상종(法

| 세친(왼쪽)과 무착(오른쪽) | 세친과 무착은 5세기에 북인도에서 태어난 실존 인물로 법상종을 확립하여 사후엔 미륵의 좌우 협시상으로 봉안되곤 했다. 흥복사가 법상종의 대본산이기 때문에 듬직하고 도력 넘치는 인물상으로 구현된 조각상이 있다.

相宗)을 확립하여 사후엔 미륵의 좌우 협시상으로 봉안되곤 했다. 흥복사가 법상종의 대본산이기 때문에 다른 데서는 보이지 않는 두 분의 상을 여기서 만날 수 있다.

　내가 이 두 초상조각에 주목하는 이유는 두 분 모두 실제 모습을 조각한 것이 아니라 상상 속에서 이미지를 만들어낼 수밖에 없었을 텐데 이처럼 듬직하고 도력 넘치는 생생한 인물상으로 구현되었다는 감동 때문이다. 특히 무착 화상을 한참 보고 있으면 수행자만이 가질 수 있는 덕성이 모두 느껴진다. 강하면서도 인자해 보이고 무엇을 말해도 다 들어주실 것만 같은 넉넉함이 있다. 경파의 조각가들은 세상 사람들에게 이렇게 말하는 것만 같다.

"당신도 이와 같은 노년의 경지를 갖추어보시라"고.

흥복사 그후

12세기에 복원된 흥복사는 300년간 무탈하게 있다가 무로마치시대인 1411년에 낙뢰로 오중탑과 동금당이 소실되었다. 이내 복구작업에 들어가 1426년 재건되었는데 그것이 오늘날 우리가 보는 흥복사 오중탑이다. 이 오중탑은 일본의 목탑 중 교토 동사(東寺, 도지)의 것 다음으로 크다고 한다.

이후 흥복사는 또 300년간 아무런 재앙 없이 장대한 거찰로서 위용을 자랑했으나 에도시대 들어 1717년에 큰불이 나서 절의 반 이상이 탔다. 그때 절의 서쪽 부분이 완전히 소실되었다.

화재 후 재건 계획이 세워졌지만 모금이 잘 진행되지 않아 오직 관음신앙의 남원당만이 1741년에 겨우 기둥을 세웠다. 그러나 이것도 원만히 진행되지 않아서 반세기가 지난 1797년에야 완공되었다. 이후 흥복사는 이 남원당 신앙을 중심으로 운영되었다고 한다. 그리고 1백년 뒤에는 폐불훼석으로 돌이킬 수 없는 상처를 입게 된 것이다.

미야모토 무사시의 보장원

구라타 도시아키(藏田敏明)의「흥복사 문학 산보」라는 글을 읽다가 내가 재미있게 읽은 요시카와 에이지(吉川英治)의『미야모토 무사시(宮本武藏)』에 흥복사가 나온다는 것을 떠올리게 되었다. 내가 젊은시절 가장 재미있게 읽은 소설은, 많은 분들이 그러하듯『삼국지』다.『삼국지』가 엄청나게 많은 이본(異本)이 있다는 것은 누구나 다 아는데, 내가 처음 읽은『삼국지』는 정음사에서 나온 박태원(朴泰遠)본이었고, 이후에는 공부삼아 세창서관에서 나온『원본 현토(懸吐) 삼국지』도 읽었다. 나중엔 고우영(高羽榮)의 만화『삼국지』와 중국에서 만든 비디오『삼국지』까지 즐겨 보았으니 나는 삼국지 광(狂)이라 자부할 수 있다.

그중에도 1960년대, 나의 20대에 유행한 것은 요시카와 에이지의『삼국지』였다. 그 간결한 문체의 아련한 맛은 지금도 잊지 못하며 훗날 시간이 나면 헌책을 구해 다시 한번 읽고 싶다. 당시에는 요시카와의 또다른 명저『미야모토 무사시』도 번역되어 큰 인기를 얻고 있었다.

미야모토 무사시는 에도시대 초기의 무사로 어려서부터 여러 곳을 여행하며 검술을 익힌 결과, 쌍검을 사용하는 검법인 이도류(二刀流, 니토류)를 개발하여 60여 차례의 결투에서 모두 승리한 전설적인 검술가이다. 이 소설의 압권은 마지막 결투 장면이지만, 그가 엄청난 힘이 있으면서 드러내지 않고 속으로 감추는 자세를 배운 것은 흥복사 결투에서였다. 그는 대창술(大槍術)로 천하에 이름을 떨쳤던 흥복사 탑두(塔頭) 보장원(寶藏院)에서 아간(阿巖)이라는 거한의 검승(劍僧)과 한판 붙었다. 미야모토의 목검은 일순간에 아간을 내리쳤고 그는 즉사했다. 자리를 털고 일어나 떠나려는 미야모토를 닛칸(日觀)이라는 노승이 불러세웠다.

닛칸 스님은 미야모토가 절로 들어올 때 채마밭에서 그의 발걸음을 보고 고수임을 알아채고 아간에게 결투하지 말라고 말리러 왔는데 그만

| **인왕상** | 경파 조각가들이 제작한 한 쌍의 인왕상은 근육과 몸동작, 옷자락의 표현에서 12세기 가마쿠라시대 최고 명품으로 꼽히고 있다. 특히 팔뚝과 장딴지의 힘줄을 표현한 것을 보면 리얼리즘 조각의 극치라 할 수 있다.

일이 벌어지고 만 것이었다. 그는 미야모토에게 이렇게 말했다.

"온몸에 강함이 너무 지나치다. 그 강함을 깎아내려라, 좀더 약하게 말이야."

| **보장원터** | 지금 흥복사에는 보장원이 없지만 나라국립박물관 뒤뜰에는 보장원터를 알리는 빗돌이 새겨져 있다.

　이 말을 들은 미야모토는 시합에는 이겼지만 완전히 진 것 같은 기분이 들었다고 했다. 미야모토가 노승에게 배운 검법은 노자가 말한바, 큰 재주는 졸(拙)해 보인다는 '대교약졸(大巧若拙)', 부드러운 것이 강한 것을 이긴다는 '유능제강(柔能制剛)'의 철리(哲理)였다.

　가만히 돌아보니 흥복사 국보관에서 내가 힘이 넘치는 금강역사상보다도 가련해 보이는 라후라상 앞에 오래 서 있었고, 처연히 서 있는 무착화상 조각에 감동받았던 것은 그분들의 바로 그런 내공의 미학 때문이었다는 생각이 든다.

　그러나 지금 흥복사에는 보장원이 없다. 다만 나라국립박물관 뒤뜰에는 보장원터임을 알려주는 빗돌이 세워져 있고 안내문에는 보장원류(流)의 검술이 발생한 곳이라는 자세한 설명이 적혀 있다.

동대사에 가거든 삼월당까지 오르시오

동대사 맷돌문 / 이월당 / 삼월당 / 불공견삭관음상 /
일광·월광보살 / 대불 주조의 칙령 / 대불 제작의 실패 /
도래인 후손, 행기 스님 / 사금 광산의 발견 / 대불 주조와 도래인
기술자 / 대불 개안식 / 동대사의 수난 / 동대사 종합문화센터

동대사의 안쪽 깊은 곳

고도 나라를 상징하는 문화유산은 동대사(東大寺, 도다이지)이다. 만약에 나라에 가서 동대사를 보지 않았다면 나라에 갔다 왔다고 할 수 없다. 마치 불국사를 보지 않고는 경주에 다녀왔다고 할 수 없는 것과 같다.

동대사라고 하면 세계에서 가장 큰 청동대불을 생각하고 대불전만 다녀오고 동대사를 다 본 것처럼 말하는 경우가 종종 있다. 그러나 엄청난 규모의 동대사에서 대불전만 봤다면 반만 본 셈이다. 최소한 삼월당(三月堂)까지는 다녀와야 동대사를 보았다고 할 수 있다. 그러지 않으면 경주에 가서 불국사만 보고 석굴암은 보지 않은 셈이다. 나도 이것을 아는데 오래 걸렸다.

여행과 답사는 누구와 함께 가느냐가 중요하다. 나보다 나이가 많아

인생 경험이 풍부한 분, 나보다 학식이 높은 분, 나와 전공이 달라 관심의 대상이 다른 분, 그런 분들과 함께 다니면 배우는 바가 정말로 많다.

내게는 그런 선배가 한 분 계시다. 민속학을 전공한 김광언(金光彦) 선생이다. 이분은 생활 민속에 관심이 있어 일찍이 『한국의 농기구』를 저술하고 뒤이어 『쟁기 연구』 『지게 연구』 『동아시아의 뒷간』을 펴낸, 우리 시대에 참으로 귀한 분이다. 이런 분야를 40여 년 전부터 조사하고 연구했다는 사실만으로도 존경스럽다.

1990년 전후해서 국제교류재단의 해외문화재 조사의 일환으로 나라의 박물관에 갔을 때 우리에게는 하루 동안의 자유시간이 있었다. 아침 식사 때 김광언 교수가 먼저 말을 걸었다. 그분은 나를 꼭 유선생이라고 부르고, 나는 김선배님이라고 하다가 장난기가 발동하면 형님이라고 부른다.

"유선생, 그래서 오늘 뭐 할 거요?"
"안 가르쳐드릴래요. 얘기하면 날 따라오려고 그러죠."

우리의 대화는 항상 이렇게 어긋나게 시작한다.

"이 사람, 내가 좋은 곳 데려가려고 하는데 안 쫓아올 모양이지?"
"어딘데요?"
"동대사."
"피, 난 또 뭐나 색다른 곳이 있다구. 거길 뭐 하러 또 가요. 본때 없이 크기만 한 불상을 또 보려고요?"
"어허, 이 사람, 안 올 거면 그만둬. 동대사 안이 얼마나 깊은 줄 알아? 서쪽으로 쑥 들어가면 전해문(轉害門, 데가이몬)이라고 있어요. 이게 뭐냐

| **동대사의 금당** | 고도 나라를 상징하는 문화유산은 동대사이다. 나라에 가서 동대사 금당에 안치된 대불을 보지 않았다면 나라에 갔다 왔다고 할 수 없다.

하면 맷돌문이라는 거야. 일본 국보야.

　그리고 경내 밖 동쪽으로 나가면 이월당, 삼월당이 있는데 이것들도 다 국보로 지정된 건물이에요. 이월당에선 물 뜨기 행사가 열리고, 삼월당에 있는 불상들은 일본 불상 조각사에서 굴지에 드는 국보예요. 여기까지 안 가본 사람은 동대사의 반도 못 본 셈이야. 뭘 알기나 하고 하는 말이야?"

　맷돌이니 물 뜨기니 하는 걸 보면 민속조사를 가는데 땡볕에 무거운 카메라 가방 메고 혼자 가기 싫으니 자꾸 국보 소리를 하면서 나를 꼬이는 그 속내를 잘 알지만, 동대사 속이 얼마나 깊은지 보고 싶은 호기심이 일어나서 김선배를 따라나섰다.

정창원과 맷돌문

김광언 교수 하는 말이 맷돌문은 정창원에서 곧바로 서쪽에 있으니 우선 정창원으로 가자고 했다. 앞서 본 대로 쇼무 천황 연간에 지은 왕실의 보물 창고 정창원은 지상에서 높이 올라와 있는 고상 건물이다. 지금도 중국 길림성(吉林省) 집안(集安)과 연변(延邊)에 가면 많이 남아 있는 부경(桴京)과 같은 형식으로, 이는 고구려의 전형적인 창고 건물이었다. 바닥에서 성큼 올려 앉힌 구조는 쥐 같은 동물의 피해와 습기를 막기 위한 것인데, 정창원의 세 건물은 그 폭과 길이와 높이의 비례가 아주 정중하면서도 단아한 기품이 있다. 사실 이 건물과 여기에 있는 우리 유물들을 생각한다면 정창원은 한국 관광객도 한번은 가볼 만한 곳이다(2013년 7월 현재 정창원은 보수 중이다).

정창원에서 반듯하게 난 길을 따라가다가 다시 안쪽으로 조금 들어가니 참으로 아담하고 고풍스러운 대문이 나타났다. 대문 밖으로는 동네 집들이 내다보였다. 우리 식으로 말하면 정면 3칸이고 측면 3칸이다. 일본에선 기둥이 모두 8개라고 해서 삼간팔각문(三間八脚門)이라고 한다.

건물의 생김새가 아주 단아한 맞배지붕 집으로, 강릉 객사문(임영관 臨瀛館 삼문三門)과 비슷한 품격을 보여주는 건축이다. 외진 곳에 있어서 두 차례 병화에도 그대로 살아남아 동대사에서 8세기 창건 당시의 모습을 그대로 전해주는 유일한 건물이기 때문에 국보로 지정되었다.

김교수의 설명에 따르면 이 문을 서문이라고 하지 않고 맷돌문이라고 하는 것은 대문 한쪽 빈 공간에 마노석으로 만든 맷돌이 있었기 때문이라고 한다. '남도 7대사 순례기'라는 일본 옛 기록을 보면 맷돌 전(碾)에 맷돌 애(磑), 전애문(碾磑門)이라고 했는데, 이것을 발음하기 쉽게 전해문이라는 이름으로 바꾸었다는 것이다. 그런데 『일본서기』 610년조에

| 맷돌문 | 이 문을 서문이라고 하지 않고 맷돌문이라고 하는 것은 대문 한쪽 빈 공간에 마노석으로 만든 맷돌이 있었기 때문이라고 한다.

보면 담징에 관한 기사 가운데 맷돌 얘기가 나온다.

> 고구려 영양왕이 승려인 담징과 법정을 보냈다. 담징은 오경(五經)을 가르쳤으며 채색 안료, 종이, 먹, 그리고 물맷돌을 만들었다. 물맷돌은 이때가 처음이다.

김교수는 추론하기를 또다른 기록에도 "덴표시대의 마노석 맷돌이 동대사 주방에 있는데 이는 고구려에서 가져온 것이다"라고 했으니 희대의 장인 담징이 만든 맷돌이 동대사 맷돌이고, 이것이 서문 한쪽 공간에 있었기 때문에 맷돌문으로 불리게 된 게 아니겠느냐는 것이다.

김교수는 논문에 제시할 자료사진을 위해 맷돌이 놓였을 공간을 안팎으로 열심히 찍었고, 나는 이 문의 생김새를 우리나라 삼국시대 목조건

축 양식을 복원해보는 한 전거로 삼기 위해 가까이서 멀리서 여러 각도
로 찍었다.

이월당의 '우물물 뜨기'

맷돌문 조사를 마친 우리는 이월당(二月堂)으로 향했다. 같은 동대사
경내지만 맷돌문에서 이월당까지는 한참 먼 거리였다. 서쪽 끝에서 동쪽
산자락 높은 곳까지 가면서 이 전체가 동대사 경내라는 사실이 믿기지
않을 정도였다. 그런 줄도 모르고 대불전만 다녀오고 동대사를 보았다고
한 것이 미안했다.

이월당은 매년 음력 2월이면 수이회(修二會)라는 참회 법회가 열리
기 때문에 생긴 이름이다. 이 법회는 동대사가 창건된 752년에 처음 시
작된 후 한 해도 거르지 않았고 병화로 동대사가 온통 폐허가 되었을
때도 중단하지 않았다고 한다. 그래서 '불퇴(不退)의 행법(行法)'이라고
불린다.

지금은 양력 3월 1일부터 14일간 열리는 수이회에서는 십일면관음보
살 앞에서 과거의 잘못을 참회하는 의식이 행해진다. 이 행사의 핵심은
물 뜨기(오미즈토리お水取り)이다. '우물물 뜨기'라는 소박한 민속신앙을
밀교에서 받아들여 장대한 불교의식으로 발전시킨 것으로, 이 또한 일본
의 독특한 신불습합을 보여주는 예로 보인다.

김교수는 우리나라에서도 똑같은 '우물물 뜨기'라는 민속놀이가 남
아 있다고 했다. 우리나라의 우물물 뜨기는 정월 대보름날 둥근 달이 우
물에 비칠 때 가장 먼저 물을 뜨는 사람이 복을 받는다는 풍속으로 '용알
뜨기'라고 한단다. 그래서 그 우물을 사진 찍으러 가는 것이라고 했다.

땡볕에 산비탈에 있는 이월당으로 헉헉대고 올라가는데 김교수가 갑

| **깊은 동대사 경내** | 맷돌문에서 이월당까지는 한참 먼 거리였다. 서쪽 끝에서 동쪽 산자락 높은 곳까지 가면서 깔끔한 동네를 지나게 되는데 이 전체가 동대사 경내라는 사실이 믿기지 않을 정도였다.

자기 잊어먹고 안 가져온 것이 있다며 호텔에 들렀다 가자는 것이다. 이 더운데 어떻게 다시 갔다 온담! 나는 퉁명을 떨며 물었다.

"도대체 뭘 잊어버렸다는 거예요?"

"명함. 이월당에 가서 뒤쪽의 우물을 찍으려면 양해를 구해야 하는데 일본에선 명함이 없으면 자기소개를 할 수 없잖아. 허락도 안 해줘요. 번번이 당했으면서 오늘 아침에 옷을 갈아입느라고 빼놓고 그냥 왔네. 허참, 나 원."

"명함요? 나한테 있어요."

"정말? 내가 유선생한테 준 명함을 여태껏 갖고 있단 말이야?"

"아니, 내 명함이 있단 말이에요. 중요한 건 인하대 김광언 교수가 아니라 민속조사를 하는 교수라는 거 아닙니까. 내 명함을 갖고 잠시 영남

| **이월당** | 이월당 건물은 특이한 2층 구조이다. 1669년에 재건된 것이지만 그 구조의 독특함과 아름다움으로 인해 동대사에서 국보로 지정된 건물 6채 중 하나이다. 음력 2월에 열리는 수이회라는 의식은 전란 중에도 그치지 않은 오랜 전통을 갖고 있다.

대 유홍준이라고 하면 되잖아요. 형님은 왜 그렇게 융통성이 없어요."

"그리 하세. 아침에 자넬 꼬여서 데려오길 잘했구먼. 그런데 난 융통성이 적은 게 흠이지만 자넨 융통성이 너무 많으니 좀 아껴서 쓰라구."

기껏 명함까지 내주면서 야단만 한 방 먹었다. 그러나 나는 형님의 충고가 뭔지 잘 알고 있어 묵묵히 내 명함 석 장을 꺼내드렸다. 이월당에 당도하자 김교수는 법당 입구에서 스님에게 명함을 내밀고 자기소개를 하고는 우물 사진을 찍으러 왔다고 했다. 스님은 명함을 한참 들여다보더니 우물 쪽을 가리키며 그러도록 허락했다. 우물 자체는 대수로운 것이 아니었지만 거기에 서린 민속이 한국과 똑같기에 열심히 사진을 찍었다. 하기야 달은 일본에서 보나 한국에서 보나 똑같으니 달을 보는 인

| **이월당에서 바라본 동대사** | 이월당에서는 동대사 대불전과 그 넓은 절터가 한눈에 들어온다. 여기서 동대사를 내려다볼 때 그 옛날 동대사라는 대찰을 실감하게 된다.

간의 원초적 감정은 같을 수밖에 없는 것 아닌가.

가라쿠니 신사를 거쳐 이월당으로

이월당으로 가는 길목에는 아주 고풍스러운 신사가 하나 있다. 이 가라쿠니(辛國) 신사는 우리와 인연이 깊다. 동대사 건립과 대불 주조를 발원하고 설계와 제작을 지휘한 료벤(良辯) 스님은 오우미(近江) 지방에 정착한 백제계 씨족의 후손이었는데, 그들 일족이 절터를 기꺼이 제공하자 일본 조정이 감사의 뜻으로 지은 신사이다. 그래서 이 신사는 절의 경내에 있게 되었고 원래 이름은 한국(韓國)신사라고 쓰고 가라쿠니 신사라 불렸던 것이다.

| **삼월당 가는 길** | 삼월당은 자리앉음새가 이월당만큼이나 뛰어날 뿐만 아니라 건물도 아름답고 법당 안의 조각은 천하의 명작이다. 동대사는 삼월당까지 보았을 때 그 가치를 제대로 인식할 수 있게 된다.

이월당은 무엇보다도 자리앉음새가 뛰어났다. 이월당에서는 동대사 대불전과 그 넓은 절터가 한눈에 들어온다. 여기서 동대사를 내려다볼 때 그 옛날 동대사가 얼마나 어마어마하게 큰 절이었던가를 실감하게 된다. 통쾌할 정도로 호방한 기상이 있는 이 전망을 바라보기 위해서라도 이월당에 올라갈 만하다.

이월당 건물은 참으로 장대하고 특이한 2층 구조였다. 1669년에 재건된 것이지만 그 구조의 독특함과 아름다움, 그리고 수이회 의식의 현장이라는 의미가 있어서 동대사에서 국보로 지정된 건물 여섯 채 중 하나이다.

이 법당의 본존은 비밀에 부쳐진 십일면관음보살상이다. 두 분이 모셔져 있어 대관음·소관음이라 불리는데 이는 몇백년을 두고 공개되지 않은 비불(秘佛)로 아직껏 누구도 본 일이 없고, 또 볼 수도 없다고 한다. 이 비불이 공개되는 날이면 이월당은 정말로 불가사의한 불상 조각들로 이루어진 기적의 공간이라는 것이 알려질지도 모를 일이다.

보석 같은 삼월당 건축

우리는 간 김에 이월당 바로 곁에 있는 삼월당(三月堂)까지 들렀다. 그때 본 삼월당은 큰 감동이고 또 충격이었다. 동대사에 대한 이미지가 이 한순간에 달라졌다. 우선 삼월당은 자리앉음새가 이월당만큼이나 뛰어나다.

삼월당의 원래 이름은 법화당(法華堂)이다. 해마다 3월이면 여기서 법화회(法華會)가 열려 삼월당이라 불린다. 삼월당의 법화회는 음력 3월 사쿠라꽃이 필 때 열리기 때문에 사쿠라회(櫻會)라고도 한다.

삼월당은 맷돌문과 함께 동대사의 건물 중 가장 오래된 것으로 아주 아름답다. 어떤 이는 이 건물을 두고 보석 같다고 했다. 삼월당 건물은 불상을 모신 정당(正堂)과 예불자가 들어가는 예당(禮堂) 둘이 붙어 있는 특이한 구조다. 남쪽으로 향한 정당의 정면을 바라보면 팔작지붕의 세모꼴 벽면이 낮게 내려앉은 자세로 좌우대칭의 정면관을 이루는데 기둥 위 공포 구조가 아주 심플한 멋을 보여주고 창살도 단아한 모습이다. 어찌 보면 단정하고, 어찌 보면 근엄하고, 어찌 보면 신비롭다.

삼월당은 이처럼 전망도 좋고 건축도 아름답지만 삼월당의 진정한 가치는 거기에 봉안된 16구(부동명왕 앞 동자까지 18구)의 불상들에 있다. 그중

| **삼월당** | 삼월당은 맷돌문과 함께 동대사 건물 중 가장 오래된 것으로 아주 아름답다. 어떤 이는 이 건물을 두고 보석 같다고 했다.

14구가 덴표시대 불상 조각이고 모두 일본의 국보로 지정되어 있다. 이를 두고 '덴표 불상의 꽃'이라 칭송한 분도 있다.

나는 삼월당을 본 후에 비로소 나라시대 불상 조각의 성대함을 깨달았다. 그리고 우리에게 석굴암이 있다는 사실이 얼마나 큰 위안이 되었는지 모른다. 만약에 석굴암이 없었다면 이 삼월당 불상 조각 앞에서 나는 풀이 죽어 기를 펼 수 없었을 것이다.

귀신도 잡을 불공견삭관음상

756년에 제작된 「동대사 산계 사지도(山堺四至圖)」를 보면 동대사의 전신인 금종사가 삼월당 자리에 표시되어 있고 불공견삭관음(不空羂索 觀音)을 본존으로 하고 있어 견삭당(羂索堂)이라고 쓰여 있다.

불공견삭관음은 모든 중생을 다 구제한다는 대자대비의 상징이다. 관세음보살은 워낙 인기가 많아서 수월관음, 32응신 관음, 여의륜관음, 마두관음, 십일면관음, 천수천안관음 등 여러 형태로 변신하면서 다양해졌다. 관음견삭보살은 인연에 따라 달리 감응하여 나타난다고 한다.

그중 불공견삭관음은 팔이 8개, 눈이 3개이며 아무리 극악한 중생이라도 견삭으로 남김없이 구제해준다. 견(羂)은 새나 짐승을 잡는 밧줄, 삭(索)은 고기를 낚는 낚싯줄을 의미한다. 우리나라에선 밀교가 발달하지 않아 불공견삭관음신앙이 크게 일어나지 않았다. 고려시대 사경 중에 일부 나타날 뿐이지만 일본에선 신불습합의 전통이 있어 귀신처럼 생긴 불공견삭관음이 크게 유행했다.

삼월당 건물 안은 아주 높고 넓다. 그 시원스런 공간에 높이 약 4미터에 이르는 거대한 불공견삭관음상이 수미단 위에서 위압적으로 군림하고 있다. 시커먼 얼굴을 하고서 두 눈으로 노려보는데 이마에 또 하나의 눈이 붙어 있어 무시무시하다. 여덟 개의 팔 중 두 팔은 합장을 하고, 두 팔은 아래로 뻗고 있으며 어깨 위로 난 두 팔은 연화봉과 석장을 들고 있고, 아래쪽 두 팔은 견삭을 상징하는 그물을 들고 있다. 광배에는 수십개의 예리한 봉들이 사방으로 뻗쳐 있어 살벌하기까지 하다.

그런데다가 경호하듯 양옆에 서 있는 금강역사상은 그 몸짓과 인상이 아주 폭력적이다. 과연 귀신도 잡을 기세들이다. 모두 탈활건칠조법으로 되어 있어 표정들이 섬세하게 표현되어 있다. 말이 된다면, 초현실의 세계를 리얼하게 표현해낸 명작들이라 할 수 있다.

거룩한 이미지의 일광·월광보살

이에 반해 불공견삭관음 옆으로 비껴서서 다소곳이 합장하고 있는 양

협시보살인 일광보살과 월광보살은 이미지가 전혀 다르다. 등신대보다 약간 큰 키로 얼굴도 옷도 뽀얀 소조상(塑造像)이다. 너무도 성스럽고 고아해서 거룩한 불상의 보편적 이미지로 삼을 만하다.

당나라 불상 양식을 충실히 본받고 있다지만 사실 당나라 불상 조각 중에서도 이처럼 거룩하고 아름다운 불상을 만나기는 쉽지 않다. 우리나라 석굴암의 문수(文殊)·보현(普賢) 조각과 맞먹는 수준의 명작인데 부조가 아니라 입체 조각이기 때문에 더욱 생동감이 느껴진다.

본래 명작은 디테일이 아름답다는 특징이 있다. 그런데 동대사의 대불은 장대한 스케일만 자랑하지 디테일이 약하다. 불상도 건물도 후대에 보수한 것이어서 고격(古格)도 약하다. 그래서 대불전은 한번 보면 다시 보고 싶은 마음이 별로 일어나지 않는다. 그래서 김광언 교수가 동대사에 가자고 했을 때 내가 피식 웃었던 것이다.

그러나 삼월당은 다르다. 보고 또 봐도 또 보고 싶은 마음이 일어난다. 그것은 훌륭한 예술작품만이 지닌 특권이다. 이런 삼월당이 있기 때문에 동대사는 디테일이 살아 있는 명찰로 그 명성을 유지하고 있는 것이다.

그러나 삼월당의 영광과 가치는 동대사에 대불이 있다는 전제하에서 더욱 빛나는 것이다. 삼월당이 없다면 동대사의 가치가 줄겠지만 대불전이 없는 동대사는 존재감을 잃게 된다. 그래서 동대사 대불은 비록 그 원형을 잃었지만 존재 자체만으로도 나라시대 문화유산을 대표한다.

동아시아의 평화와 동대사

일본 역사상 나라시대는 헤이조쿄에 도읍을 둔 8세기로 이 시기 동아

| 삼월당(법화당) 내부 | 불공견삭관음을 본존으로 하고 양쪽으로 일광·월광보살이 자리하고 있다. 불상 하나하나가 명작이기도 하지만 배치된 만다라가 불교 설치미술이라고 할 정도로 장엄하다.

시아는 한국·중국·일본 모두 이렇다 할 전쟁이 없이 모처럼 찾아온 평화의 시대였다. 이때 세 나라 모두 문화의 꽃을 피웠다.

당나라는 이태백과 두보가 활약하던 성당(盛唐)시대였고, 통일신라는 에밀레종·불국사·석굴암을 탄생시킨 경덕왕(景德王, 재위 742~765) 시절이 있었으며, 발해는 해동성국(海東盛國)이라는 칭송을 받던 문왕(文王, 재위 737~793) 때였다. 일본에서는 이 고대문화의 전성기를 덴표시대(729~749)라 부르며, 당시 문화의 성대함을 상징적으로 보여주는 것이 동대사이다.

동대사의 역사는 쇼무 천황이 741년에 국분사(國分寺, 고쿠분지)와 국분니사(國分尼寺, 고쿠분니지)를 건립하라는 조칙을 내린 때부터 시작된다. 당시 행정구역은 수도권을 기내(畿內, 기나이)라 하고 지방은 섭진국(攝津國, 셋쓰노쿠니), 육오국(陸奧國, 무쓰노쿠니) 등 70여개국(國, 구니)으로 되어 있었는데, 각 국마다 국가 발원의 국분사를 세우게 한 것이다. 이것만으로도 당시 불교문화의 성대함을 알 수 있다.

기내 지방(야마토)의 국분사로는 지금의 동대사 자리인 와카쿠사산(若草山) 기슭에 있던 여러 절 중 금종사(金鐘寺, 곤슈지)를 금광명사(金光明寺, 곤고묘지)라 이름을 고쳐 지정했다. 금광명이란 국가의 재해와 국난을 없애준다는『금광명최승왕경(金光明最勝王經)』의 세계를 구현한다는 뜻이다. 그리고 국분니사는 법륭사 옆에 새 절을 짓고 법화사(法華寺)라 했다.

불교국가를 완성하려는 쇼무 천황은『화엄경』에 열중했다. 일본에『화엄경』을 전한 것은 신라인 학승 심상(審祥) 스님이었다. 그는 나라 대안사(大安寺)에 있었는데 740년 훗날 동대사의 초대 주지로 추대된 료벤 스님의 초청을 받아 금종사에서『화엄경』을 강설했다. (이 신라의 심상 스님을 신라에 유학한 일본 승려라고 주장하는 학설도 있다.)

쇼무 천황은 화엄 강론에도 참석하면서『화엄경』에 심취하여『화엄경』의 주존불인 비로자나불을 모실 대규모 사찰을 구상했다. 그는 『화엄경』에서 말한 바와 같은 오묘하고도 빈틈없는 그물망을 국가에도 구현하기를 원했던 것이다.

동대사 대불 주조의 칙령

쇼무 천황은 화엄 세계의 장엄함을 지상에 구현한다는 거대한 이상을 갖고 743년 11월 5일, 대불(大佛)을 조성하라는 자못 엄격한 조칙을 발표했다. 『속일본기(續日本紀)』에 그 조칙문이 다음과 같이 전한다.

불법흥륭의 대원을 발하여 비로자나불 금동상 1구를 만들어 바치겠노라. 나라의 구리를 다하여 상(像)을 만들고, 높은 산의 나무를 베어 불전을 세워 (…) 똑같이 이익을 얻고, 똑같이 보리를 얻게 함이다. 무릇 천하의 부(富)를 가진 자는 짐이요, 천하의 권위를 가진 자도 짐이다. 이 부와 권위로써 이 존상을 만드는 것이나 일의 성사를 위한 마음이 지난(至難)할 뿐이다. (…) 만약 사람마다 나뭇가지 하나, 한 줌의 흙을 갖고 상을 만든다는 마음으로 소원한다면 부처님도 이를 들어주실 것이다.

천황이 나서고 국가가 주도하겠으니 백성들도 동참해달라는 취지였다. 군주와 백성이 한마음으로 대불을 주조함으로써 강력한 중앙집권체제를 구축하겠다는 뜻이 들어 있다.

이때 쇼무 천황은 교토에 시가라키궁(紫香樂宮)이라는 이궁(離宮) 건설을 추진하고 있었기에 그곳 갑하사(甲賀寺, 고가지)에서 대불을 제작하도록 했다. 그는 장차 나니와로 천도할 생각도 있었다고 한다.

그런데 비로자나불상 몸체의 중심축을 이룰 기둥을 세우는 의식을 준비하는데 갑자기 큰 산불이 일어나고 이어서 지진이 발생하자 천도 계획을 포기하고 대불도 나라의 국분사인 금광명사에 봉안하기로 했다.

대불 제작의 실패

그리하여 2년 뒤인 745년, 금광명사에서 대불 조성 사업이 재개되었다. 여기는 헤이조쿄의 동쪽으로 외경이기 때문에 터를 넓게 잡을 수 있었다. 그리고 대불 조성 뒤에는 동쪽의 큰 절이라는 뜻으로 '동대사'라는 이름을 얻었다.

대불 조성은 엄청난 하중을 지탱할 기단부를 튼튼히 다지는 지하 작업부터 시작했다. 지상에 대불이 올라앉을 돌받침대는 직경 37미터, 높이 2.4미터나 되었다. 그리고 연꽃 모양으로 주조된 청동좌대는 직경 23미터, 높이 3미터였다. 여기까지는 일이 순조롭게 진행되어 745년 5월, 좌대 안치식이라는 성대한 기념행사가 열렸다.

이 연화좌대는 모두 28개의 연잎으로 구성되어 12년 뒤인 757년에야 완성되었다. 각 연잎마다 섬세하고도 아름다운 문양을 새겼는데 지금도 반 이상이 옛 모습을 지니고 있다.

청동대불을 조성하자면 먼저 진흙으로 상을 만들어야 한다. 이 작업은 1년 반의 노력 끝에 746년 11월 완성되었다. 이때도 기념행사를 열고 천황과 황후가 촛불을 밝혔다. 그 촛불의 숫자가 1만 5700개였고, 수천 명의 승려가 한밤중에 촛불을 들고 동대사에서 헤이조궁까지 다녀오는 장대한 행진을 했다고 한다.

이제는 청동 주조를 위해 용광로를 설치해야 한다. 여기에도 또 1년이 걸렸다. 그리고 마침내 747년 9월 청동대불 주조를 시작했다. 그러나 실패하고 말았다. 두번째도 실패였고 세번째도 실패였다. 749년까지 3년 간 여덟 번이나 실패했다. 엄청난 크기의 대불 조성이 얼마나 지난한 일인가를 확인할 수 있을 따름이었다.

동대사 대불의 무게는 약 450톤이다. 아스카사 대불, 법륭사 석가삼존 상을 주조해낸 경험이 있었지만 그것의 20배, 30배가 넘는 차원이 다른 작업이었다. 그런데다 동대사 건립의 일등 공로자인 행기 스님이 세상을 떠나 모두들 실의에 빠졌다. 이에 일단 작업을 중단했다.

도래인 후손, 행기 스님

행기(行基, 668~749) 스님은 동대사 건립의 4대 주역 중 한 분이다. 훗날 동대사는 대불 건립에 주요한 역할을 한 네 분을 '동대사 4성(四聖)'으로 모셨다. 네 분이란 발원을 한 쇼무 천황, 개산(開山) 주지인 료벤 승정(僧正), 개안(開眼)을 맡았던 보리(菩提) 승정, 그리고 권진(勸進)을 맡았던 행기 대승정이다. 권진이란 절의 건립을 위한 홍보와 희사, 즉 기부를 받아오는 일을 말한다.

행기 스님은 도래인 출신이다. 그는 가와치(河內), 지금의 오사카 사카이(堺) 태생으로 성은 고시씨(高志氏)였다. 고시씨는 왕인을 조상으로 한 후미씨(西文氏)의 일족이다. 행기는 열다섯에 아스카사로 출가해 중이 되었다.

그는 20년간 산림 수행을 한 뒤 민중 속으로 파고들어 포교 활동을 했다. 제자들을 이끌고 전국 각지를 돌아다니며 교각·제방·도량 등을 세워주면서 민중의 큰 존경을 받았다. 야마토 정권은 행기 스님의 이러한 재야 종교활동을 금지하고 탄압했다.

그러나 행기 스님은 이에 굴하지 않고 더 민중 속으로 들어갔다. 내가

앞서 환상적인 산사라고 칭송한 정유리사도 행기 스님이 창건한 절이다. 그러한 행기 스님의 대중성을 정부도 마침내는 인정하여 동대사 대불 조성에서는 권진이라는 막중한 임무를 맡겼다.

엄청난 기부를 요구하는 권진 행각은 그동안 행기 스님이 퍼뜨린 민중불교에 힘입어 원만히 수행되었다. 그 공으로 일본 불교사상 처음으로 최고의 승직인 대승정(大僧正)에 올랐고 훗날엔 행기 보살로까지 높여 불리고 있다. 그런 행기 스님이

| **행기 스님상** | 행기 스님은 동대사 건립의 4대 주역 중 한 분으로, 도래인 출신의 승려이다. 일본 불교사상 처음으로 최고의 승직인 대승정에 올랐다. 훗날엔 행기 보살로까지 높여 불리고 있다. 이 상은 당초제사에 소장 중이다.

대불 조성을 보지 못하고 82세로 입적하셨다.

지금 동대사 안쪽에는 행기당(行基堂)이라는 법당이 있고, 그가 태어난 사카이에는 닌도쿠릉 옆에 건립된 사카이 시립박물관에 그의 초상조각이 전시되어 있다. 또 당초제사 등 그와 인연이 있는 절마다 그의 초상이 모셔져 있다. 이처럼 행기는 아스카·나라·교토·오사카 등 기나이 지역 곳곳에 그 자취가 남아 있는 큰스님이었다.

사금 광산의 발견과 대불 주조 성공

대불 주조의 연이은 실패와 행기 스님의 입적으로 모두들 실의에 빠져 있을 때 뜻밖의 기쁜 소식이 날아왔다. 육오국의 수령인 백제왕경복(百濟王敬福)이 오다군(小田郡)에서 사금(砂金)을 발견하여 헤이조궁에 가져온 것이다. 육오국은 지금의 미야기현(宮城縣)으로 백제 멸망 후 그 왕손들에게 땅을 내주어 백제인들끼리 살게 하고 백제인으로 하여금 그곳 지방수령을 지내게 해준 일종의 도래인 자치구였다.

쇼무 천황은 이 상서로운 일은 부처님의 은총이라며 기뻐했다. 그때까지 일본에서는 금이 산출되지 않아 주로 신라에서 수입해왔다. 신라와의 교역에서 막대한 무역적자를 가져온 것은 금 때문이었다. 이 사금 광산의 발견으로 일본은 경제적 부담도 줄었고 훗날 '황금 공예의 나라'라고 칭송받을 만큼 화려한 금속공예를 펼쳤다.

이에 용기를 얻어 천황은 연호를 덴표칸포(天平感寶)라고 고치고 대불 조성에 재도전했다. 749년 12월에 대불의 나발(螺髮)부터 주조하기 시작해 약 2년 반에 걸쳐 나발 966개를 만드는 데 성공했다. 그리고 2년 뒤인 751년에 마침내 청동대불을 완성했다. 대불 조성 조칙이 내려진 지 8년 만의 일이었다.

높이는 5장 3척 5촌(약 16미터), 무게는 452톤이었다. 이 대역사에 동원된 물량은 실로 엄청났다. 「대불전비문(大佛殿碑文)」에 의하면 대략 권진에 참여한 이는 5만명, 인부는 166만명, 도금 종사 인부는 50만명이었으며, 구리가 73만근, 밀랍이 1만 7천근, 연금(鍊金)이 5천냥, 수은이 6만냥, 숯이 1만 7천석 들었다고 한다.

이 대목에서 내가 아직도 궁금한 점은 대불의 높이가 왜 5장 3척 5촌인가이다. 이 크기가 갖는 의미와 상징성은 무엇이었을까. 석굴암의 본존불 크기가 11.5척, 무릎과 무릎 사이가 8.8척인 것은 현장법사의 『대당서역기(大唐西域記)』에 기록된 인도 부다가야 마하보리사의 석가모니 성도상 크기와 일치한다. 대불의 높이가 5장도 아니고 5장 3척 5촌일 경우 분명히 이 수치가 갖는 의미가 있을 것이다. 그러나 이 점에 대해 답을 주는 문헌자료나 학설을 나는 아직 접하지 못했다.

동대사 대불 주조와 도래인 기술자

대불 조성은 조불사(造佛司)라는 기관이 맡았다. 이 조불사는 건물을 맡은 '조동대사사(造東大寺司)'로 통합되었는데 이 기관은 당시 중앙관청의 성(省)에 맞먹었다. 엄청난 물량과 인원 동원은 그래서 가능했다.

그러면 여기에 필요한 기술자들은 다 어디서 데려왔을까? 당시 일본에는 이를 감당할 기술 집단이 따로 없었다. 주조, 도금, 금속세공, 토목의 고등기술에서는 백제가 멸망하면서 이주해간 도래인과 그 자손들이 차지하는 비중이 아주 컸을 것이라고 말하는 일본인 학자들이 있다.

『속일본기』에는 대불 주조를 성공시킨 공로자로 '구니나카노 무라지 기미마로(國中連公麻呂)'라는 불사가 나오는데 이는 백제 멸망 후 일본으로 망명온 귀족이 분명하다고 하며, 대주사(大鑄師) 또는 대공(大工)으로 전해지는 다케치노 오쿠니(高市大國), 이나베노 모모요(猪名部百世) 등도 도래인으로 추정한다.

그들이 누구이든 동대사와 동대사 대불을 이야기할 때는 모름지기 그 이름을 밝히고 그 공로에 경의를 표할 만하다. 그런데 일본의 유명한 문필가들은 나라의 사찰과 불상을 이야기한 명문의 기행록을 남기면서도

| 동대사 대불 | 동대사 대불은 세계에서 가장 큰 청동불상으로 몇차례의 실패 끝에 완성했다. 그 주조 과정 자체가 일본 고대국가의 문화 능력을 반영하고 있는데 여기에는 백제가 멸망하면서 이주해온 도래인과 그 자손들의 역할이 아주 컸을 것으로 생각된다.

| **동대사 대불 세수** | 동대사 대불은 얼굴 길이만도 약 5미터, 손바닥 길이는 3미터이다. 해마다 8월 7일에는 약 250명의 승려가 이른 아침부터 '어신(御身) 닦기'라는 대청소를 행한다.

동대사의 대역사를 완성시킨 명장들의 이름을 거론하는 데는 인색했다.

　도래인이었다고 대서특서해달라는 이야기가 아니다. 그들의 수고로움에 값하는 것이 도리에 맞고 불법에 맞는다는 이야기다. 통일신라 성덕대왕신종에는 종을 제작한 주종대박사(鑄鐘大博士)와 차박사(次博士) 네 명의 이름이 요즘으로 치면 국무총리 이름과 함께 종 겉면 명문에 새겨져 있다.

성대한 대불 개안식

　대불 주조가 완성되었다고 불상이 다 조성된 것은 아니다. 이제부터는 도금이라는 고난도 기술이 필요하다. 도금까지 완성하는 데 또 7년이 걸렸다. 일단 1년간의 작업으로 얼굴 부분만 도금된 상태에서 752년 5월

26일에 더없이 화려한 대불 개안 공양회(大佛開眼供養會)가 열렸다.

왜 미완성 상태에서 서둘러 개안 법회를 열었을까. 그리고 왜 5월 26일이었을까. 불교가 백제에서 일본에 전래된 지 200주년이 되는 해였고, 행사는 본래 사월 초파일에 맞추었는데 아마도 폭우 때문에 하루 연기했을 것으로 생각된다.

세계적으로 고대의 제왕들은 어느 순간에는 상상을 초월하는 거대한 종교 건축을 지었다. 이집트 룩소르의 카르나크 신전, 아테네 파르테논 신전, 인도 카니슈카왕이 세웠다는 높이 200여 미터의 13층탑, 중국 북위시대의 운강 석굴(雲崗石窟), 백제의 익산 미륵사, 신라의 경주 황룡사 그리고 나라의 동대사 등은 제왕의 권위를 상징하는 것이며 그 조성 과정은 국민통합의 동기 부여라는 성격을 지녔다.

동대사 대불 조성은 결국 황실과 정부의 사업이면서 국민의 결속을 도모하고 학문과 사상을 통합하는 효과를 동반했다. 나아가서 국제적으로는 자국의 문화 능력을 이웃나라에 알릴 수 있는 좋은 기회였다.

동대사 대불 개안식은 전무후무한 동아시아의 국제 행사였다. 요즘으로 치면 아시안게임 개막식 또는 대통령 취임식에 외교사절을 초대하듯 개안식에는 신라, 발해, 당나라, 인도, 캄보디아에서 승려들을 초청해 외빈석에 모셨다.

점안(點眼)은 인도의 승려 보리선나(菩提僊那)가 맡았다. 그는 남인도 바라문 계급으로 당나라에 와서 금강지삼장(金剛智三藏)으로부터 밀교의 가르침을 받아 의발(衣鉢)을 전수받았다. 보리선나는 당나라에 있던 일본 승려의 청에 따라 전수받은 가사를 걸치고 일본으로 건너왔다. 736년 그가 오사카에 도착했을 때는 행기 스님이 영접을 나갔다고 한다. 보리선나의 도래로 이후 일본에는 밀교가 크게 성했고 그는 '동대사 4성'의 한 분으로 추앙받는다.

대불 개안식의 하이라이트는 불상을 덮고 있는 천을 서서히 벗겨가며 불상의 모습을 드러내는 것이었다. 요즘도 많은 개막식 때 그러듯이 양쪽에서 줄을 당기는데 그때 사용된 남색 줄(縷)은 지금도 정창원의 보물로 전해진다.

이윽고 승려 보리선나가 거울로 빛을 반사하여 정확히 눈동자에 맞추는 점안식으로 대불이 마침내 부처로 탄생했다. 대불 앞에서는 범패(梵唄), 산화(散華) 등 불교의식이 있었고 당고악(唐古樂), 고려악(高麗樂) 등 각국의 공연도 있었다고 한다. 덴표 문화가 국제적 성격을 지니려고 노력했다는 것을 여기에서 확연히 볼 수 있다.

동대사의 부속 건물들

대불전과 대불 봉안은 동대사 핵심 공간의 완성이었을 뿐이다. 대불의 협시보살인 여의륜관음과 허공장보살상만이 개안식 이전인 751년에 완성되었고 무수히 많은 건물과 불상이 계속 조성되었다.

대불 개안식 3년 뒤인 754년에는 중국에서 감진 스님이 5전 6기의 천신만고 끝에 동대사에 도착했다. 감진 스님은 수계식을 올리는 계단원을 짓고 율종을 뿌리내렸다.

남대문, 동대문, 동탑, 서탑, 회랑, 강당, 3면 승방, 식당, 종루, 대욕장, 이월당, 삼월당, 계단원, 맷돌문, 정창원 등 헤아릴 수 없이 많은 당우가 동대사를 가득 메웠다. 동대사 건립을 맡은 조동대사사는 대불 조성 후에도 37년 동안이나 이 대역사를 담당하여 789년에 가서야 해체되었다.

이렇게 완공된 동대사는 참으로 엄청난 규모였다. 대불전에 들어가면 현대에 와서 청소년 교도소 수형자들이 정교하게 만든 대불전 모형과 창건 당시 동대사의 모형이 전시되어 있는데, 동탑과 서탑의 높이가 100

| 계단원 | 감진 화상이 중국에서 건너와 율종을 전래하면서 수계식을 행하던 건물이다. 얼마 뒤 감진 화상은 당초제사를 창건하고 거처를 그쪽으로 옮겼다.

미터나 되었다고 하니 이것이 사실일까 의심이 갈 정도로 상상을 초월하는 규모다.

대불전의 완성 이후 동대사는 일본 화엄종의 대본산이 되어 동대사 남대문에는 '대화엄사(大華嚴寺)'라는 현판이 걸려 있다.

동대사의 수난

세월이 흐르면서 동대사에도 몇차례 재앙이 닥쳤다. 855년 대지진 때는 대불이 쓰러지면서 머리에 큰 손상이 생겼다. 강당, 서탑, 3면 승방, 남대문도 무너졌다. 그리고 헤이안시대 말기인 1181년 교토의 다이라씨 무인정권이 자기들에게 항거하는 나라의 사원 세력을 토벌하기 위해 쳐들어왔을 때 동대사는 이웃의 흥복사와 함께 거의 전소되었다. 대

| **조겐 상인** | 파괴된 동대사의 복구에는 왕년의 행기 스님과 맞먹는 지식과 기술을 갖고 있던 조겐 스님의 공이 컸다. 오늘날 동대사 대불은 그때 복원된 것이다.

불전이 불탈 때 법당 안으로 피난 와서 2층까지 꽉 채운 2천명의 승려와 민간인이 모두 불에 타 죽고 대불은 녹아내렸다고 한다.

화재 이듬해부터 동대사와 흥복사는 복구에 들어갔다. 동대사에는 왕년의 행기 스님과 맞먹는 지식과 기술을 갖고 있던 조겐(重源) 상인(上人, 쇼닌, 고승을 뜻함)이 있어 복원을 훌륭하게 마칠 수 있었다. 이리하여 대불은 1185년에 다시 개안식을 가졌다. 이때 흥복사 불상에서도 본 바 있는 유명한 경파 불사들이 동대사의 사천왕상도 조각했다.

그리고 에도시대로 들어와 1567년 다시 병화를 입어 남대문, 정창원, 이월당 등 몇채만 남기고 모두 타버렸다. 이때는 전국시대인지라 복구가 느려 대불은 120년간 비를 맞았다고 한다.

이런 상태에서 나이 열셋에 동대사로 들어와 복구에 뜻을 둔 고케이(公慶) 스님이 에도 막부의 허가를 얻고 권진 행각을 벌여 1692년에 다시 대불 개안식을 열었다. 현재 불상의 손과 머리는 이때 만들어진 것이다. 불상의 크기는 원래보다 1미터 작아졌다. 이로 인해 대불은 처음과 비슷한 위용은 갖추었지만 덴표시대 불상의 거룩한 모습은 사라졌다.

대불전 건물은 1709년 완공된 것으로 폭 57미터, 깊이 50미터에 달하는 세계 최대의 목조건축이다. 그러나 창건 당시 폭 11칸(86미터)이 7칸

(57미터)으로 원래 규모에서 30퍼센트가량 축소되었다. 에도시대에는 기둥으로 삼을 목재를 조달할 수 없어 중심 기둥인 느티나무를 녹나무 판으로 감싸고 못과 동판으로 묶어 기둥을 삼았다. 그래서 건물 내부 기둥 중 하나는 밑에 구멍이 뚫리게 되었는데, 이 속을 들어갔다 나오면 공부를 잘하게 된다는 속설이 생겨 지금도 어린애들이 기어들어가는 놀이를 한다.

동대사는 복원작업을 거쳐 18세기 후반에 들어서야 중문과 동서 회랑 등 현재의 모습을 갖추었으나 대불전은 구조적으로 무리가 있어 1806년에 하층 지붕이 내려앉아 버팀목을 받쳐둔 상태였다. 그런데 19세기 중엽 메이지유신의 폐불훼석 시절에 사찰이 소유지를 몰수당하여 관리 유지에 큰 타격을 입고 손도 못 대고 있다가 1906년에야 수리가 시작되어 1915년 다시 낙성식을 가질 수 있었다. 이때 지붕을 떠받치는 무지개 대들보에 영국제 철골 트러스를 끼워넣은 것이 지금도 문제가 된다고 한다.

오늘날의 동대사에서

동대사는 나라 시내 한복판에 있는 나라 공원과 붙어 있다. 긴테쓰 나라역에서 걸어서 불과 10분 거리다. 나라 공원에는 약 1천 마리의 사슴이 방목되어 동대사 입구로 들어서면 사슴들이 먹이를 달라고 따라붙는다. 석가모니가 최초로 설법한 녹야원(鹿野園)을 흉내낸 것 같은데 처음 온 사람들은 신기한 마음에 거기에 신경을 빼앗겨 눈앞의 남대문을 그냥 흔한 대문인 줄로만 알고 그대로 들어가기 일쑤다.

그러나 이 남대문은 12세기 말 조겐 상인 중수 때의 명작으로 국보로 지정된 명품이다. 또 경파 불사들의 대표작인 8.4미터 높이의 두 금강역사상도 눈여겨볼 만하다.

남대문에서 중문까지는 한참을 걸어야 한다. 중문 앞에 서면 대불전이 보이지만 관람 동선을 따라 왼쪽 회랑 끝으로 입장하게 되어 있다. 이미 상상은 했지만 표를 끊고 안으로 들어서면 대불전의 크기에 놀라지 않을 수 없다. 큰 것을 좋아하는 중국에서도 볼 수 없는 어마어마한 규모다.

그러나 밖에서 보는 대불전이나 안에서 보는 대불이나 크다는 것 이외의 감동은 없다. 대불은 수리하면서 이미 본래의 면모를 잃어버렸고 대불전 건물은 에도시대에 복원하면서 정면 아래층 가운데에 당파풍(唐破風, 가라하후)이라고 해서 활 모양으로 휘어올리고 창을 뚫어놓았는데 이것이 이 집의 품격을 많이 깎아내렸다. 이는 당연히 당초제사의 금당 같은 엄정한 직선미를 이루어야 덴표시대 건축의 분위기를 보여줄 수 있었을 것이다.

| **청동 등롱** | 대불전을 가다보면 만나는 이 청동 등롱은 대단한 명작임에도 관람객의 눈길을 모으지 못한다. 그러나 형태미도 당당하고 디테일을 보면 조각이 얼마나 아름다운지 모른다.

내가 대불전에서 그나마 감동스럽게 보는 것은 저 크고 아름다운 청동 등롱(燈籠)이다. 형태미도 당당하고 조각이 얼마나 아름다운지 모른다. 그리고 또 하나는 중문에서 대불전에 이르는 길이다. 그 넓고 긴 길을 넓적한 판석으로 깔면서 가운데를 약간 볼록하게 올려 물이 잘 흐르도록 해놓았는데 그 가벼운 곡선미가 은근히 마음에 와닿는다.

2013년 봄 동대사에 다시 갔을 때 옆에서 깃발을 들고 유난히 큰 목소리로 안내하는 소리가 들려 귀동냥을 해보니 참으로 들을 만한 이야기였다. 매년 그믐날 자정에서 정월 초하룻날 오전 8시까지는 누구든 들어올 수 있는 초예(初詣, 하쓰모데)라는 행사가 있단다. 이때 새벽에 오면 밖은 어둡고 대불전 안만 불이 환히 밝아 당파풍 아래에 있는 관상창(觀相窓)으로 대불의 얼굴이 노란 빛을 받으며 드러나는 것이 얼마나 환상적인지 모른다고 한다.

그리고 대불전으로 가는 이 긴 돌길을 보면 네 가지 다른 돌이 있는데 가운데 까만 돌은 인도산, 그 옆 분홍빛 돌은 중국산, 그 옆 하얀 돌은 한국산, 나머지 회색 돌은 일본산이라고 전한단다. 사실인지 아닌지는 제쳐두고 얼마나 멋있는 얘기인가! 이 안내원의 말은 창건 당시 국제적인 문화의 수용을 지향했던 덴표 문화의 성격을 가장 잘 말해주는 해설이었다.

| 금당과 관상창 | 정월 초하룻날 새벽에 밖은 아직 어두운데 대불전 안은 불이 환히 밝아 당파풍 아래에 있는 관상창으로 대불의 얼굴이 노란 빛을 받으며 드러나는 것이 얼마나 환상적인지 모른다고 한다.

동대사 종합문화센터의 일광·월광보살

2013년 봄의 동대사 답사 때는 삼월당이 대대적인 보수 중인 바람에 갈 수 없었다. 불상들의 보존과 수미단의 보완을 위해 어쩔 수 없는 조치였다고 한다. 서운하기 그지없었지만 나도 어쩔 수 없다. 하기야 그날은 짓궂은 봄비에 바람이 심해서 가라고 해도 가기 힘들 정도였다. 이런 날은 박물관 답사가 제격이다.

그래서 우리는 2010년 10월에 새로 건립된 동대사 종합문화센터를 들르기로 했다. 나도 그곳은 처음이었다. 동대사 남대문을 들어서자마자 왼쪽에 세워진 이 문화센터의 박물관은 지진을 견뎌내는 내진(耐震)이 아니라 지진의 충격을 아예 없애는 면진(免震) 시설을 갖춘 최신식이라고 했다. 외형은 전통건축이지만 내부시설은 현대식이고 대형 불상도 전

| **대불전 가는 길** | 대불전으로 가는 긴 돌길에는 네 가지 다른 돌이 있는데 가운데 까만 돌은 인도산, 그 옆 분홍빛 돌은 중국산, 그 옆 하얀 돌은 한국산, 나머지 회색 돌은 일본산이라고 전한단다.

시할 수 있도록 천장이 아주 높았다.

그런데 이게 웬 행운인가. 내가 탄미해 마지않던 삼월당의 일광보살 상과 월광보살상이 전시되어 있었다. 더욱이 불단의 불상이 아니라 박물 관의 유물로 밝은 조명 아래 전시되어 있어 얼마든지 가까이에서 친견 할 수 있었다. 일본의 법당들이 다 그렇듯이 삼월당에서는 불상이 어둡 고 멀리 떨어져 있어 자세히 배관하는 것이 허용되지 않아 유감이었다.

그런데 지금 여기서는 일광보살과 월광보살이 화려한 무대에서 스포 트라이트를 받으면서 더욱 아리따운 자태를 뽐내고 있었다. 그러고 보면 그동안 내가 본 일광·월광보살은 세수도 하지 않은 얼굴이었던 셈이다. 그래서 그날따라 일광·월광보살이 더욱 거룩하고 우아해 보이기만 했 다. 그것은 일본이니 당나라니 통일신라니 하는 국적을 떠나 이상적 인 간상으로서 불상이 주는 보편적 이미지로 다가왔다.

나는 순간 이것이 일본 나라시대의 불상이라는 사실을 잊었다. 가슴 속으로 한껏 이 두 보살상을 예찬했다. 우리와 일본의 미묘하고도 불편한 관계를 생각하면 나는 감정을 자제해야 했는지도 모른다.

그러나 내 감성적 정직성에 의하건대 그렇게 되지 않았다. 독일 사람들이 미켈란젤로에 감동하고, 이탈리아 사람들이 독일의 뒤러에 감동하는 것과 마찬가지로, 또 일본 미술사가들이 우리의 석굴암에 끝없는 찬사를 보내듯이 내가 이 두 불상 조각을 예찬하는 것이 하등 이상할 것이 없지 않은가.

위대한 예술은 이렇게 시공을 넘고 국적을 뛰어넘어 인류의 보편적 가치로 다가오며 우리를 하나로 묶어낸다. 그렇다면 예술이야말로 과거사를 치유하는 가장 좋은 약재(藥材)일 수 있겠다는 생각이 들었다.

동대사 종합문화센터를 나오니 언제 그랬느냐는 듯이 바람도 비도 멎어 있었다. 비바람이 스치고 지나간 매화나무 가지엔 미처 떨구지 못한 영롱한 물방울이 엊그제 만개한 매화꽃 사이에서 빛나고 있었다.

| **월광보살(왼쪽)과 일광보살(오른쪽)** | 삼월당의 내부를 수리하면서 잠시 동대사 종합문화센터에 전시되었던 일광보살상과 월광보살상은 법당 안에서 볼 때와는 달리 대단히 성스럽고 우아했다. 화려한 무대에서 스포트라이트를 받으면서 더욱 아리따운 자태를 뽐내고 있는 듯했다.

동탑은 노래하고 조각상은 숨을 쉬네

두 개의 약사사 / AKB48의 약사사 공연/ '얼어붙은 음악' /
어니스트 페놀로사 / 쌍탑 가람배치 / 청동약사삼존상 /
일본문화의 당풍 / 감진 화상의 도래 / 당초제사의 창건 /
감진 화상의 초상 / 당초제사 금당 / 금당의 불상들 / 어영당 /
당초제사와 문학

답사기의 고민

답사기를 쓸 때 내가 가장 먼저 고려하는 것은 어떤 독자를 대상으로
하느냐이다. 학술논문이 아니라 일반인을 상대로 한 글쓰기라면 자신의
글을 읽을 독자를 명확히 설정할 때 더 설득력을 갖는데 답사기는 그 대
상이 두 유형으로 나뉘기 때문이다. 내가 이야기하는 유적을 가보지 않
은 사람과 가본 사람이다. 어차피 똑같을 것 같지만 그렇지 않다.

이에 대해서는 나름대로 해결책을 찾았다. 유적의 성격에 따라 달리
쓰는 것이다. 불국사 석굴암처럼 유명한 곳은 독자들이 가보았다는 가정
하에, 하늘 아래 끝동네에 있는 선림원터는 가보지 않았다고 가정하고
썼다. 그리고 제주도는 가보았든 못 가봤든 내가 즐겨 답사한 방식대로
써나갔다. 일본 답사기의 경우는 아직 독자들이 거기에 가보지 않았지만

언젠가는 가볼 것이라고 생각하며 쓰고 있다. 그래서 유적과 유물의 성격 및 조성 배경에 대해 많은 지면을 할애하는 것이다.

그런데 일본 답사기를 쓰면서는 더 골치아픈 문제가 생겼다. 여행자를 위해 쓸 것인가, 책 읽기 자체를 즐기는 독자를 위해 쓸 것인가 하는 점이다. 지리도 낯설고 등장인물도 생소하고, 우리 역사와 맞물려 있지만 역시 남의 나라 옛날이야기인지라 상당한 예비지식이 필요하다.

그래서 아스카 부분을 쓸 때는 시대순으로 유적을 찾아가면서 역사 이야기를 곁들여 독자들이 일본의 고대문화에 서서히 익숙해지도록 하는 것이 좋다고 생각하여 가까운 아스카에서 아스카, 법륭사로 위에서부터 아래로 차근차근 내려왔다.

그런데 나라 부분에 오니까 이야기 순서와 답사의 동선이 일치하지 않는다는 고민이 생겼다. 독자들을 위해서라면 창건된 연대순에 따라 법륭사 다음에 약사사, 흥복사, 동대사, 당초제사를 차례로 써가면 불상 양식의 흐름을 체계적으로 이해할 수 있게 된다. 그런데 맨 앞의 약사사와 맨 뒤의 당초제사는 서로 이웃해 있어 여행을 하자면 반드시 둘을 한꺼번에 보게 되는데 어떻게 앞뒤로 나눌 수 있느냐는 문제가 생긴다.

게다가 각 사찰들은 한결같이 창건 이후 오늘날까지 한시도 끊임없이 분향과 예불이 이어져 창건 당시의 유물만 있지 않고 후대에 창출된 것도 많기 때문에 이를 설명하자면 또 시대가 올라갔다 내려갔다 한다. 이쯤 되면 1차방정식, 2차방정식을 넘어 미적분에 시그마까지 동원해도 답이 잘 나오지 않는다.

하도 골이 아파서 한 곳을 생략해버리면 어떨까라는 생각도 해보았다. 그러나 절대 안 되는 일이다. 약사사의 동탑과 청동약사여래상, 당초제사의 금당과 감진 스님 초상조각은 일본 불교미술사에 반드시 나오는 나라시대의 대표적 건축이고 조각이다.

고민 끝에 내가 내린 결론은 독자에게 양해를 구하는 것이다. 답사기란 어차피 기행문인데 이웃해 붙어 있는 약사사와 당초제사를 둘로 갈라서 이야기할 수는 없다. 그러니 독자들은 약사사는 나라시대 맨 앞, 당초제사는 나라시대 맨 뒤에 있는 사찰임을 염두에 두고 이 글을 읽어달라는 부탁이다.

말이 나온 김에 나의 고민을 하나 더 털어놓고 싶다. 이 책은 일본어로도 번역될 것이다. 그렇다면 일본 독자도 염두에 두어야 하지 않을까. 이점에 대해서 나는 명확히 선을 그었다. 일본 독자는 염두에 두지 않았다. 자동차나 세탁기 등 공산품은 내수용과 수출용을 달리해서 그곳 취향에 맞게 바꾼다고 들었다. 그러나 인문서는 그럴 수 없다. 더욱이 한일 관계가 얽혀 있는데 이랬다저랬다 할 수는 없는 일이다.

제주도 답사기를 쓸 때 내가 제주도 사람을 염두에 두지 않고 당신들이 살고 있는 고장을 나처럼 보고 즐기는 외지인도 있다고 이해해달라고 했던 것처럼 일본의 문화유산을 나처럼 이해하는 사람도 있다는 것을 보여주는 것으로 족하다는 생각이다.

내가 일본 지리에 어둡고 일본 역사에 밝지 못하다고 해서 흥이 잡힐 것 같지는 않다. 이방인이 쓴 남의 나라 이야기란 본래 그런 것이다. 100년 전 한국을 방문하고 쓴 이사벨라 B. 비숍 여사의 『한국과 그 이웃 나라들』(이인화 옮김, 살림 1994)을 읽으면서 나는 중간에 몇번인가 책을 덮을까 생각하면서도 서자의 시각에서 느끼고 시사하는 바가 적지 않아 끝까지 읽고 말았던 기억이 떠오른다. 나의 일본 독자들도 그래 준다면 나는 만족하고 고마워할 것이다.

두 개의 약사사

약사사(藥師寺, 야쿠시지)는 본래 아스카의 후지와라쿄에 있던 절이다. 덴무 천황은 병에 걸린 황후의 쾌유를 기원하기 위해 680년에 이 절을 착공했다. 그런 간절한 소망 때문이었는지 황후는 병에서 나았다. 그러나 절이 완공되기 전에 천황이 사망했고 황위는 황후가 이어받았다. 이리하여 새로 등극한 지토(持統) 여제는 부군의 뜻이 서린 절을 완공했다. 698년의 일이며 그 절이 오늘날 후지와라쿄 폐허 속에 주춧돌로만 남은 본약사사이다.

그런데 절이 완공된 지 12년 만에 수도를 나라의 헤이조쿄로 옮기게 되었다. 이에 관사와 씨사들이 너도나도 새 수도로 옮겨 앉았다. 관사인 대관대사(大官大寺)는 대안사(大安寺)로, 씨사인 법흥사(法興寺, 아스카사)는 원흥사(元興寺)라는 이름으로 자리잡았다.

이때 약사사는 우경의 중심부인 서2방, 6조 자리를 차지하면서 절 이름을 그대로 약사사라 했다. 이것이 오늘날에 이른다. 당시 약사사는 승려를 통할하는 기구인 승강(僧綱, 소고)이 설치된 핵심 사찰이었다.

이렇게 출발한 사찰이었지만 세월의 흐름 속에 그 위상이 점점 약화되었고 1528년에는 화재로 사찰이 거의 다 소실되어 오직 동탑만이 창건 당시의 모습을 지켜왔다. 그러다가 1976년의 금당 복원을 시작으로 서탑, 중문, 회랑이 복원되고 대강당은 2003년에 착공하여 2010년에 완공됨으로써 비로소 남문, 중문, 탑, 금당, 강당, 회랑, 승방 등 일곱 개 건물로 구성된 칠당(七堂) 가람의 기본 골격을 갖추게 되었다. 그러니까 약사사는 동탑만 제외한다면 20세기에 와서 새로 태어난 절이나 마찬가지다.

| 약사사 전경 | 약사사는 본래 아스카의 후지와라쿄에 창건된 절이었으나 나라 헤이조쿄로 천도하면서 옮겨 지었다. 화재와 병화를 겪으며 동탑만이 창건 당시의 모습을 유지하고 있다. 동탑을 제외한다면 건물은 20세기에 와서 재건된 것이다. 그러나 조각들은 당대의 모습을 그대로 지니고 있다.

AKB48의 약사사 공연

약사사 대강당이 완공된 2010년은 마침 나라 천도 1300년을 맞는 해라서 대대적인 행사가 벌어졌다. 그런데 그 축하행사는 동대사의 대불 개안식과는 격세지감이 있는 전대미문의 파격적인 공연이었다.

그해 9월 26일 여성 아이돌그룹 AKB48과 남성 가수 도모토 쓰요시(堂本剛)가 새로 태어난 약사사에 특별공연을 봉납(捧納)하는 형식으로, 신축된 대강당 앞 특설무대에서 '꿈의 꽃잎들'이라는 타이틀을 걸고 장대한 공연을 펼쳤다. 아이돌그룹이 미륵보살을 등진 채로 노래하고 춤추는 이 공연은 결과적으로 대중적 친근감을 불러일으켜 약사사는 일본 젊은이들이 많이 찾는 사찰이 되었다고 한다.

나는 잘 모르는 세계인데 2013년 봄 약사사에 다녀온 뒤 이 분야를 전공하는 작은아들에게 이 이야기를 해주니 벌써 잘 알고 있었고 인터넷으로 들어가면 약사사 공연 동영상도 볼 수 있다고 알려준다. 호기심이 일어나 도대체 얼마나 유명한 그룹이냐고 물으니, 일본의 대중가요계에서 거의 지존의 경지에 있어 앨범 누적 판매량이 2천만장이 넘었다는 것이다.

도쿄 아키하바라(秋葉原)의 상설 할인잡화점 '돈키호테' 빌딩 8층에 마련된 전용극장에서 2005년 데뷔한 AKB48은 멤버 수가 60명이 넘는데 '만나러 갈 수 있는 아이돌'이라는 독특한 콘셉트의 그룹이라고 한다. 텔레비전을 통해서만 보던 아이돌을 매일같이 열리는 극장 공연에서 직접 만날 수 있는 기회를 제공해주는 것이 특징이란다.

"우리나라 소녀시대 같은 한류 스타와 비교하면 어떠냐?"
"좀 달라요. 우리 한류 스타들이 겨냥하는 음악은 어찌 되었건 서구적인 취향과 문법에 근거를 뒀거든요. 우리도 너희 못지않게 이렇게 잘한다 이거죠. 그런데 AKB48은 아주 일본적인 정서에 뿌리를 두고 있어요. 팬들에게 성장 과정을 여과없이 보여주면서 함께 즐기는 거죠."

"그래서 한류 스타 같은 국제성은 없나보구나?"

"아니에요. 우리나라에서만 유독 인기가 약해요. 동남아에선 굉장해요. 음악을 좀 안다는 사람은 다들 좋아하고 또 인정하죠. 남에게 보여준다는 것이 아니라 내 것을 한다는데 그게 멋없을 리 없잖아요. 제 친구들은 올해도 AKB48 공연을 보러 꿈의 공연장이라는 도쿄돔에 갔다 온걸요."

아들과 이야기하는 사이 만감이 교차했다. 내가 젊었을 때는 '민족적인 것과 세계적인 것'의 문제를 심각하게 고민했는데 지금 아들은 '자국적인 것과 국제적인 것' 사이를 아주 편하게 오가며 살아간다는 인상을 받았다. 부자 간의 정서적 거리가 이렇게 멀었던가 새삼스러워지는데, 지금 이 순간에도 일어나는 한일 간의 이런저런 갈등도 내가 체감하는 것과 아들이 느끼는 것은 강도와 양상이 사뭇 다르리란 것을 알 수 있었다. 이런 소리로 들렸다.

"구닥다리 기성세대는 빨리 물러가기나 하세요. 그 문제는 우리들이 춤추고 노래하고 교류하면서 저절로 다 풀어갈 겁니다."

'얼어붙은 음악' 같은 약사사 동탑

그러고 보니 약사사는 내 마음속에 음악과 함께 남아 있다. 약사사가 비록 새 절이나 진배없으면서도 남도 7사의 고찰로 명성을 유지하는 것은 창건 당시의 모습 그대로 살아남은 동탑이 있기 때문이다. 이 동탑 하나의 아름다움을 보기 위해 약사사에 간다 해도 그 수고로움이 아깝지 않다.

약사사 동탑은 730년 준공된 것으로 높이가 33.6미터나 되는 훤칠한 삼중탑이다. 얼핏 보면 지붕이 여섯 개라 6층탑으로 생각될 수 있다. 그러나 법륭사 금당과 오중탑에서도 보았듯이 하쿠호시대 건축에서는 지붕 아래에 상계(裳階)라고 불리는 속지붕 하나를 더 집어넣는 것이 유행이었다. 그 속지붕을 빼고 보면 정확히 3층이다.

각 층의 구조를 보면 1층에는 대문 위에 속지붕과 겉지붕이 있고, 2층과 3층은 난간 위에 속지붕과 겉지붕이 있다. 그래서 탑을 올려다보면서 아래부터 위쪽으로 시선을 이동하면 속지붕선, 지붕선, 난간선들이 들어갔다 나왔다 하는 리듬감이 느껴진다.

100여년 전, 문화재 조사차 이곳에 온 페놀로사는 이 동탑을 보는 순간 저것은 '얼어붙은 음악'(frozen music)이라고 감탄했다고 한다. 건축적 리듬감을 절묘하게 표현한 이 명언은 동탑의 아름다움을 더욱 고양해주었다. 그의 가르침대로 동탑 앞에 서 있으면 마치 쇼팽의 「피아노 소나타 2번」이 건축적으로 형상화된 듯 리드미컬한 율동감을 받게 된다. 이것이 비평의 힘이다.

7세기 당나라는 서예의 전성시대였다. 당 태종은 그 자신이 뛰어난 서예가였을 뿐만 아니라 서예를 크게 진작시켜 우세남(虞世南), 구양순(歐陽詢), 저수량(楮遂良) 같은 명필을 낳았다. 이들은 모두 서법에 입각한 방정한 글씨체를 보여주었는데 우세남은 부드러운 우아함, 구양순은 반듯하고 강인한 힘, 저수량은 필획의 아름다움이 특징이라고 했다. 이렇

| 약사사 동탑 | 730년 준공된 것으로 높이가 33.6미터나 되는 훤칠한 삼중탑으로 각 층마다 난간과 지붕이 건축적 리듬감을 보여준다. 100년 전 페놀로사는 이를 보고 '얼어붙은 음악'이라고 찬미한 바 있다.

게 말하는 것은 교과서적인 해설이다.

　장회관(張懷瓘)은 『서단(書斷)』에서 저수량의 글씨에 대해 "대궐의 봄 동산에서 아리따운 여인이 얇은 비단옷을 걸치고 가볍게 거니는 것 같다"는 평을 내렸다. 이에 모두들 저수량의 진수를 말해주는 탁월한 비평이라고 감탄했다. 그러면서도 이 표현에 어딘지 '화장기가 들어 있는 것'을 아쉬워했다. 그러자 한 평론가가 여기에 한마디를 덧붙였다. "그렇다고 색태(色態)가 느껴지는 것은 아니다." 이 이야기는 저수량 글씨의 멋을 가르쳐주는 훌륭한 가이드라인일 뿐만 아니라 저수량 글씨를 한번 보고 싶은 호기심과 충동을 일으킨다.

　그것이 비평의 힘이다. 나도 그랬듯이 많은 독자들이 페놀로사의 이야기를 듣는 순간, '얼어붙은 음악'을 보기 위해 약사사 동탑을 찾아갈지도 모른다.

　그런데 이 글을 쓰면서 페놀로사의 표현을 정확히 인용하기 위해 그의 저서 등 관계자료를 찾아보았는데 명확히 그런 표현이 나오는 책은 없고 그렇게 전한다는 얘기만 많이 인용되고 있었다. 페놀로사가 여기에 온 것은 1888년이었다는 사실만 확인될 뿐이다.

어니스트 페놀로사

　어니스트 페놀로사(Ernest F. Fenollosa, 1853~1908)는 하버드대학을 졸업하고 1878년 메이지정부가 서양 문물을 도입하기 위해 고용한 외국인 교수 중 한 사람으로 도쿄대학에서 정치경제학과 철학을 가르쳤다. 그러나 일본에 와서 동양의 아름다움과 문화에 심취하여 동양미술사가가 되었다. 그가 쓴 『중국과 일본 미술의 시대』(*Epochs of Chinese and Japanese Art*, 1912)는 동양미술, 특히 일본미술을 서구에 알리는 데 큰 역할을 했다. 일본에는 근대 여명기부터 이런 훌륭한 문화의 대변인이 있었던 것이다.

페놀로사는 일본에서 폐불훼석이 일어나는 장면에 큰 충격을 받고 일본인들이 내다버리는 유물들을 열심히 수집했다. 그것이 2만여점이라고 했다. 그리고 그는 자신들의 전통적 가치를 아무렇지도 않게 폐기하는 것을 보고 일본정부와 일본인들을 계몽하기 시작했다.

그는 일본을 위해 정말로 많은 문화적 조언을 했고 일도 많이 했다. 국보(national treasure)라는 개념도 그에 의해 시작되었다. 특히 영어를 잘하는 청년 오카쿠라 덴신을 지도하여 일본 미술사와 미학의 근대적 선구로 만든 것은 일본인들이 잊어서는 안 되는 고마운 일이다.

페놀로사는 1880년부터 문부성의 의뢰로 문화재 조사를 맡아서 오카쿠라 덴신과 함께 문화재 조사 사업을 위해 나라의 옛 사찰들을 하나씩 답사했다. 법륭사에 가서 비불로 내려온 몽전관음까지 조사했다. 그리고 1888년 약사사에 왔던 것이다.

그는 1890년 귀국하면서 자신이 일본에서 수집한 미술품을 보스턴미술관에 양도하고 그곳의 동양부장을 맡았다. 보스턴미술관 재직시 그는 열정적으로 미국 사회에 일본미술을 소개했다. 오카쿠라 덴신이 쓴 『차의 책』(*The Book of Tea*, 1906)은 그가 페놀로사의 초대를 받아 보스턴미술관 고문으로 있으면서 박물관 회원들에게 열었던 연속 강좌를 묶은 것이다.

그럼에도 일본인 중에는 페놀로사가 일본 문화재를 해외로 유출했다고 비난하는 사람도 있다는데 어이없는 일이다. 자기들이 쓰레기처럼 버리고 불태우려던 것을 오히려 구원해서 세계에 알렸다고 생각해야 한다. 야나기 무네요시가 한국미에 심취하여 수집한 것을 가져가 도쿄에 일본민예관을 설립한 것을 한국인들은 고마워할지언정 비난하지 않는다.

쌍탑 가람배치의 힘

사실 약사사의 아름다움은 동탑 자체보다도 쌍탑 1금당식이라는 가람배치에서 나오는 면이 크다. 동아시아에 쌍탑 가람배치가 처음 나타난 것은 671년(문무왕 11)에 착공하여 679년에 완공한 신라 사천왕사였다. 신라가 고구려·백제 지역에 머물고 있던 당나라 군대를 몰아내기 시작하자 당 고종은 설방(薛邦)을 장수로 하여 50만 군사를 조련했다. 이 정보를 입수한 의상(義湘) 대사는 급히 고국에 알렸고 이에 문무대왕은 명랑(明朗) 법사의 조언에 따라 당나라와 일전불사의 의지를 다지는 뜻으로 사천왕사를 지었다. 그때 처음 쌍탑 가람이 등장했다.

사천왕사가 왜 파격적으로 쌍탑 가람배치를 했는지는 알 수 없다. 예불의 중심이 탑에서 불상으로 옮겨지는 이른바 '당탑가치(堂塔價値)의 전환' 때문에 금당이 가람의 중심에 있도록 탑을 양옆으로 비껴세웠다고 이해할 뿐이다.

그러나 결과적으로 보면 쌍탑 가람에서는 건축적 리듬과 힘이 생긴다. 이는 9·11 테러로 '그라운드 제로'가 된 뉴욕무역센터 쌍둥이 빌딩을 비롯하여 현대 건축에서도 추구하는 건축미다. 감은사가 쌍탑이 아니라 단탑이라고 가정할 때 그 건축적 풍광이 얼마나 단조로웠을까를 상상해보면 쌍탑이 지닌 멋과 감동이 새삼 느껴진다.

그런 쌍탑 가람배치가 8세기 초 이곳 약사사에도 나타났다. 약사사가 경주 사천왕사에서 아이디어를 빌려왔는지 아닌지는 확실치 않지만 멋있고 좋은 것은 벤치마크하여 공유하는 것이 문화의 특징이다.

약사사는 주변 풍광과 잘 어울려 많은 사진가들이 다투어 필름에 담았는데 그 어느 경우든 포커스는 항상 쌍탑에 맞춘다. 눈 덮인 겨울 산을 배경으로 하든, 한여름 녹음이 우거진 풍경이든 약사사는 쌍탑이 있으

| 약사사의 사철 풍경 | 약사사는 주변 풍광과 잘 어울려 많은 사진가들이 다투어 필름에 담았는데 그 어느 경우든 포커스는 항상 쌍탑에 맞춘다. 눈 덮인 겨울 산을 배경으로 하든, 한여름 녹음이 우거진 풍경이든 약사사는 쌍탑이 있음으로 해서 잔잔한 리듬감이 살아난다.

로 해서 잔잔한 리듬감이 살아난다. 그중 내가 가장 아름답다고 손꼽는 것은 저쪽 관음지(觀音池) 호숫가에서 먼 산을 배경으로 담아낸 약사사 쌍탑의 실루엣이다.

그런데 내 기억력이라는 것이 황당해서 감동적인 얘기를 들으면 머릿속에서 뱅뱅 돌다가 나중에는 내 버전으로 바꾸어버리곤 하는데, '얼어붙은 음악'을 나도 모르게 '얼어붙은 소나타'라고 기억하게 되었다. 그리고 그것은 동탑 자체가 아니라 약사사의 쌍탑이 주는 건축적 리듬감을 표현한 말이라고 잘못 기억하고 있었다. 그래서 감은사 쌍탑을 설명하면서 페놀로사의 이 명언을 인용하여 일본 약사사 쌍탑이 '얼어붙은 소나타'라면 우리 감은사 쌍탑은 '얼어붙은 심포니'라고 말하곤 했다.

그러나 가만 생각해보니 페놀로사가 왔을 때는 서탑은 복원되지 않은 상태였고 동탑 하나만 있었을 뿐이다. 그런 줄도 모르고 10여 년 전 회원들과 왔을 때는 "자 이제 우리는 약사사 쌍탑이 보여주는 얼어붙은 소나타를 보러 갑니다"라고 기대를 잔뜩 부풀려놓았는데, 아뿔싸! 서탑은 해체 수리에 들어가 육중한 공사 가건물로 덮여 있었다.

그리고 2013년 봄 답사 때도 약사사 쌍탑의 얼어붙은 소나타를 기대하며 창밖을 보라고 했는데, 헉! 이번엔 동탑이 해체 수리에 들어가 가건물만 높이 솟아 있었다. 앞으로 5년 뒤에야 공사가 끝난다니 2018년이나 되어야 우리는 소나타든 심포니든 약사사 쌍탑의 건축적 리듬감을 맛볼 수 있게 될 것이다.

약사사 신축 논쟁과 청동약사삼존상

지금 일본의 미술사가, 고고학자, 역사학자들은 나라의 약사사가 이건되었는지 신축되었는지를 놓고 한창 논쟁 중이다. 특히 미술사가들의 논쟁이 격렬하다. 그동안 약사사는 『약사사 연기(緣起)』(조젠澄禪 지음, 藥師寺の會 1939)의 "절을 헤이조쿄로 이전했다"라는 기록에 따라 후지와라쿄의 약사사 건물을 헐어 이곳에 이건했다고 생각해왔다. 그런데 후지와라쿄의 발굴 결과 본래의 약사사가 폐사된 것이 아니라 사찰로서 유지되었다는 것이 확인되었다. 건물의 크기가 다른 것도 있고 후대의 유물들이 출토되었기 때문이다.

이것이 미술사에서 왜 특히 문제가 되느냐 하면 약사사에 있는 청동

| **약사사 청동약사삼존상** | 완전히 당나라풍의 육감적인 불상이어서 그 이전의 도래 양식과는 전혀 다르다. 일본문화가 한반도의 영향에서 벗어나 당나라풍의 국제적 성격을 갖게 된 것을 말해준다.

약사여래상의 편년 때문이다. 만약 이건한 재건축이라면 680년 하쿠호시대 불상이 되고, 신축이라면 718년 이후인 나라시대 유물이 된다.

이것이 왜 또 그렇게 중요하냐면, 청동불상을 보면 이는 완전히 당나라풍의 육감적인 불상이어서 이전의 도래 양식과는 전혀 다르기 때문이다. 이는 일본문화가 한반도의 영향에서 벗어나 당나라풍의 국제적 성격을 갖게 된 것을 말해주는데 그것이 7세기 후반이냐 8세기 전반이냐는 중요한 문제가 된다.

아스카에서 나라로 오면서 우리는 많은 불상을 보았지만 이처럼 육감적인 불상은 처음일 것이다. 불상이고 보살이고 훤히 드러낸 가슴에 살이 토실하게 부풀어오르고 옷주름이 '물에 젖은 옷주름'처럼 몸에 밀착하여 풍만한 육체미를 과시하고 있다.

두 협시보살을 보면 머리, 상체, 하체가 S자 곡선을 그리는 삼곡(三曲)

의 자세로 그 자태가 요염해 보일 정도다. 얼굴도 살이 올라 넉넉한 인상
을 주는데 목에는 삼도(三道)를 표현해놓아서 경직된 느낌은 없다. 전형적
인 당나라 불상 스타일로 통일신라의 감산사 석조미륵보살상(719)에 보
이는 양식과 똑같다. 그렇게 본다면 약사사 논쟁에서 나는 재건축 쪽에
손을 들어주어야 할 것 같다.

이 청동약사삼존상에서 내가 특히 주목하고 또 감동받는 것은 완벽한
청동주조술이다. 기법적으로 더이상 세련될 수 없을 정도로 완벽함을 보
여준다. 광배의 조각은 그 섬세함에 혀를 내두를 지경이다. 일본의 문화
능력이 여기까지 오기 위해 얼마나 많은 과정을 거쳤던가를 생각하면,
이런 원숙함에 이른 것을 축하해주고 싶은 심정이다.

그런 문화 능력이 흥복사, 동대사에서 더욱 힘차게 발휘되었고 이제
우리가 보게 될 당초제사에서는 더더욱 발전된 모습을 보인다. 그러나
동대사 대불을 제외하면 아름다운 청동불상은 사실상 약사사가 끝이다.
이후는 목조불상, 탈활건칠불상으로 그 소재가 바뀐다.

일본문화의 당풍과 한반도와의 결별

약사사는 이와 같이 나라시대 일본문화가 당풍(唐風)으로 물들어가
는 시발점이 된다. 도성 자체가 당나라 장안성을 본받았고 건축도 불상
도 당나라풍이 강하게 반영되었다. 이때부터 일본은 거의 열광적으로 당
나라 문화를 받아들였다. 견당사를 250년간 13회나 보냈고 사신이 갈 때
마다 유학승과 유학생이 파견되어 이들이 당나라의 발달된 문명을 계속

| 청동약사사삼존상의 디테일 | 아스카에서 나라로 오면서 우리는 많은 불상을 보았지만 이처럼 육감적인 불상은 처
음이다. 불상이고 보살이고 훤히 드러낸 가슴에 살이 토실하게 부풀어오르고 옷주름이 몸에 밀착되어 풍만한 육체미
를 과시하는 듯하다.

받아오게 된다.

반면에 신라와의 관계는 점점 소원해졌다. 실제로 8세기 들어서면 일본과 통일신라는 불편한 관계였다. 발해와 통일신라는 거의 외교가 없었다. 반면에 일본과 발해는 빈번히 사신이 오가서 발해에서 35차례, 일본에서 13차례 사신을 파견했다.

일본이 문명의 젖줄을 한반도에서 당나라로 옮기면서 신라와는 라이벌 의식도 생겼다. 일본에서 당나라로 가는 뱃길도 한반도 서해안을 이용하지 않고 직접 동중국해를 건너갔다. 13차 견당사 때는 발해를 통해 육로로 갔을지언정 서해안 뱃길을 이용하지 않거나 못했다.

당나라 현종 때 일본인 아베노 나카마로(阿部仲麻呂)라는 사람은 당나라의 관리가 되어 황실 대명궁(大明宮)의 비서로 근무했다. 그는 현종의 총애를 받았고 이태백(李太白)과도 친했다. 그는 중국 황제에게 외국 사신이 왔을 때 상석에 앉는 신라 사신과 같은 자리에 일본 사신을 앉혀달라고 요구했다. 그래서 한차례 자리다툼이 벌어졌고 한동안은 일본 사신이 앞자리에 앉기도 했다. 이처럼 일본은 통일신라를 존경하지도 좋아하지도 않았다. 『일본서기』는 8세기의 이런 분위기에서 쓰였기 때문에 한반도와 왜의 관계를 서술하는 데 애증이 교차하면서 많은 왜곡이 있었던 것이다.

그러므로 그때부터 우리는 일본문화에 있어 한반도의 영향이나 도래인의 역할에 대해 더이상 기대해서는 안 된다. 무조건 일본 고대문화는 우리가 가르쳐주었다는 것은 사실이 아니다. 일본은 당풍을 받아들이면서 자기 문화를 국제화하고 세련시켜갔다. 그것은 나라시대 후기에 세워진 당초제사에 와서 더욱 확연히 볼 수 있다.

감진 화상의 도래 과정

약사사 답사는 필연적으로 바로 곁에 있는 당초제사(唐招提寺, 도쇼다이지)로 이어진다. 나라시대 헤이조쿄로 치면 한 블록 위인 5조에 있다. 걸어가자면 10여분 거리이며 니시노쿄역에서 500미터밖에 안 된다. 약사사에서 당초제사로 가는 길은 깔끔하고 편안하며 인간미가 감도는 동네길이다. 이 길을 버스로 이동한다는 것은 참으로 바보스런 일이다. 그런데 한번은 약사사에서 시간을 너무 지체해 입장 시간을 못 맞추어 버스로도 못 가고 그냥 떠난 적이 있었다. 그때 회원들이 서운해한 것을 생각하면 지금도 미안한 마음을 지울 수 없다.

당초제사를 말하려면 당나라 감진(鑑眞, 간진, 688~763) 스님이 일본으로 건너오는 이야기부터 시작하지 않을 수 없다.

불교국가 완성을 위해 오래전부터 마음을 써온 쇼무 천황은 국가에 율이 있듯이 불교에서도 율이 바로 서야 한다며 계율(戒律)을 세워줄 사승(師僧)을 찾았다. 그러나 일본 내에는 그런 율사(律師)의 덕망을 지닌 승려가 없었다. 그리하여 733년, 제6차 견당사를 보낼 때 흥복사의 요에이(榮叡)와 후쇼(普照)라는 젊은 유학승에게 돌아올 때 당나라에서 율사를 모셔오라는 칙명을 내렸다.

이들은 낙양(洛陽)과 장안(長安)에서 10년간 유학 생활을 한 뒤 귀국 길에 모셔갈 율사를 추천받기 위하여 당시 계율로 이름 높았던 감진 스님을 찾아 양주(揚州) 대명사(大明寺)로 갔다. 때는 742년이었다.

감진 스님은 중국 남산율종(南山律宗)의 계승자로서 이미 4만명에게 수계를 내린 율종의 제1인자였다. 두 사람은 감진 스님을 뵙고 일본에 모셔갈 율사를 추천해달라고 부탁드렸다. 이에 감진 스님은 제자들을 모아놓고 누가 이 청을 받아 일본으로 가겠는가 물었다. 그러나 아무도 나서는 자가 없자 감진 스님은 "그렇다면 내가 가겠다"고 했다. 이때 스님

| 당초제사 | 당초제사는 율종을 전래한 감진 화상이 세운 절로 일본 불교사에서 스님이 세운 본격적인 절이라는 중요한 의의를 갖는다. 국가가 세운 관사도 아니고, 귀족 가문의 씨사도 아니라 스님이 세웠다는 것은 불교 자체의 힘이 그만큼 커졌다는 것을 의미한다.

의 나이 55세였다.

이리하여 양주에서 배를 제조하고 모든 준비를 갖추었다. 그러나 해적과 내통했다는 혐의를 받고 배를 몰수당해 출발도 못하고 1차 도항은 실패한다. 그러나 감진 스님은 뜻을 굽히지 않고 2차 도항을 준비했다. 군선(軍船)을 구입하고 선원을 고용했다. 이때 일본에 가져갈 물품 목록이 779년 오미노 미후네(淡海三船)가 지은 감진 스님의 전기 『당대화상동정전(唐大和尙東征傳)』에 전하는데 불경, 불상, 각종 불구는 물론이고 식료품, 약품, 향료, 동전, 석밀(石蜜), 마화(麻靴) 등 일본에는 없는 물품들이 가득했다. 대략 요즘 시세로 6천만 엔 정도라는 계산이 있다.

일본에서 온 두 유학승과 제자 15명에다 옥작인(玉作人), 화사(畵師), 조각가, 자수공(刺繡工), 석비공(石碑工) 등 모두 185명이 동행했다고 한다. 이들은 율종뿐만 아니라 당나라 문명을 싣고 출발한 것이다. 그러나 2차 도항도 중간에 배가 파손되어 실패했다.

3차도 실패하고, 4차도 실패했다. 5차 때는 배가 표류하여 갖은 고생 끝에 해남도(海南島, 하이난 섬)까지 떠내려가 표착했다. 그때 많은 사상자를 내고 말았다. 일본 유학승 요에이와 감진 스님의 애제자 상언(祥彥)이 목숨을 잃었다. 그리고 감진 스님은 눈병을 얻었는데 끝내는 실명하여 장님이 되고 말았다.

752년 일본에서 당나라에 온 제12차 견당사는 감진 화상이 이처럼 갖은 고생을 하면서도 초지일관 일본으로 갈 뜻을 버리지 않는다는 사실을 알고, 당 현종에게 감진 화상과 제자 5명을 일본정부가 정식으로 초청하겠다고 상신하였다. 당시 도교에 빠져 있던 현종은 도사(道士)도 데려가라며 허락했다.

이리하여 753년 11월 15일, 스님은 수행원 24명과 함께 견당사의 귀국선에 올라 11월 21일 류큐(琉球, 지금의 오키나와)에 도착했다. 그리고 가고시마, 다자이후를 거쳐 헤이조쿄에 도착한 것이 754년 2월 4일, 대불 개안식이 있은 지 3년 뒤였다.

계단원과 수계 의식의 확립

감진 화상은 동대사에 머물렀다. 이때는 쇼무 천황과 고묘 황후가 상황(上皇)으로 물러나고 고켄(孝謙) 천황이 통치하고 있었다. 나라에 온 지 두 달 뒤인 4월에 감진 화상은 동대사 대불전 앞에 계단(戒壇)을 만들고 태황 부부와 천황의 수계식을 거행했다. 천황부터 수계를 받음으로써 백성들에게 불교의 계율을 확립할 확고한 의지를 보여준 것이다. 이때 비구와 비구니 430명이 동시에 수계를 받았다.

천황은 모든 승려에게 수계를 받도록 칙령을 내렸다. 당시 일본에서 승려는 면세를 받았기 때문에 간단한 절차로 승려로 이름을 올린 자가 많았다. 그러나 이제는 사승에게 정식으로 구족계(具足戒)를 받아야 승려가 될 수 있었다. 승려 자격인증제가 성립된 것이다. 일반 대중도 보살계를 받도록 했다. 이로써 일본 불교에 비로소 율종(律宗)이 세워지게 되었다.

첫 수계식이 있은 이듬해부터 감진 스님은 동대사에 계단원(戒壇院)을 짓고 거기에 머물면서 율종을 폈다. 758년에는 대화상(大和尙)이라는 칭호를 받았다. 감진 대화상이 머물던 동대사 계단원은 훗날 화재로 불타고 지금 동대사에 있는 계단당은 1733년 세워진 것인데 이 법당에는 뛰어난 조각 솜씨를 보여주는 나라시대 소조 사천왕상이 있다. 이 사천왕상은 이상적 사실주의라 할 당풍 조각으로 일본이 그토록 원하던 당나라 양식의 연착륙을 보여준다.

당초제사의 창건

감진 화상이 동대사에 머문 지 5년째 되는 762년 정변이 일어났다. 덴무 천황의 손자가 정치적으로 실각하면서 헤이조쿄 중심부 약사사 곁에 있던 그의 저택이 몰수되었다. 천황은 이 저택을 감진 화상에게 하사하여 절을 짓게 하니 이것이 당초제사다.

천황은 우선 헤이조궁 안에 있는 동조집전(東朝集殿)이라는 관사를 옮겨가 절의 강당으로 삼았다. 우리로 치면 예조(禮曹), 오늘날 문화부의 한 건물이다. 그리고 천황은 친필로 쓴 당초제사라는 액호를 내려주었다. 이 액호는 지금도 남아 있어 중요문화재로 지정되었고 당초제사 남대문에는 복제품이 걸려 있다.

당초제사(唐招提寺)에서 초제(招提)는 인도어로 '사방의 승려가 모이는 장소'라는 뜻이고 당(唐)은 크다는 의미라고 설명하곤 한다. 그런데 일반인들은 '당나라에서 초대받아온 스님이 세운 절'이라고 새긴다고 하는데 그렇게 해도 뜻이 안 통할 것은 없다.

이 당초제사는 일본 불교사에서 스님이 세운 본격적인 절이라는 중요한 의의를 갖는다. 국가가 세운 관사도 아니고,

| 당초제사 액호 | 덴무 천황이 친필로 쓴 당초제사라는 액호. 중요문화재로 지정되었고 당초제사 남대문에는 복제품이 걸려 있다.

귀족 가문의 씨사도 아니라 스님이 절을 세웠다는 것은 불교 자체의 힘이 그만큼 커졌다는 의미이다.

금당은 감진 스님 입적 후에 세워졌지만 스님은 당초제사에서 계율의 강론에 전념하며 지냈다. 한편 763년 봄, 스님의 제자 닌키(忍基)는 강당의 대들보가 부러지는 꿈을 꾸자 스님의 입적이 가까워졌다는 예감에 스님의 생전 모습을 그려두었다고 한다.

그리고 나서 얼마 안 된 5월 6일 감진 화상은 결가부좌한 채 향년 75세의 나이로 세상을 떠났다. 사후에도 머리가 따뜻하여 오랫동안 장례를 치르지 않다가 다비하여 사리탑에 모셨다고 한다.

감진 화상의 초상조각

입적 후 곧바로 제작한 감진 화상의 조각상은 일본미술사에서 최고의 명작으로 꼽히는 초상조각이다. 그 사실적인 묘사에 대해서는 마치 살아 있는 듯하다고 극찬하지 않는 이가 없을 정도다. 인중에서 숨결이 느껴진다고 한 사람도 있다.

나는 사진으로만 보았지만, 특히 이 스님의 옆모습을 보고 있자면 절로 가슴이 저려온다. 감은 눈은 명상하는 것이 아니라 장님이 된 생전 모습이다. 그런데 마치 감은 것이 아니라 본래 모습이 저러하여 스님은 세상을 눈이 아니라 머리로 보고 있는 것 같다.

제자가 앞으로 다가가 "제가 왔습니다"라고 하면 스님은 벌써 그 목소리만 듣고도 누군지 아실 것 같고, "여쭐 것이 있습니다"라고 하면 목소리의 음폭만으로도 마음이 불안한지 슬픈 소식인지를 가려내고 그대로 그렇게 앉은 채로 "염려할 것 없지 않겠니"라고 위로해주실 것만 같다. 어떻게 이런 연상이 가능할 정도로 표정을 잡아낼 수 있었을까. 제자 닌키가 사생해둔 것이 있다는 전설도 이 때문에 생겼을 텐데, 그 전설이 사실일지언정 초상이 그런 모습이 되리라는 보장은 없지 않은가. 이는 탈활건칠조법의 성공이라고도 하지만 기법이 다일 수만도 없는 일이다.

이 조각상은 감진 화상의 기일인 5월 5일 전후로 단 사흘만 일반에 공개된다고 한다. 때문에 나는 이 초상조각을 실제로 본 적도 없고 또 앞으로도 보기 쉽지 않을 것 같다. 미술사를 공부하면서 작품을 언급할 때 나는 직접 보지 못한 작품에 대해서는 인상은 말할지언정 스스로 평가를

| 감진 스님 | 감진 스님 입적 후 곧바로 제작한 초상은 일본미술사에서 최고의 명작으로 꼽히는 초상조각이다. 그 사실적인 묘사에 대해서 마치 살아 있는 듯하다고 극찬하지 않은 이가 없을 정도다. 인중에서 숨결이 느껴진다고 말한 사람도 있다.

내리지는 않는다. 그것은 유물에 대한 예의이기도 하고 미술사가가 지켜
야 할 준칙이기도 하다. 그 때문에 나는 이 감진 화상의 초상조각에 대해
서는 일본 근대조각사의 거장 다카무라 고타로(高村光太郎)의 다음과 같
은 말로 대신하고자 한다.

　겸허하고, 고요하며, 그러나 깊고, 그리고 따뜻한 고승의 혼이 그 모
습 그대로 나타난 것과 같은 아름다움이 있다.

당초제사 금당

　당초제사의 금당은 감진 화상의 초상과 쌍벽을 이루는 명작이다. 감
진 화상의 초상조각을 볼 수 없음에도 많은 사람들이 당초제사를 찾는
것은 이 금당 건물의 아름다움 때문이기도 하다.
　당초제사의 남대문을 들어서면 거두절미하고 장중한 볼륨감의 금당
건물과 마주하게 된다. 중문도 없고 천왕문도 없다. 4차선 대로만 한 넓
은 길에 백사(白砂)가 하얗게 깔려 있고 양쪽으로는 키 큰 고목들이 도열
하듯 늘어서 있는데 그 안쪽은 키 작은 나무들로 가득하여 시선이 오직
금당 한 곳으로 모인다.
　그래서 당초제사 남대문을 들어서면 문득 발을 멈추고 댓돌에서 한참
동안 거기를 바라보게 된다. 심포니로 치면 초장에 큰북, 작은북, 심벌즈
를 다 동원하여 '쿵쾅쿵쾅' 신나게 때려놓고 시작하는 격이다. 그런데 금
당 건물은 진실로 그럴 만하다. 너무도 자신있기에 처음부터 자신을 저
렇게 통으로 다 보여주며 우리를 부른다.
　건물은 엄청 큰 규모다. 그만한 용적률이라면 능히 중층 누각 건물에
해당한다. 그러나 당초제사 금당은 정면 7칸, 측면 4칸에 우진각지붕으

| 당초제사 금당 | 당초제사의 남대문을 들어서면 거두절미하고 장중한 볼륨감의 금당 건물과 마주하게 된다. 4차선 대로만 한 넓은 길에 백사가 하얗게 깔려 있고 양쪽으로는 키 큰 고목들이 도열하듯 늘어서 있어 시선이 오직 금당 한 곳으로 모인다.

로 정면에서 보면 8개의 기둥과 가파른 경사면의 사다리꼴 지붕만 보인다. 모든 게 직선이다. 용마루도 직선으로 지면과 평행을 이루고, 처마도 직선이다. 추녀도 직선으로 곧게 뻗어내리다가 끝에 가서 살짝 올라갔을 뿐이다. 훤하게 드러난 기둥들도 직선이다.

일본 건물은 우리의 것과 달리 곡선보다 직선이 많고 하늘로 날갯짓 하는 것이 아니라 대지에 낮게 낮게 내려앉은 느낌을 준다는 것은 익히 알았지만 이 당초제사 금당처럼 정좌한 인상을 주는 건물은 없다. 우리나라로 치면 종묘(宗廟) 정전(正殿)이 보여주는 엄정성의 축소판 같은데 종묘 같은 월대(月臺)가 없고 폭이 확장되는 느낌이 없을 뿐이다. 그 대신 대지로 낮게 내려앉은 단정함이 있다.

| **금당의 열주들** | 금당은 다른 동시대 건물과 달리 전면 벽체 앞에 길게 뻗어나온 겹처마를 받쳐주는 8개의 열주가 있어 회랑 역할을 하면서 열린 공간감을 일으킨다. 금당에 대한 예찬은 거의 다 이 늠름한 열주의 미학과 관련 있다.

금당의 구조

당초제사 금당은 다른 동시대 건물과 달리 전면 벽체 앞에 길게 뻗어나온 겹처마를 받쳐주는 8개의 열주(列柱)가 있어 이것이 마치 회랑인양 건물에 인간적 분위기를 불어넣어준다. 그래서 당초제사 금당에 대한 예찬은 거의 다 이 늠름한 열주를 향하고 있다.

이 열주들은 3분의 2까지는 곧게 올라가다가 3분의 1은 위로 좁아져 배흘림기둥처럼 상큼하게 떠받치고 있다는 느낌을 주면서 착시현상을 제거해준다. 정면 7칸의 폭을 보면 가운데 칸에서 양옆으로 뻗으면서 칸의 폭이 약간씩 좁아들어간다. 그래서 멀리서 볼 때 이 건물이 더욱 야무지고 튼실한 인상을 준다.

금당에 들어서면 대들보가 훤히 노출된 열린 공간이 나온다. 일본의 법당들은 대개 천장이 막혀 있어 우리로서는 어둡고 답답한 인상을 받는데 이 금당만은 개방되어 있어 공간감이 아주 시원스럽다. 창문도 살 창이라서 햇빛이 불상을 비추어준다.

금당 가운데는 노사나불(盧舍那佛)을 본존으로 하고 좌우에 각각 천수관음과 약사여래상을 모시고 있다. 그리고 본존 좌우에 제석천과 범천상이 있는데 이 모두가 8세기 나라시대의 유물로 각기 국보로 지정되어 있다.

금당의 불상들

금당의 불상들은 한결같이 풍만하고 육감적인 당나라풍이어서 대단히 위압적인 분위기이다. 이제는 더이상 아스카 하쿠호시대의 불상에서 보던 인간적 친숙함 같은 것은 느낄 수 없다. 그 대신 이상적 인간상이 보여주는 엄숙성이 우리를 압도한다.

이 불상들에서 우리가 느끼는 감동 내지 놀라움은 저 정교하고 치밀하고 엄청난 수공과 기법이 동원된 형식 자체의 힘이다. 높이 3미터 좌상의 대작인 노사나불은 탈활건칠조법으로 제작되어 신체와 얼굴의 표정이 생생한데 광배를 보면 1천구의 화불(化佛)이 촘촘히 장식되어 있다. 그 지루했을 제작 과정을 생각하면 불사의 인내심이 존경스러울 뿐이다. 이 불상은 감진 화상의 제자인 기조(義靜)가 781년 무렵 제작한 것이라고 한다.

기교의 치밀함으로 말하자면 곁에 있는 천수관음상이 더하다. 이 천수관음상은 높이 5.4미터의 장신 거구로 흥복사 불상들처럼 목심건칠기법으로 제작되었는데 실제로 1천개의 손을 조각해 붙였다. 대수리 때 전체를 완전히 해체하여 복원했는데 현재 큰 손 42개, 작은 손 911개, 총 953개가 남아 있음이 확인되었다고 한다. 그 손 하나하나를 다 분리해놓은 사진을 보면 놀라지 않을 수 없다.

8세기 나라시대 불상들은 이처럼 절대자의 이미지로 나아가고, 기법도 인간의 상상력을 넘어서는 복잡하고도 완벽한 형식을 추구했다. 그래서 부처의 이미지에서 인간적 모습이 엿보이던 앞시대의 친숙함은 완전히 사라져 이 불상들 앞에 오래도록 서 있을 생각은 들지 않는다.

이후 일본 불상 조각 양식의 흐름이 헤이안시대와 가마쿠라시대로 가면 이를 넘어서 괴이한 형태로 발전하게 된다. 그래서 불상은 우리와 점점 멀어지고, 우리 입장에서는 아스카 하쿠호시대의 그 인간미 넘치는 불상들이 좋았던 옛 시절을 그리워하게 되는 것이다.

경내의 여러 건물들

금당을 나오면 자연히 경내를 두루 거닐어보고 싶어지는데 여기에는 우리네 절집 같은 그윽한 맛이 없다. 당초제사뿐 아니라 나라의 사찰들은 건물 배치가 참으로 사무적이라는 인상을 지울 수 없다. 건물이 곳곳에 정연히 배치되어 있으나 건물과 건물이 독립적으로 존재할 뿐 이를 유기적으로 이어주는 별도의 조경이 없다. 백사만 깔끔하게 깔려 있다. 차라리 잡초가 그리워진다.

나는 속으로 '일본엔 잡초도 없나? 어쩌면 이렇게 풀 한 포기 없어'라고 생각하며 백사 한쪽을 걷어내보았더니 백회로 바닥을 바르고 백사를 덮은 것이었다. 그러면 그렇지 잡초의 생명력이 얼마나 강한데……

그래도 강당(국보) 건물만은 보고 싶었다. 궁궐에서 문화부 건물을 헐어 옮겨준 것이라니 옛 일본 궁궐의 관아 모습을 볼 수 있을 것이기 때문

| 당초제사 천수관음 | 천수관음상은 높이 5.4미터의 장신 거구로 흥복사 불상들처럼 목심건칠 기법으로 제작되었는데 실제로 1천개의 손을 조각해 붙였다. 엄청난 공력과 정교한 조각 솜씨를 유감없이 보여준다.

| 당초제사의 건물들 | 1. 예당에서 사리탑으로 가는길 2. 어영당 건물 3. 경장 건물 4. 감진 스님 사리탑

이다. 과연 강당 건물은 다른 절집 건물과 달리 인간이 사는 집 같은 분위기가 있었다.

예당(禮堂, 중요문화재) 또한 가마쿠라시대의 큰 건물로 이 절의 사세를 느끼기에 충분했지만 내 시선은 바로 곁에 있는 예쁜 2층 누각 건물인 고루(鼓樓, 국보)로 옮겨졌다. 아래위층 모두 난간을 두른 것이 아주 인상적이고 그래서 건물이 더욱 참해 보인다. 본래는 북을 걸어놓던 건물인데 가마쿠라시대 이후로는 감진 화상이 가져왔다는 진신사리를 모셨다고 한다.

이 사리함은 도판으로만 보았지만 엄청난 명품이다. 본래 사리함이란 절대자의 분신을 모신 그릇이기 때문에 소홀한 작품이 없다. 그중에도 이 사리함은 일본 공예의 치밀함이 살아 있어 보는 이의 눈을 감동시키기에 충분하다. 그러나 이도 일반에는 공개하지 않고 있다.

어영당이 보고 싶다

당초제사에는 이처럼 비공개가 많다. 감진 화상 초상도 비공개요, 화상이 가져왔다는 사리함도 비공개요, 절 뒤편에 있다는 어영당(御影堂)도 비공개다. 비공개는 사람의 호기심을 더욱 자극하기도 하는데 그중에도 어영당만은 꼭 한번 가보고 싶은 충동을 느낀다.

우선 이 건물엔 내가 사진만으로도 감동한 감진 스님의 초상이 모셔져 있다. 그분이 보고 싶다. 그리고 이 건물은 본래 흥복사에 있던 것인데 폐불훼석 때 차압되어 나라현 재판소로 쓰이던 것을 1964년에 옮겼다니 그것이 보고 싶다. 썰렁한 흥복사의 옛 모습을 상기해보고 또 나라시대 사찰 건물의 형태를 보고 싶어서이다.

그리고 또 하나 보고 싶은 것이 있다. 왕년에 미술평론을 했고 지금은 회화사를 전공하는 내 직업상의 관심이자 호기심 때문이다. 이곳에는 일본의 대표적인 현대화가 히가시야마 가이이(東山魁夷)가 말년의 12년간 전심전력으로 그렸다는 장벽화(障壁畵)가 있다고 알고 있다. 그것을 한번 보고 싶다. 넓은 다다미방 장벽에 아름답고 장대한 바다 풍경을 그려놓은 것인데 사진만으로도 감동스럽기 그지없다. 히가시야마의 독특한 필치와 전통 일본화의 강점이 가장 잘 살아난 20세기 일본의 국보가 아닐까 싶다.

| 어영당 장벽화 | 일본의 대표적인 현대화가 히가시야마 가이이가 말년에 12년간 전심전력으로 그렸다는 장벽화이다. 그 넓은 다다미방 장벽에 아름답고 장대한 바다 풍경을 그려놓은 것인데 사진만으로도 감동스럽기 그지없다.

당초제사와 문학

이런 어영당을 생각하면 일본인들이 명승고찰에 끊임없이 새로운 유물을 창출해가고 또 새로운 스토리텔링을 더해가는 것이 부럽기만 하다. 그림, 건축, 조각뿐 아니다. 문학으로 말하자면 당초제사만큼 시와 소설, 그리고 평론과 에세이에 많이 언급된 절이 드물 정도이다.

역대로 유명한 시인·문필가들이 당초제사에 헌사를 남겼다. 경내에는 마쓰오 바쇼(松尾芭蕉)의 하이쿠, 아이즈 야이치(會津八一)의 시가비(詩歌碑), 기타하라 하쿠슈(北原白秋)의 노래비가 세워져 있다.

그중에 무엇보다 당초제사를 국민들에게 가장 진실하게 널리 알린 것은 이노우에 야스시(井上靖)의 역사소설『덴표시대의 기왓장(天平の甍)』(中央公論社 1957)이다. 이 소설은 내 일본어 실력으로 읽기에는 너무 어려

워 감진 화상과 그분을 모시러 갔던 두 유학승 이야기를 건너뛰면서 대충 훑어볼 수밖에 없었다.

그런데 여기서 내가 특히 감동받은 것은 이노우에 야스시가 「작가 후기」에서 밝힌바 이 소설을 쓰게 된 것이 『감진대화상전(傳)의 연구』(平凡社 1960)라는 대저(大著)를 펴낸 안도 고세이(安藤更生)의 권유 때문이었다는 사실이다. 그런 학자, 그런 소설가가 있다는 것이 일본문화의 힘이다. 우리나라처럼 학자와 작가가 따로 놀아 역사소설이 거짓말이라는 뜻의 '소설'로 난무하는 것과는 격이 다르다. 역사소설이란 모름지기 이런 학문적 연구성과를 수렴하여 그것을 스토리로 엮어낼 때 재미도 있을 뿐 아니라 문화유산으로 남는 것임을 이 소설은 보여주고 있다.

| **당초제사 사리함** | 비공개인 이 사리함은 헤이안시대(왼쪽)와 가마쿠라시대(오른쪽)의 유물로 일본 공예의 치밀함이 살아 있어 보는 이의 눈을 감동시키기 충분하다. 한 점은 현재 경장 안에 보관되어 있다고 한다.

신보장전의 유물들

이제 당초제사를 나오기 위해 경내에서 다시 남대문으로 향했다. 나오다가 나란히 서 있는 경장(經藏, 국보)과 보장(寶藏, 국보) 건물 앞에서 문득 발을 멈추었다. 동대사의 정창원에서 보았듯이 건물을 바닥에서 띄워 통나무를 우물 정(井)자로 교차하여 쌓은 고상 건물인데 그 아담한 크기와 단정한 모습에 끌렸다. 참으로 정감이 가는 예쁜 건물이다.

당초제사에는 소장하고 있는 수많은 유물을 전시하는 신보장전(新寶藏殿)이 따로 있다. 여기에는 명문(銘文)이 있어 유명한 금당의 요마루 양 끝에 있던 치미(鴟尾, 장식용 기와)도 여기에 옮겨와 있고, 향목(香木)의 백단(白檀)으로 제작된 불상도 여럿 있다.

감진 화상 도래 이후 불상 조각에서는 백단나무 목불상이 유행했다. 그중에는 머리는 없지만 몸체 조각이 아름다워 토르소(torso)라는 별명이 붙은 육감적인 불상도 있다. 백단나무 목조 불상들은 나무조직이 아주 치밀한데다 향기가 좋아 각광을 받았다고 한다.

그러나 나는 탈활건칠불상만 한 감동을 받지는 못했다. 그것이 재료 탓인지 세월 탓인지 내 편견 탓인지 모르지만 이후 일본 불상 조각이 조형적으로 현저하게 밀도가 떨어진 것만은 분명하다. 이런 이유도 있고, 또 시간도 없고 하여 이번에 갔을 때는 신보장전에 들르지 않았다. 이미 수없이 많은 명작들을 보았는데 일본 불상이 쇠퇴해가는 모습까지 살펴볼 성심은 없었기 때문이다.

그러나 남대문 밖으로 나와 주차장으로 향하면서 '아차! 들러 갈 것을' 하고 후회했다. 거기에 동대사의 권진 보살인 도래인 행기 스님의 목조 초상조각(가마쿠라시대, 중요문화재)이 있다는 것이 생각났기 때문이다. 이 초상조각은 또다른 명작인데

| 신보장전의 목조 토르소 | 머리는 없지만 몸체 조각이 아름다워 토르소라는 별명이 붙은 육감적인 불상이다. 이 백단나무 목조 불상들은 나무조직이 아주 치밀한데다 향기가 좋아 목조 불상 조각 재료로 각광받았다고 한다.

다 도래인 조상이니 우리가 보면 얼마나 반가웠을 것이고 또 행기 스님 상은 고향에서 찾아온 우리를 얼마나 반갑게 맞아주셨을까. 그러나 이미 때는 늦었다.

교토로 떠나며

이제 나는 오래도록 머물렀던 나라를 떠나 교토로 향한다. 정든 고향 같은 아스카·나라를 떠나려니 자꾸 온 길을 뒤돌아보게 된다. 과연 어느 절, 어느 불상이 내 가슴에 깊이 남아 있을까. 그중 하나를 고르자니 불가능하다. 그러면 셋은 어떨까. 그렇다면 이렇게 말할 수 있을 것 같다.

이노우에 야스시는 『일본고사순례』(法藏館 1992) 첫머리에서 말하기를 자신은 수도 없이 나라의 옛 절을 순례했는데 자신도 모르게 가는 코스가 항시 일정했다고 했다. 먼저 법륭사를 보고 그다음 동대사 삼월당에 오르고 마지막에는 당초제사 금당을 찾아가는 순서였다는 것이다. 만약에 내가 일본에 산다면 똑같이 그랬을 것 같다.

이제 교토로 가면 나라와는 또다른 감동적인 유적들이 나를 맞이할 것이다. 특히나 교토에는 유네스코 세계유산으로 지정된 사찰이 18곳이나 되니 나의 교토 '고사순례'는 나라보다 길지도 모른다. 그중 어디부터 갈까. 나의 즐거운 고민이 다시 시작된다.

답사 일정표와 안내지도

아스카·나라

이 책에 실린 글을 길잡이로 직접 답사하실 독자를 위하여 실제 현장답사를
토대로 작성한 일정표와 안내도를 실었습니다. 시간표는 휴일·평일에 따라
차이가 있을 수 있습니다.

아스카 · 나라 3박 4일

(2013년 7월 20일~23일 현지답사 기준)

첫째날

09 : 05   인천국제공항 출발

10 : 50   간사이(關西) 공항 도착

12 : 00   중식

13 : 00   출발

14 : 00   가까운 아스카 박물관

15 : 00   쇼도쿠(聖德) 태자묘 · 예복사(叡福寺)

15 : 30   출발

16 : 00   하비키노(羽曳野) 아스카베(飛鳥戸) 곤지 신사

17 : 00   출발

18 : 00   아마카시 언덕(柑彊丘)

19 : 00   가시하라(橿原) 숙소 도착

둘째날

07 : 00   조식

09 : 00   출발

09 : 30   히노쿠마(檜隈) 마을

10 : 30   (걸어서) 다카마쓰 고분

11 : 00   출발

11 : 30   석무대(石舞臺)

12 : 30   귤사(橘寺)

13 : 00   중식

14 : 00   출발

14 : 10   아스카사(飛鳥寺)

15 : 00   출발

16 : 00   법륭사(法隆寺)

18 : 00   후지노키(藤ノ木) 고분

18 : 30   출발

19 : 00   나라(奈良) 도착(시내 야간 산책)

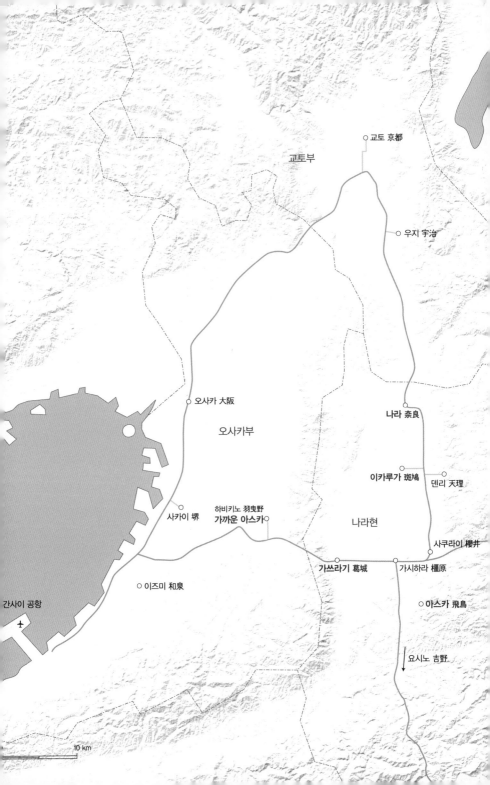

셋째날

07 : 00 조식

08 : 00 출발
동대사(東大寺) 및 삼월당(三月堂)

11 : 00 흥복사(興福寺) 및 국보관

12 : 00 중식

13 : 00 출발

13 : 30 야마토 문화관(大和文華館)

14 : 30 출발

15 : 00 약사사(藥師寺)

16 : 00 당초제사(唐招提寺)

17 : 00 출발

18 : 00 교토(京都) 도착(숙소 투숙)

넷째날

07 : 00 조식

08 : 30 숙소 출발

09 : 00 남선사(南禪寺)

10 : 00 철학의 길

10 : 30 영관당(永觀堂)

11 : 30 은각사(銀閣寺)

12 : 30 중식

13 : 30 광륭사(廣隆寺)

14 : 20 (걸어서) 송미(松尾)신사

15 : 00 출발

16 : 10 간사이 공항 도착

18 : 10 공항 출발

20 : 05 인천국제공항 도착

＊비행기 출발 시각, 숙소 예약 여부에 따라 답사 일정이 바뀔 수 있으며 교토 답사는 선택의 여지가 많은 대표적
인 일정입니다.

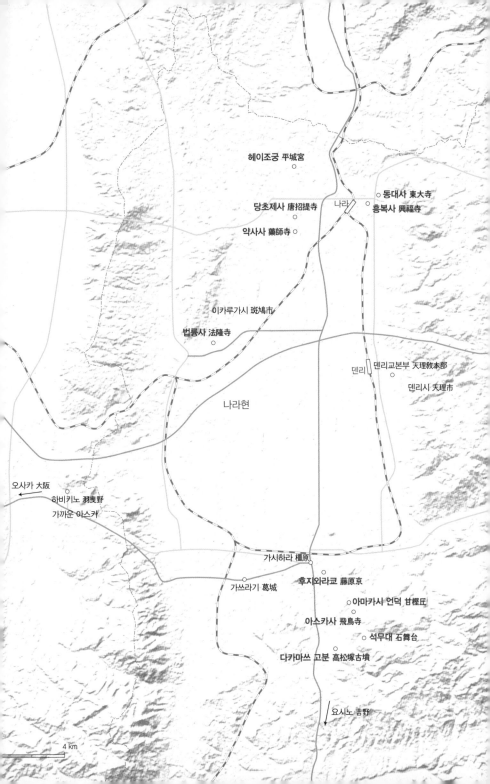

헤이조궁 平城宮

당초제사 唐招提寺　　　　　　　나라　　동대사 東大寺
　　　　　　　　　　　　　　　　　　흥복사 興福寺
약사사 藥師寺

이카루가시 斑鳩市

법륭사 法隆寺

　　　　　　　　　　　　　　덴리　덴리교본부 天理敎本部
　　　　　　　　　　　　　　　　　덴리시 天理市

나라현

오사카 大阪
하비키노 羽曳野
가까운 아스카

　　　　　　　가시하라 橿原
가쓰라기 葛城
　　　　　　후지와라쿄 藤原京
　　　　　　　　아마카시 언덕 甘樫丘
　　　　　　아스카사 飛鳥寺
　　　　　　　　석무대 石舞台
다카마쓰 고분 高松塚古墳

요시노 吉野

4 km

주요 일본어 인명·지명·사항 표기 일람

이 책은 국립국어원 외래어 표기규정에 따라 일본어를 표기했다. 아래의 일람에서 괄호 안에 해당 한자와 현지음에 가까운 창비식 일본어 표기를 밝혀둔다.(편집자)

ㄱ

가고시마(鹿兒島, 카고시마)
가라쓰(唐津, 카라쯔)
가라쓰야키(唐津燒, 카라쯔야끼)
가메이 가쓰이치로(龜井勝一郎, 카메이 카쯔이찌로오)
가미노하라 하치만궁(神之原八幡宮, 카미노하라 하찌만구우)
가미카제(神風, 카미까제)
가베시마(加部島, 카베시마)
가스가샤(春日社, 카스가샤)
가시하라(橿原, 카시하라)
가쓰라기(葛城, 카쯔라기)
가쓰라리큐(桂離宮, 카쯔라리큐우)
가와라노미야(川原宮, 카와라노미야)
가와라데라(川原寺, 카와라데라)
가와바타 야스나리(川端康成, 카와바따 야스나리)
가와치(河內, 가와찌)
가와치노아야씨(西漢氏, 카와찌노아야씨)
가이단인(戒壇院, 카이단인)
가카라시마(加唐島, 카까라시마)
가쿠라시마(各羅島, 카꾸라시마)
가키에몬(柿右衛門, 카끼에몬)
가타데(堅手, 카따데)

가토 기요마사(加藤淸正, 카또오 키요마사)
간고지(元興寺, 간고오지)
간논이케(觀音池, 칸논이께)
간바야시 아카쓰키(上林曉, 칸바야시 아까쓰끼)
간사이(關西, 칸사이)
간센지(岩船寺, 간센지)
간자키(神崎郡, 칸자끼)
간제온지(觀世音寺, 칸제온지)
간진→감진(중국명)
간토(關東, 칸또오)
감진(鑑眞, 일본명 간진鑑眞) 스님
갑하사→고가지
게이슈엔(慧州園, 케이슈우엔)
게이하(慶派, 케이하)
겐카이(玄海, 겐까이) 국정공원
경파→게이하
계단원→가이단인
계리궁→가쓰라리큐
고가지(甲賀寺, 코오가지)
고교쿠(皇極, 코오교꾸) 여왕
고니시 유키나가(小西行長, 코니시 유끼나가)
고다야키(高田燒, 코오다야끼)
고라이(高麗, 코오라이)
고란샤(香蘭社, 코오란샤)

306

고류지(廣隆寺, 코오류우지)

고마이누(狛犬, 코마이누)

고묘(光明, 코오묘오) 황후

고묘젠지(광명선사光明禪寺, 코오묘오젠지)

고바야시 히데오(小林秀雄, 코바야시 히데오)

고보리 엔슈(小堀遠州, 코보리 엔슈우)

고사기→고지키

고야마 슈조(小山修三, 코야마 슈우조오)

고야마 후지오(小山富士夫, 코야마 후지오)

고지키(古事記, 코지끼)

고차완(御茶碗, 고짜완) 가마

고켄(孝謙, 코오겐) 천황

고쿠분니지(國分尼寺, 코꾸분니지)

고쿠분지(國分寺, 코꾸분지)

고타이로(五大老, 고따이로오)

고토 이에노부(後藤家信, 고또오 이에노부)

고토쿠(孝德, 코오또꾸) 왕

고후쿠지(興福寺, 코오후꾸지)

고히키(粉引, 코히끼)

곤슈지(金鐘寺, 콘슈지)

관세음사→간제온지

관음지→간논 이케

광륭사→고류지

광명선사→고묘젠지

교야키(京燒, 쿄오야끼)

교기(行基, 교오기) 스님

교토(京都, 쿄오또)

구다라(百濟, 쿠다라)

구로다 나가마사(黑田長政, 쿠로다 나가마사)

구로다 세이키(黑田清輝, 쿠로다 세이끼)

구마모토(熊本, 쿠마모또)

구판사→우야마사카데라

국분니사→고쿠분니지

국분사→고쿠분지

규슈(九州, 큐우슈우)

귤사→다치바나데라

금종사→곤슈지

기리시마(霧島, 키리시마)

기토라(キトラ, 키또라) 고분

긴카쿠지(銀閣寺, 긴까꾸지)

긴키(近畿, 킨끼)

ㄴ

나가사키(長崎, 나가사끼)

나고야(名古屋, 나고야)

나라(奈良, 나라)

나라즈케(奈良漬け, 나라즈께)

나베시마 나오시게(鍋島直茂, 나베시마 나
오시게)

나베시마 시게요시(鍋島茂義, 나베시마 시
게요시)

나쓰메 소세키(夏目漱石, 나쯔메 소오세끼)

나이토 고난(內藤湖南, 나이또오 코난)

나카네 긴사쿠(中根金作, 나까네 킨사꾸)

나카노오에(中大兄, 나까노오오에)

나카토미노 가마타리(中臣鎌足, 나까또미노
카마따리)

난고손(南鄕村, 난고오손)

난젠지(南禪寺, 난젠지)

남선사→난젠지

남향촌→난고손

노보리(登り, 노보리) 가마

니가쓰도(二月堂, 니가쯔도오)

니시노쿄(西ノ京, 니시노꾜오)

니조산(二上山, 니조오산)

니토베 이나조(新渡戶稻造, 니또베 이나조오)

닌토쿠(仁德, 닌또꾸) 왕

ㄷ

다니구치 요시오(谷口吉生, 타니구찌 요시오)
다마야마(玉山, 타마야마) 신사
다쓰노 긴고(辰野金吾, 타쯔노 킨고)
다이묘(大名, 다이묘오)
다이안지(大安寺, 다이안지)
다이카개신(大化改新, 다이까개신)
다이칸다이지(大官大寺, 다이깐다이지)
다자이후(太宰府, 다자이후)
다치바나데라(橘寺, 타찌바나데라)
다카다 료신(高田良信, 타까다 료오신)
다카마쓰(高松, 다까마쯔) 고분
다카무라 고타로(高村光太郎, 타까무라 코
　　오따로오)
다카토리 고레요시(高取伊好, 타까또리 고
　　레요시)
다카토리 하치잔(高取八山, 타까또리 하찌
　　잔)
다카토리야키(高取燒, 타까또리야끼)
다케노우치(竹內, 타께노우찌) 가도
다키 렌타로(瀧廉太郎, 타끼 렌따로오)
단잔(談山, 탄잔) 신사
당초제사 → 도쇼다이지
대관대사 → 다이칸다이지
대안사 → 다이안지
대야성 → 오노조
대정사 → 오바데라
덴구다니(天狗谷, 텐구다니) 가마터
덴리교(天理敎, 텐리교오)
덴만궁(天滿宮, 텐만궁)
덴무(天武, 텐무) 천황
덴지(天智, 텐지) 천황
덴진(天神, 텐진)
덴표(天平, 텐뾰오)

도다이지(東大寺, 토오다이지)
도리(止利, 토리) 불사
도리이 류조(鳥居龍藏, 토리이 류우조오)
도리이(鳥居, 토리이)
도산신사 → 스에야마 신사
도쇼다이지(唐招提寺, 토오쇼오다이지)
도요토미 히데요시(豊臣秀吉, 토요또미 히
　　데요시)
도이 반스이(土井晩翠, 도이 반스이)
도지(東寺, 토오지)
도쿄(東京, 토오쿄오)
도쿠가와 이에야스(德川家康, 토꾸가와 이
　　에야스)
동대사 → 도다이지
동사 → 도지

ㄹ - ㅂ

라쿠야키(樂燒, 라꾸야끼)
료안지(龍安寺, 료오안지)
마쓰로칸(末盧館, 마쯔로깐)
마쓰오 바쇼(松尾芭蕉, 마쯔오 바쇼오)
마쓰우라(松浦, 마쯔우라)
만엽집 → 만요슈
만요슈(萬葉集, 만요오슈우)
말로관 → 마쓰로칸
몬무(文武, 몬무) 천황
무라타 기요코(村田喜代子, 무라따 키요꼬)
무로마치(室町, 무로마찌) 시대
무로지(室生寺, 무로오지)
미야기(宮城縣, 미야기)
미야모토 무사시(宮本武藏, 미야모또 무사시)
미야자키(宮崎, 미야자끼)
미즈키(水城, 미즈끼)
법륭사 → 호류지

법화사 → 홋케지
법흥사 → 아스카사
벳푸(別府, 벳뿌)
보은사 → 호온지
본약사사 → 혼야쿠시지
비젠야키(備前燒, 비젠야끼)

ㅅ

사가(佐賀, 사가)
사루사와이케(猿澤池, 사루사와이께)
사쓰마야키(薩摩燒, 사쯔마야끼)
사이다이지(西大寺, 사이다이지)
사천왕사 → 시텐노지
사카이다 가키에몬(酒井田 柿右衛門, 사까이다 카끼에몬)
사쿠라이(櫻井, 사꾸라이)
사쿠라지마(櫻島, 사꾸라지마)
산가쓰도(三月堂, 산가쯔도오)
산계사 → 야마시나데라
산전사 → 야마다데라
삼월당 → 산가쓰도
상국사 → 쇼코쿠지
상생교 → 아이오이바시
서대사 → 사이다이지
석무대 → 이시부타이
석장신사 → 이시바 신사
세키노 다다시(關野貞, 세끼노 타다시)
세토(瀨戶, 세또) 내해
세토야키(瀨戶燒, 세또야끼)
센노 리큐(千利休, 센노 리뀨우)
소가노 마치(蘇我滿智, 소가노 마찌)
소가노 에미시(蘇我蝦夷, 소가노 에미시)
소가노 우마코(蘇我馬子, 소가노 우마꼬)
소가노 이루카(蘇我入鹿, 소가노 이루까)

소가노 이시카와노마로(蘇我石川麻呂, 소가노 이시까와노마로)
소뵤 하치만궁(宗廟八幡宮, 소오뵤오 하찌만궁)
쇼다이야키(小代燒, 쇼오다이야끼)
쇼무(聖武, 쇼오무) 천황
쇼소인(正倉院, 쇼오소오인)
쇼코쿠지(相國寺, 쇼오꼬꾸지)
쇼토쿠(聖德, 쇼오또꾸) 태자
수성 → 미즈키
스가와라노 미치자네(菅原道眞, 스가와라노 미찌자네)
스슌(崇峻, 스슌) 왕
스에야마(陶山, 스에야마) 신사
스에키(須惠器, 스에끼)
스이코(推古, 스이꼬) 여왕
스즈키 오사무(鈴木治, 스즈끼 오사무)
시가라키노미야(紫香樂宮, 시가라끼노미야)
시라카와(白川, 시라까와)
시로카와(城川, 시로까와) 공동묘지
시마즈 히사나루(島津久徵, 시마즈 히사나루)
시모노세키(下關, 시모노세끼)
시바 료타로(司馬遼太郎, 시바 료오따로오)
시와스마쓰리(師走祭り, 시와스마쯔리)
시텐노지(四天王寺, 시뗀노오지)
실생사 → 무로지
쓰시마(對馬, 쯔시마)
쓰쿠시(筑紫, 쯔꾸시)

ㅇ

아가노야키(上野燒, 아가노야끼)
아리타(有田, 아리따)
아리타야키(有田燒, 아리따야끼)
아마카시(甘堅, 아마까시) 언덕

아마테라스 오미카미(天照大御神, 아마떼라스 오오미까미)
아스카(飛鳥, 아스까)
아스카데라(飛鳥寺, 아스까데라)
아스카베(飛鳥戶, 아스까베) 신사
아이오이바시(相生橋, 아이오이바시)
아이즈 야이치(會津八一, 아이즈 야이찌)
안도 고세이(安藤更生, 안도오 코오세이)
안도 다다오(安藤忠雄, 안도오 타다오)
암선사→간센지
야마다데라(山田寺, 야마다데라)
야마시나데라(山階寺, 야마시나데라)
야마타이(邪馬台, 야마따이)
야마토(大和, 야마또)
야마토노아야씨(東漢氏, 야마또노아야씨)
야스쿠니(靖國, 야스꾸니) 신사
야시로 유키오(矢代幸雄, 야시로 유끼오)
야쓰시로야키(八代燒, 야쯔시로야끼)
야요이(彌生, 야요이)시대
야쿠시지(藥師寺, 야꾸시지)
야키모노(燒物, 야끼모노)
약사사→야쿠시지
에미시(蝦夷, 에미시)
에이후쿠지(叡福寺, 에이후꾸지)
에조치(蝦夷地, 에조찌)
예복사→에이후쿠지
오노조(大野城, 오오노조오)
오다 노부나가(織田信長, 오다 노부나가)
오리쿠치 시노부(折口信夫, 오리꾸찌 시노부)
오미아시(於美阿志, 오미아시) 신사
오바데라(大庭寺, 오오바데라)
오사카(大阪, 오오사까)
오이타 도라오(種田虎雄, 오이따 토라오)
오이타(大分, 오오이따)
오진(應神, 오오진) 왕

오카모토 세이이치(岡本精一, 오까모또 세이이찌)
오카쿠라 덴신(岡倉天心, 오까꾸라 텐신)
오쿠다 세이이치(奧田誠一, 오꾸다 세이이찌)
오키미(大王, 오오끼미)
옥산신사→다마야마 신사
와쓰지 데쓰로(和辻哲郎, 와쯔지 테쯔로오)
요메이(用明, 요오메이) 왕
요부코(呼子, 요부꼬)
요시노(吉野, 요시노)
요시노가리(吉野ケ里, 요시노가리)
요시다 히로시(吉田宏志, 요시다 히로시)
요시카와 에이지(吉川英治, 요시까와 에이지)
용안사→료안지
우다(宇多, 우다) 천황
우야마사카데라(鹿坂寺, 우마야사까데라)
원흥사→간고지
유후인(由布院, 유후인)
은각사→긴카쿠지
의수원→이스이엔
이노우에 야스시(井上靖, 이노우에 야스시)
이마리(伊萬里, 이마리)
이마리야키(伊萬里燒, 이마리야끼)
이마키(今來, 이마끼)
이세(伊勢, 이세) 신궁
이스이엔(依水園, 이스이엔)
이시바(石場, 이시바) 신사
이시부타이(石舞臺, 이시부따이)
이와쿠라(岩倉, 이와꾸라) 사절단
이월당→니가쓰도
이카루가(斑鳩, 이까루가)
이토 히로부미(伊藤博文, 이또오 히로부미)

ス-프

자광원 → 지코인
자향락궁 → 시가라키노미야
정유리사 → 조루리지
정창원 → 쇼소인
조겐(重源, 초오겐)
조루리지(淨瑠璃寺, 조오루리지)
조메이(舒明, 조메이) 왕
조몬(繩文, 조오몬) 시대
지코인(慈光院, 지꼬오인)
지토(持統, 지또오) 천황
진구(神功, 진구우) 왕후
진무(神武, 진무) 왕
천원궁 → 가와나로미야
천원사 → 가와라데라
춘일사 → 가스가샤

ㅎ

하기야키(萩燒, 하기야끼)
하니와(埴輪, 하니와)
하니하라 가즈로(埴原和郎, 하니하라 가즈
　로오)
하비키노(羽曳野, 하비끼노)
하시하카(箸墓, 하시하까)
하야시야 세이조(林屋晴三, 하야시야 세이
　조오)
하이쿠(俳句, 하이꾸)
하지키(土師器, 하지끼)
하치만궁(八幡宮, 하찌만궁)
하카타(博多, 하까따)
하쿠치(白雉, 하꾸찌)
하쿠호(白鳳, 하꾸호오)
하타 쓰토무(羽田務, 하따 쓰또무)

행기 스님 → 교기 스님
향란사 → 고란샤
헤이안쿄(平安京, 헤이안꾜오)
헤이조쿄(平城京, 헤이조오꾜오)
헤이조큐(平城宮, 헤이조오뀨우)
혜주원 → 게이슈엔
호류지(法隆寺, 호오류우지)
호온지(報恩寺, 호오온지)
혼마루(本丸, 혼마루)
혼야쿠시지(本藥師寺, 혼야꾸시지)
홋카이도(北海道, 홋까이도오)
홋케지(法華寺, 홋께지)
후소샤(扶桑社, 후소오샤)
후지노키(藤ノ木, 후지노끼) 고분
후지와라 가마타리(藤原鎌足, 후지와라 카
　마따리)
후지와라쿄(藤原京, 후지와라꾜오)
후카가와 로쿠스케(深川六助, 후까가와 로
　꾸스께)
후쿠오카(福岡, 후꾸오까)
후쿠자와 유키치(福澤諭吉, 후꾸자와 유끼찌)
휴가(日向, 휴우가)
흥복사 → 고후쿠지
히가시야마 가이이(東山魁夷, 히가시야마
　카이이)
히노쿠마(檜隈, 히노꾸마)
히미코(卑彌呼, 히미꼬)
히에코바(稗古場, 히에꼬바)
히젠 나고야성(肥前 名護屋城, 히젠 나고야성)

사진 제공

박효정	45, 52, 55면
아스카무라관광개발공사	77면
아스카보존재단	56, 59면
안도 다다오	39면
일본관광청	166, 167면
ASAKEN	293면
Muda Tomohiro.	187면

Photography © Benrido, Kyoto.
Reprinted by permission of Iwanami Shoten, Publishers, Tokyo.   134면
본문 지도 김경진

사진 출처

『몽유도원도』, 국립중앙박물관 1987
『문자, 그 이후―한국고대문자전』, 국립중앙박물관 2011
『유홍준의 국보순례』, 유홍준, 눌와 2011
『유홍준의 한국미술사 강의 1』, 유홍준, 눌와 2010
『유홍준의 한국미술사 강의 2』, 유홍준, 눌와 2012
『조선전기국보전』, 호암미술관, 삼성문화재단 1996
『중국 회화사 삼천년』, 양신 외, 학고재 1999
『창녕송현동고분군』, 국립창원문화재연구소, 2006
『한국문화재 일본소장 3』, 한국국제교류재단 1997
『伽倻文化展』, 東京國立博物館, 朝日新聞社 1992
『高松塚古墳壁畫』, 高松塚壁畫館 2002
『國寶高松塚古墳壁畫』, 高松塚壁畫館 2009
『近つ飛鳥博物館―常設展示圖錄』, 近つ飛鳥博物館 1994
『大和の考古學―常設展示圖錄』, 奈良縣立橿原考古學究所 1997
『東大寺(別册太陽日本のこころ)』, 平凡社 2010
『佛像―日本佛像史講義』, 山本勉, 平凡社 2013
『佛像』, 小川光三, 山と溪谷社 2006

『藥師寺』, 藥師寺 2008

『倭國―邪馬臺國と大和王權』, 每日新聞社 1993

『原色日本の美術 2』, 久野健, 鈴木嘉吉, 小學館 1966

『原色日本の美術 3』, 淺野淸, 毛利久, 小學館 1966

『原始·古代―見る·讀む·わかる日本の歷史』, 朝日新聞社 1992

『日本の國寶 3』, 朝日新聞社 1997

『日本の國寶 7』, 朝日新聞社 1997

『日本の國寶 51』, 朝日新聞社 1998

『日本古寺美術全集 第1卷』, 久野健, 集英社 1979

『日本美術館』, 小學館 1997

『朝鮮王朝の繪畫と日本』, 讀賣新聞 2008

『千手觀音』, 小川光三, 每日新聞社 2001

『特別展高麗佛畫』, 大和文華館 1978

『興福寺』, 興福寺 1980

『興福寺のすべて』, 小學館 2004

Ando: Complete Works, Philip Jodidio, Taschen 2007

유물 소장처

국립가야문화재연구소 26면 / 궁내청 88면 / 나라문화재연구소 100, 171면 /
다카마쓰벽화관 56, 59면 / 당초제사 246, 285, 287, 293, 296~99면 /
덴리도서관 181, 183, 185면 / 덴리시교육위원회 41면 /
동대사 240, 249, 250, 254, 257, 260면 / 법륭사 121, 128, 131, 134, 136, 138, 140, 141,
143, 144, 146면 / 부산대학교박물관 33면 / 사천왕사 88면 / 아스카사 103면 /
야마토 문화관 188, 189면 / 약사사 277, 278면 / 영락미술관 175면 /
오사카시립미술관 88면 / 이카루가사 88면 / 정유리사 162면 / 정창원 178, 179면 /
중궁사 149, 151면 / 흥복사 207, 208, 213, 215, 218, 220, 222, 225면

* 위 출처 외의 사진은 저자 유홍준이 촬영한 것이다.

나의 문화유산답사기

일본편 2 아스카·나라

아스카 들판에 백제꽃이 피었습니다

초판 1쇄 발행 2013년 7월 25일
초판 15쇄 발행 2019년 7월 22일
개정판 1쇄 발행 2020년 9월 20일
개정판 2쇄 발행 2024년 3월 13일

지은이 / 유홍준
펴낸이 / 염종선
책임편집 / 황혜숙 최지수
디자인 / 디자인 비따 김지선 유리나
펴낸곳 / (주)창비
등록 / 1986년 8월 5일 제85호
주소 / 10881 경기도 파주시 회동길 184
전화 / 031-955-3333
팩시밀리 / 영업 031-955-3399 편집 031-955-3400
홈페이지 / www.changbi.com
전자우편 / nonfic@changbi.com

© 유홍준 2020
ISBN 978-89-364-7799-8 03810
      978-89-364-7820-9 04810(세트)